Kai Wieland

AMERIKA

Roman

Klett-Cotta

»Amerika« wurde durch ein Stipendium des Förderkreises deutscher Schriftsteller in Baden-Württemberg gefördert.

FSC
www.fsc.org
MIX
Papier aus verantwortungsvollen Quellen
FSC® C014889

Klett-Cotta
www.klett-cotta.de

Printed in Germany
Cover: ANZINGER UND RASP
Kommunikation GmbH, München
Unter Verwendung einer Fotografie von © inkje/photocase
Gesetzt von Dörlemann Satz, Lemförde
Gedruckt und gebunden von Friedrich Pustet
GmbH & Co. KG, Regensburg
ISBN 978-3-608-96261-1

Zweite Auflage, 2018

ANKUNFT

Memory can change the shape of a room, it can change the color of a car. And memories can be distorted. They're just an interpretation, they're not a record, and they're irrelevant if you have the facts.

Leonard Shelby – Memento

Tief im Schwäbischen Wald, fernab der Zivilisation selbst solch bescheidener Metropolen wie Backnang und Murrhardt, liegt ein kleines Dorf, in dem kaum noch einer wohnt. Dabei ist es ein Dorf mit einer einstmals passablen Infrastruktur. Auch heute noch gibt es eine Bushaltestelle, eine Schule und sogar ein Freibad, allerdings erfüllen sie alle nicht mehr ihren ursprünglichen Zweck, wie so vieles an diesem Ort. Das alte Schulgebäude zum Beispiel hat schon lange keine Schüler mehr gesehen, es wird lediglich dann und wann für eine der seltenen Begräbnisfeiern genutzt. Selten nicht deshalb, weil hier alle so lange leben, sondern ganz einfach, weil fast alle schon tot sind. Wahrscheinlich handelt es sich um den Ort mit den meisten Suizidfällen pro eintausend Einwohner in Deutschland, wenngleich hier noch niemals eintausend Menschen zur selben Zeit gelebt haben. Deshalb, oder vielleicht auch, weil hinter dem einen oder anderen Suizid ein Fragezeichen steht, taucht das Dorf in keiner derartigen Statistik auf. Kritische Ausschläge werden eliminiert. Und die Kinder? Kinder werden geboren, aber sie verschwinden, und den Alten wird nicht gesagt, wohin.

An einem Tag, der so beginnt wie alle Tage, nämlich mit Nebel und dem Geschrei der Krähen, kommt ein junger Mann, ein Chronist, in dieses Dorf und erzählt den Alten von dem Buch, das er schreiben möchte. Er muss an vielen Fensterläden rütteln, bis er einen findet, der nicht glaubt, er wolle nur etwas verkaufen.

Wer durch den Rillingsweg oder den Erlenweg geht, dem fallen zwei Dinge auf. Erstens: Es gibt im Dorf nur diese beiden Straßen. Zwei Straßen und zwanzig Häuser, einige davon leerstehend, machen Rillingsbach zu einem guten Ort für einen Briefträger. Und zu einem schwierigen Ort für den Chronisten. Zweitens: Eine der beiden Straßen ist auch noch eine Sackgasse.

Ansonsten sieht man vor allem rissiges Fachwerk, geschlossene Fensterläden, rostiges Ackergerät, hohes Gras, leere Kaugummiautomaten und, wie der Chronist die Liste mit doppelter Unterstreichung beschließt, jede Menge Tristesse. Die Tatsache, dass es in vergangenen Tagen, als die Menschen noch Urlaub in der Region machten, auch ein Hotel gab, macht den Chronisten neugierig. Was könnte in einer Broschüre für das Naherholungsgebiet Rillingsbach gestanden, womit könnte es geworben haben? Was immer es war, offenbar geriet es über die Jahre in Vergessenheit, und aus dem Dreisternehotel wurde bald ein Zweisternehotel. Das brachte die Urlauber natürlich auch nicht zurück, also musste der Hotelbetrieb endgültig aufgegeben werden. Nur der Schankraum im Erdgeschoss blieb erhalten, zunächst als Vesperstube, dann als Vereinsheim für den örtlichen Kegelclub und schließlich, und so ist es bis heute, als Kneipe.

Man kann nicht behaupten, dass sich Martha, die alte Boizerin, überarbeiten muss. Wer sich einmal in der Gegend befindet – obwohl sich natürlich die Frage stellt, was außer einem melancholischen Verlangen nach Einsamkeit einen Ortsfremden dorthin verschlagen könnte –, der sollte ihr unbedingt einen Besuch abstatten, bevor es zu spät ist. Nicht mehr viele Orte überdauern lange genug, um sich Attribute wie »rustikaler Charme« oder »uriges Ambiente« zu verdienen – redlich zu verdienen –, aber Marthas Kneipe, der *Schippen*, gehört dazu. Und eine kleine, aber treue Stammkundschaft trägt daran einen maßgeblichen Anteil.

Der *Schippen*, so viel weiß der Chronist bereits, wurde in den Zwanzigerjahren von Marthas Großvater auf drei Stockwerken errichtet und verfügte anfangs über einen Schankraum und acht identisch ausgestattete Zimmer mit Toilettentisch und Aussicht auf das unstete Wetter. Im Erdgeschoss schloss sich an den Schankraum eine kleine Bücherei an, mit gemütlichen Sitzmöbeln und einem Schallplattenspieler inklusive einer Auswahl an orchestraler Musik. In den Dreißigern feierte das Hotel seine Glanzzeit und erwarb sich in ganz Süddeutschland einen formidablen Ruf, ehe der Krieg den Höhenflug jäh beendete.

Etwas ist natürlich zu berücksichtigen, wenn sich der Chronist an dem hochgeschossenen, kunstvoll gestalteten Hotelgebäude verlustiert. Wenn er das einstmals kräftige Schwarz des Fachwerks hervorhebt oder die einstmals moderne Einrichtung, auch das junge, frische Publikum und überhaupt alles, was daran ist und vielleicht einmal daran war.

Wenn er die munter flirrenden Stimmen im Gastraum einfängt, sie sorgfältig protokolliert und ausbreitet, dann tut er es stets so, wie ein Blinder ein Bild malt. Jemand beschreibt es ihm, er hört bloße Begriffe, roh, unvollkommen und ohne Zusammenhang. Er sammelt sie zunächst auf seiner Palette, reichert sie dort an mit allem, was er über sie zu wissen glaubt, bis sie den Farbton treffen, den seine Fantasie ihm vorgibt, und dann malt er das Bild, so bunt er es nur kann. Ein Bild, wohlgemerkt, keine Fotografie.

Heute, knapp sechs Jahrzehnte später, summt bloß noch die Kneipe im Erdgeschoss, während die beiden Wohnungen in den Etagen darüber im besten Falle für ein wenig Wäsche auf der Leine im Garten sorgen. Im ersten Stock, in vier exakt gleich großen Zimmern mit einem flauschigen roten Teppichbodenflur dazwischen, wohnt Martha. Sie residiert darin wie ein Gast und ist zugleich ihr eigenes Zimmermädchen.

Im Obergeschoss lebt Alfred, einer von Marthas treuen Stammgästen, und lässt ungern Besuch herein. Der Chronist begegnet dem kleinen Mann mit den wässrigen Augen, der von Narben gezeichneten Nase und dem verwaschenen gelben Cappy im Gastraum, wo nur wenig Tageslicht durch die milchig gewordenen Fenster fällt und flirrende Punkte in die Falten der Spitzenvorhänge projiziert. Alfred hat es sich gleich dort bequem gemacht, auf der modrig müffelnden Eckbank, die sich um zwei wackelige Sperrholztischchen erstreckt. Oder vielleicht nicht gerade bequem gemacht, er sitzt steif und aufrecht wie in einem Wartezimmer, die Hände auf die Knie gestützt. Aus der Küche vernimmt der Chronist Marthas leises Summen und das Klirren von Gläsern, aber Alfred scheint ein wenig versunken. Mit gesenktem Blick richtet er sich immerzu die Hosenträger und interessiert sich nicht für den Chronisten, bis dieser sich selbstbewusst zu ihm setzt. Dann aber ist es, als habe man eine verrostete Maschine geölt und in Gang gesetzt, und nach kürzester Zeit schwirrt dem Chronisten der Kopf von den vielen Namen, die ihm noch überhaupt nichts sagen.

Einer dieser Namen lautet Frieder, und der Chronist erkennt ihn sofort, als dieser den *Schippen* betritt, denn Alfreds Beschreibung ist verblüffend akkurat, womöglich hat er Frieders markante Erscheinung schon mehr als einmal in Worte gefasst. Sehr groß ist er, etwas steif und schwerfällig, wie er so zum Tresen trottet, aber mit durchgestreckten Schultern und einer kämpferisch vorgeschobenen Unterlippe. Ein prüfender Blick, in dem schon per se eine Anklage zu liegen scheint, heftet sich am Chronisten fest, der sich nun eilig erhebt und vorstellig wird. Er streckt Frieder die Hand entgegen, aber dieser lässt ihn erst mal zappeln und rollt wortlos seine Zigarette, sodass der Chronist etwas Zeit hat, den Blick schweifen zu lassen.

Die gesamte Mitte des Raumes nimmt ein großer, runder Tisch aus dunkler Eiche ein. Acht Personen haben an ihm Platz, es ist ein Stammtisch, ideal zum Gaigeln und, den Kratzern und Kerben nach zu urteilen, auch für andere Formen des Glücksspiels geeignet. Den Tresen säumen dreibeinige Barhocker von unterschiedlicher Machart und aus unterschiedlichen Jahrzehnten. Eine Chronik aus Holz.

Auf einem unter der Last ächzenden Teil dieser Chronik sitzt jetzt Frieder, zündet die Zigarette an und schüttelt seinem jungen Gegenüber endlich die Hand. Die Lippe ist noch immer vorgeschoben, das scheint wohl obligatorisch zu sein, aber die anfängliche Feindseligkeit verfliegt, wenngleich eine offenkundige und sehr reale Skepsis zurückbleibt.

Der Chronist schätzt Menschen, die Schilder um den Hals

tragen, deshalb ist er hergekommen. Kein melancholisches Verlangen nach Einsamkeit ist es, das ihn leitet, sondern er hat Geschichten gehört. Vielleicht sind es Gerüchte, vielleicht schlechte Träume, man erzählt sie sich im Stillen unter fernen Verwandten. Man munkelt von diesem Ort, von seinen Bewohnern, von den Wurzeln und den Trieben. Von den Maibäumen im Mai, den Junikäfern im Juni und dem schweigsamen Nicken über den Gartenzaun hinweg, wenn an Feiertagen fremde Spaziergänger blind durch den Ort ziehen, einer Raute oder einem Ahornblatt folgend. Man erzählt sich eine Menge unter fernen Verwandten. Der Chronist fühlt sich den Menschen verbunden und den Geschichten verpflichtet. Es ist nur ein Dorf unter vielen, und auch er ist nur ein Chronist unter Tausenden, aber er vermisst, was vermessen werden muss.

Warum nur gibt es in diesem Dorf kein Archiv, fragt er sich, warum keine Historie? Es spornt ihn an, er will mehr erfahren, will den blinden Fleck kartografieren. Der Chronist, er ist seinem Naturell nach siegesgewiss und pedantisch. Er will mit ihnen sprechen, diesen Menschen, und er will ihnen wieder die Schilder um die Hälse legen.

Frieder seinerseits weiß auch zwei oder drei Dinge über Schilder, aber das heißt noch lange nicht, dass er dem Chronisten vertraut. Überhaupt wird Letzterem schnell klar, dass Frieder ihn vorrangig als Stichwortgeber akzeptiert und das Bedürfnis hat, ihn zu korrigieren, sogar wenn er eigentlich derselben Meinung ist. Als der Chronist bemerkt, dass die Straße durch den Ort in einem erbarmungswürdigen Zustand sei, widerspricht Frieder und schimpft anschließend selbst darüber. Die Straße ist in der Tat schlecht, aber der Chronist liegt trotzdem falsch.

Natürlich hat der Chronist auf ein paar Quellen mehr gehofft, aber voll wird es im *Schippen* nur nach Beerdigungen und während der Fußballweltmeisterschaft. In der restlichen Zeit fangen vergilbte Fotografien und rissige alte Poster von Robert Schlienz und Willi Entenmann den Staub, während ein zerrupftes, rostrotes Fell unklaren Ursprungs an ein wilderes Schwabenland erinnert. Über dem Tresen hängt eine ausgebleichte amerikanische Flagge, doch ohne Wind wirkt sie beinahe scheu. Das Bild ist getrübt, findet der Chronist, als litte hier ein ganzes Dorf an der Katarakt.

Bei aller Schilderung des Verfalls wäre es allerdings falsch, anzunehmen, Rillingsbach sei zu irgendeinem Zeitpunkt ein blühendes und anziehendes Zentrum des lokalen gesellschaftlichen Lebens gewesen. Schon immer ein abgelegenes Provinznest, kamen – von den wenigen Touristen abgesehen, die sich ohnehin meist außerhalb des Dorfes aufhielten, im Rillingsbacher Weiher badeten oder die endlosen Waldwege entlangwanderten – schon damals kaum Leute in den Ort, die *nicht von hier* waren. Die Behauptung, das Dorf sei nach und nach verfallen, lässt sich zwar nicht ganz von der Hand weisen, ebenso berechtigt wäre aber der Schluss, es habe sich lediglich seinen Charakter bewahrt.

Mit Martha kann man diese Frage kaum diskutieren, schließlich ist sie immer hier gewesen. Sie würde die Veränderungen nur dann bemerken, wenn sie auf die entsetzlich dumme Idee käme, heute und damals zu vergleichen. Sie wuchs als jüngstes Kind gemeinsam mit ihren Brüdern Heinz und Erhardt in Rillingsbach auf und hat ihr Elternhaus, den *Schippen,* nie verlassen. Einige im Dorf behaupten sogar, sie habe sich in ihrem ganzen Leben nur ein einziges Mal außerhalb der Markung Rillingsbach aufgehalten, und zwar am Tage ihrer Geburt im Murrhardter Krankenhaus. Sie hat miterlebt, wie aus dem Dreisternehotel das Zweisternehotel wurde, dann die Vesperstube und das Vereinsheim. Den letzten, ohnehin nicht mehr allzu großen Schritt hin zur Kneipe hat sie selbst vollzogen. Wer sein Leben lang nur den wirtschaftlichen Abstieg kennt und es gewohnt ist, in regelmäßigen Abständen die Ansprüche herunterzuschrauben, der verliert naturgemäß das Vertrauen in den eigenen Riecher und wählt den Weg des geringsten Widerstands. Dieser Weg schrieb Martha vor, unverheiratet und kinderlos zu bleiben und überhaupt Veränderungen nur im Rahmen des absolut Notwendigen zuzulassen. Infolgedessen weiß Martha über sich selbst zunächst nicht viel mehr zu sagen, als dass sie ihr Leben lang Getränke ausschenkte und einer Generation von Rillingsbachern nach der anderen an den Tisch trug. Ob sie dabei wie zu Anfang im Schankraum eines Dreisternehotels stand oder wie heute in einer Kneipe, scheint auf den ersten Blick höchstens dokumentarische Bedeutung zu haben. Auf den zweiten aber, sofern man gewillt ist, diesen Blick zu tun, vielleicht auch eine Spur von Symbolik, und zwar für den fatalen Lauf der Dinge im Dorf. Dass Martha nicht viel über sich zu sagen hat, bedeutet nämlich keineswegs, dass es nichts zu erzählen gäbe.

Als sich die Tür hinter dem Chronisten erneut öffnet, ist er überrascht, eine Frau mit schnell trippelnden Füßen auf hohen Absätzen hereinwirbeln zu sehen. Noch überraschter scheint die Dame aber selbst zu sein, einen jungen Chronisten anzutreffen, und ohne ein Wort der Begrüßung eilt sie zu diesem hinüber und lässt sich neben ihm auf dem Barhocker nieder. Ihre Kleidung und die wuselige Art, mit der sie sich bewegt, diese kleinen, huschenden Gesten, verleihen ihrer

Erscheinung etwas Jugendliches, wäre da nicht das eingefallene Gesicht und die poröse Haut, an Hals und den freiliegenden Schultern von braunen Flecken gesprenkelt. Der Chronist ist hin- und hergerissen und hält sie für eine Frau, die man besser nicht nach der Anzahl ihrer Lebensjahre fragt, weil man die Antwort in jedem Fall nur schwer verdauen könnte. Er versucht stattdessen, ihr seine Anwesenheit zu erläutern, aber es kümmert sie nicht, was er hier tut oder woher er kommt. Sie will mit ihm trinken und rauchen und lachen, und mehr braucht es gar nicht als Daseinsberechtigung.

Auch Alfred erhebt sich nun und kommt zum Tresen geschlichen, wo er neben Hilde Platz nimmt. Martha stellt zwei Gläser Bier vor den Männern auf die Theke und ein Glas Jacky Cola vor Hilde, der Chronist bekommt eine Fanta. Selbst wenn er Hilde damit verärgert, er ist schließlich nicht zum Saufen hergekommen.

Ohne durchzuzählen, ist klar, dass keine weiteren Gäste erwartet werden, also fängt der Chronist an zu sondieren. Sie sind ihm schon jetzt sympathisch, diese Alten, und er hat ein gutes Gefühl, was die Chronik betrifft. Alfred aus dem Obergeschoss, dreiundachtzig Jahre alt und trotzdem nie gelernt, den Mund zu halten. Lektionen gab es genug. Hilde, die Wilde. Hilde, die Junge. Frieder, der dem Vater so gleicht. Jeder könnte hier etwas über den anderen sagen und tut es auch, an diesem Ort, an dem jeder jeden kennt, niemand kommt und keiner jemals geht. Und dann fragt der Chronist, wie es früher war. Misstrauen, Unverständnis, Spott. Sie erzählen schon, aber dieses und jenes, hier etwas dazu, da etwas weg. Die Alten sind vorsichtig geworden.

Normalerweise beginnt man eine Erzählung an ihrem

Anfang. In diesem Fall ist das kaum möglich, denn woran erkennt man den Anfang einer Erinnerung, die einem gar nicht gehört?

Schon die Gründung Rillingsbachs fällt ins Dunkel der Geschichte. Als gesichert gilt lediglich, dass die Ortschaft nach dem durchfließenden, schmalen Bächlein benannt wurde und nicht etwa umgekehrt. Das muss notwendigerweise so gewesen sein, da der Name Rillingsbach dem nahen Rillingsweiher entliehen wurde, in welchen dieser mündet. Namensgebend für den Weiher wiederum war, von Linguisten zweifelsfrei nachgewiesen, der Rietling. Der Strom entspringt im Süden, in der Nähe von Schorndorf, und passiert die Region im wenige Kilometer entfernt gelegenen Ort Rietstetten, wo er im Frühjahr häufig Überschwemmungen verursacht. Kurz und gut, die Namensgebung muss ausgehend vom Rietling, dem großen Strom, über den Rillingsweiher und den Rillingsbach hin zum Namen des Dorfes erfolgt sein.

Das Interesse der Rillingsbacher, und nebenbei gesagt auch das des Chronisten, an derlei Fachgeplänkel hält sich in Grenzen. Alfred oder Hilde kann man damit weder in Staunen versetzen noch einen Willi aus den Rippen leiern. Außerdem bliebe, wenn man sich schon damit beschäftigt, da ja noch immer die Frage nach dem Namensursprung des Rietlings, und wo soll das enden?

Das kollektive Gedächtnis des Dorfes umfasst aufgrund des Mangels an einem Archiv und der Abwesenheit eines ambitionierten, an Fakten orientierten Chronisten nur etwa drei Generationen, alles davor ist Fabel und Sage. Dabei stellt sich die berechtigte Frage, wie lückenlos eine solche Erinnerung überhaupt ist und wie geeignet als Grundlage für die

Chronik eines Dorfes. Auf der anderen Seite: Wie lückenlos ist ein Archiv voller Ordner und Blätter, und sei es noch so sorgfältig geführt? Erinnert sich ein Archiv an die bunten Tage im Herbst, als Alfreds neuer Alfa Romeo erstmals in den Erlenweg einbog und die gefallenen Blätter durch die feuchte, schwere Luft wirbelte? Hat ein Archiv noch den kreischenden Gesang der Sirenen im Ohr und den grauenhaften Lärm, als eine Bombe der Royal Air Force krachend in die Scheune der Familie Winkler einschlug? Kann ein Stammbuch, eine Urkunde oder selbst eine Fotografie diese Dinge begreiflich machen? Kann ein Archiv die Augen schließen und sich noch einmal vorstellen, wie Erhard Tränen über die Wangen kullerten vor Lachen, als Heinz beim Eselreiten in die Büsche galoppierte?

Das jedenfalls sind die Dinge, an die man sich im *Schippen* erinnert, wenn einer danach fragt, wie es hier früher gewesen ist. Und ob der Esel nun haselnussbraun war oder doch eher grau, ob Erhard wirklich sechsmal in die Brombeersträucher fiel oder bloß zweimal, was macht das schon? Der Chronist interessiert sich nicht für Details, er sucht Tendenzen und Muster. Er fragt vor allem nach den unschönen Geschichten, den schmutzigen, denen mit Schuss. Da werden sie im *Schippen* misstrauisch, still und wortkarg, und packen die bunten Geschichten ganz schnell wieder ein.

Die Bewohner von Rillingsbach waren es immer selbst, die einander das Leben füllten. Für die meisten ist das Dorf alles, was sie je gekannt haben, und wenn man Martha fragt, so waren sie alle gute Menschen, egal, was passiert ist. Das heißt allerdings nicht, dass man die anderen Geschichten nicht zu hören bekommt. Es heißt nur, dass man anders nach ihnen fragen muss.

KAPITEL 1

Das episodische Gedächtnis ermöglicht den Abruf vergangener Erfahrungen, die in einer bestimmten Situation zu einem bestimmten Zeitpunkt gebildet wurden. Es ist zur mentalen Zeitreise sowohl in die Vergangenheit als auch in die Zukunft fähig.

Endel Tulving

Eine Zeitreise sowohl in die Vergangenheit als auch in die Zukunft.

Ein neuer Versuch. Wo beginnt man die Geschichte einer Dorferinnerung, wenn man kein Teil derselben ist? Vielleicht bei den Menschen, die den Zugang gewähren. Zum Beispiel bei Martha. Sie steht hinter dem Tresen, wäscht die Gläser oder macht sie wieder voll, und der Chronist sitzt erwartungsvoll vor seinem Bier und hofft auf offene Wunden.

Martha, dünnes graues Haar, aufgesteckt zu einem Dutt, trotz ihres Alters noch gute Augen, jeden Tag ein Kreuzworträtsel, ein aufrechter Gang, da rutscht nichts vom Tablett, eine feine, aber immer etwas zu leise Stimme, insgesamt dreimal in Lebensgefahr. Das erste Mal am Tag ihrer Geburt, als sie ihrer Mutter, der Anna, so große Mühe bereitete. Bald darauf musste Anna dann auch gehen, so viel Kraft hatte dieses quere Kind sie gekostet. Und da fällt der Groschen, warum Martha nicht auch noch einen Ehemann in ihrem

Leben brauchte, wo es doch schon drei Männer in der Familie gab, die sie ganz allein versorgen musste.

Das zweite Mal an jenem Tag, an dem Teile der Winklerscheune mit Getöse durch die Winternacht stoben und auf das Dorf niederregneten. Nicht Hunde und Katzen, aber Holz und Blut und Rindfleisch und Bomben hagelte es. Die Lebensgefahr hatte Martha aber nicht exklusiv, alle zitterten damals gleichermaßen in ihren Kellern, während sie den Schlägen auf den Dächern lauschten.

Beim dritten Mal ging es um Erwin. Um den kommt man nicht herum, wenn man im *Schippen* über die Vergangenheit spricht. Je nachdem, wen man fragt, war Erwin ein Unmensch oder ein Psychopath. In beiden Fällen hätte man ihn wohl nicht unbedingt mit einem Kind allein lassen sollen.

Wenn er möglicherweise schon vor dem Krieg ein wenig eigen war und zum Jähzorn neigte, Charakterzüge, die er allerdings mit vielen Rillingsbachern teilte, so kam er vollends durchgeknallt aus der Kriegsgefangenschaft zurück. Was genau er in den Jahren zuvor erlebt hatte, wusste man nicht, schon weil keiner danach fragte. Anders als sein besonnener Bruder Hans hatte Erwin auch niemals Briefe geschrieben, sodass selbst seine Eltern nicht wussten, wo er kämpfte und ob er überhaupt noch lebte.

Andererseits ist die Idee, der Krieg habe ihn zu einem unberechenbaren Gewaltmenschen gemacht, nur eine Theorie. Es ist durchaus möglich, dass diese Entwicklung von Anfang an unvermeidlich gewesen war, ganz gleich, unter welchen Umständen. Er hatte etwas in seinem Kopf, dass da nicht hingehörte, aber nach und nach aufging und sich an die Oberfläche arbeitete wie ein Kartoffeltrieb, der zum Licht strebt und, sofern welches da ist, es auch findet. Schon seit der Kindheit war er seinen Mitmenschen nicht geheuer, das galt sogar für seine eigene Mutter. Er tat Dinge, für die an einem Ort wie Rillingsbach kein Platz war.

Die Freude seiner Eltern, als endlich einer der beiden Söhne aus dem Krieg zurückkehrte, war verhalten. Es war kein Geheimnis, dass sie lieber Hans in die Arme geschlossen hätten, und wenn sie nicht schon am Tag von Erwins Rückkehr so dachten, dann war es einige Zeit später mit Sicherheit der Fall.

Während der ersten Wochen in der Heimat machte Erwin den Menschen so viel Ärger wie ein verregneter Sommer. Er stahl Hühner und Werkzeuge, ersäufte Hundewelpen und zündelte, bis es den Leuten irgendwann mulmig wurde, zu Bett zu gehen. Jemand hielt es für eine gute Idee, ihn zum Kopfschlächter auszubilden. Mit diesem Beruf, den mehr oder weniger die Hälfte der männlichen Dorfbewohner ausübte, hoffte man, ihm eine Arbeit gegeben zu haben, bei der er seine Verrücktheiten ausleben und die restliche Zeit ein halbwegs erträgliches Gemeindemitglied sein konnte. Diese Rechnung ging nur teilweise auf.

Unter all den Kopfschlächtern war er nämlich der Einzige, der seine Messer mit in den *Schippen* brachte und zu den unmöglichsten Gelegenheiten vorzeigte. Er führte sie so selbstverständlich mit sich, als wären es angeborene Gliedmaßen. Während er in der einen Sekunde noch vollkommen ruhig am Stammtisch saß und mit regungsloser Miene in seine Karten starrte, konnte er schon im nächsten Moment seinen Ausbeiner hervorziehen und ihn vor Martha in den Tisch rammen, wenn sie ihm sein *Daumenschorle* hinstellte, ohne dabei ihren Daumen, wie von ihm gefordert, ins Glas zu tunken. Eine filmreife Vorstellung war auch, wie Erwin am Sonntagmorgen vor der Kirche saß und die Messer wetzte, dabei leise ein Kinderliedchen summte und Pfarrer Holzknecht sein breitestes Grinsen schenkte. Eine Zeit lang rätselten die Leute, wen er damit wohl verärgern oder herausfordern wollte. Aber zuletzt fand man sich damit ab, dass es eben diese Art von Wahnsinn war, die Erwin ausmachte, und in gewisser Weise musste man Gott wohl auch dafür dankbar sein. Von innen gesehen hat Erwin die Kirche allerdings nie.

Später, als sie es sich trauen konnte, behauptete seine Gattin Elisabeth, dass er vor dem Schlafengehen sogar ein Messer unter die Matratze geschoben habe. Und manchmal, wenn sie nachts aufwachte, konnte sie hören, wie er in die Bettpfosten schnitzte.

»Erwin, was hast du denn da am Bettpfosten zu schaffen?«, fragte sie ihn dann ängstlich, woraufhin er meistens nicht antwortete. Manchmal aber antwortete er doch und murmelte etwas, wie: »Was fragst du so blöd. So blöd haben sie auch mal den Heinrich gefragt. Frag nur weiter so blöd, wie die Anna und die Katharina, am Ende hat es noch jede gelernt«, oder: »Ich hab am Sonntag wieder den Teufel gesehen, der ist hier im Dorf unterwegs, sitzt vor der Kirche und lacht wie ein verrücktes Rind. Kannst den ja mal fragen nach seinem Werk, vielleicht weiß der dir Antwort, wenn du es dann noch wissen willst.« Wenn er solche Dinge sagte, ließ man ihn besser weiter schnitzen.

Elisabeth hatte er aus Cornwall mitgebracht. Sie war die Tochter eines emigrierten deutschen Arztes und einer Engländerin, und warum sie sich ausgerechnet auf Erwin eingelassen hatte, dieses schöne, grünäugige Kind, ist Stoff für Legenden. Vielleicht war sie einfach nur eine Art Beute. Seine persönliche Garantie dafür, dass dieser Krieg nicht ganz vergebens gewesen war, obwohl ihn die Politik und das Leben im Grunde gar nicht besonders zu beschäftigen schienen. Nach allem, was man wusste, kannte er kein Bedauern.

Erwins Eltern starben beide im Dezember 1946, nur wenige Monate nach seiner Heimkehr. Zu Weihnachten in jenem Jahr besaßen Elisabeth und er plötzlich einen eigenen Hof, acht Rinder, einige Schweine, einen Stall Hühner, zwei Hektar Ackerland und sechzig Ar mit Streuobstwiesen, sowie jede Menge Platz, um eine glückliche Familie zu gründen. Das sind Hildes Worte, doch dem Chronisten entgeht nicht, dass Martha sie mit einem Kopfschütteln quittiert, dessen Botschaft er noch nicht ganz greifen kann.

Eine glückliche Familie zu gründen.

Der Chronist verzichtet darauf, zu dokumentieren, wie diese Worte unerwidert im Raum schweben, der Moment ist auf ganz und gar vollkommene Weise unangenehm. Der Regen trommelt leise, aber aufdringlich genug gegen das Fenster, um das Schweigen ins Rampenlicht zu zerren, und irgendwelche Füße scharren verlegen über den Boden. Man könnte es glatt für einen Scherz halten, positiv ausgedrückt, oder für Geschichtsverfälschung.

Es zwickt die Rillingsbacher, man kann es spüren. Es zwickt sie, wenn sie versuchen zu verstehen, wie ein durch und durch schlechter Mensch wie Erwin so unverdient viel Glück haben und doch so undankbar wenig daraus machen konnte.

Hätte man Erwin gefragt, ob diese Dinge für ihn Glück bedeuteten, wäre die Antwort möglicherweise eine andere gewesen. Des einen Glück, des andern Strick. Aber daran hatten sich die Menschen gewöhnt. Er sagte nur sehr selten etwas, mit dem man vorbehaltlos einverstanden sein konnte, ohne sich wenigstens im Stillen seinen Teil dazu zu denken. Außer Elisabeth hielt es keiner lange bei ihm aus, und selbst sie schien immer ein bisschen auf der Flucht zu sein.

Sogar Männer, die etwas darstellten im Dorf, Männer wie Gottlob, der Schippenwirt, und Frieders Vater Wilhelm, wahrten vorsichtshalber Abstand. Ein einziges Mal geriet Wilhelm mit ihm aneinander, genau hier, im Schankraum des *Schippen*. Jeder erinnert sich, selbst jene, die gar nicht dabei waren. Damals saßen sie am Tresen, so wie heute auch der Chronist, nur die Stühle waren weniger fleckig und keine Radiomusik zu hören. Erwin hockte dort, wo Hilde nun sitzt, und Wilhelm dort, wo Frieder sitzt. Ein Bild, keine Fotografie. Hotelgäste waren, wie so oft in jenen Tagen, keine zugegen, nur die Kopfschlächter tranken in dieser Nacht, und so kam es, dass Wilhelm sang. Gottlob hatte ihn einmal darum gebeten, das in seiner Schenke doch bleiben zu lassen, solange Gäste da waren, aber jetzt stimmte Wilhelm, der es gewohnt war, dass man ihn hörte, mit feierlicher Stimme an: »Ob's stürmt oder schneit, ob die Sonne uns lacht.« Schnell war der Chor auf fünf, sechs, sieben Männerstimmen angeschwollen, da schrie Erwin, der etwas abseits am anderen Ende der Theke saß, lauter als sie alle zusammen:

»Linzner!«

Da war aber Ruhe. Wilhelm, groß und mit Bauch, schätzte es gar nicht, wenn man ihn unterbrach, noch dazu so unziemlich beim kameradschaftlichen Gesang. Lange hatte das keiner gewagt. Doch anders als die meisten Rillingsbacher empfand Wilhelm gegenüber Erwin nicht nur Beklemmung und Unverständnis, sondern auch ein Gefühl, das irgendwo zwischen Respekt und Brüderlichkeit angesiedelt war. Sie hatten an unterschiedlichen Fronten gekämpft, der eine innen, der andere außen, aber auf derselben Seite gestanden. Sie waren vom selben Schlag, aus demselben wettergegerbten, unverwüstlichen Holz, auch Wilhelm hatte die Heimat verteidigt. Aus diesem Grund wollte er ausnahmsweise einmal fünfe gerade sein lassen. Er konnte ja nicht ahnen, dass Erwin noch gar nicht fertig war.

»Wo hat's denn gestürmt, Linzner? Und geschneit? In der Scheune, auf dem Heuboden? Oder in der *Sonne-Post* unten in Murrhardt, beim Schorle Saufen und Kameraden Bespitzeln, hat es da vielleicht geschneit?«

Und plötzlich war die Ruhe wieder davon, gewissermaßen von der Unruhe vertrieben. Nervöse Blicke nach links und rechts, keiner hatte Lust auf das, was nun zwangsläufig folgen musste. Niemand mag Unruhestifter, am wenigsten dann, wenn es gerade gemütlich zugeht. Um der Ruhe willen kann man doch auch einmal zurückstecken, kann man jemanden mal ein bisschen Unsinn quasseln oder eben sein Liedchen singen lassen, es geht doch vorbei, und am Ende bleibt alles beim Alten. Nicht in fünfzehn Jahren hatte jemand so etwas zu Wilhelm gesagt, nicht immer nur um des Friedens willen, aber unter anderem. Erwin brauchte man mit so einem Argument freilich gar nicht erst zu kommen, denn Ruhe war für ihn kein Wert. Wilhelm war zunächst sprachlos, sammelte sich dann aber und setzte zur Predigt an.

»Hör mir jetzt mal gut zu, Junge. Du warst an der Front, schön und gut. Aber vergiss mal nicht, die SS ...«

Da schlug Erwin mit der Faust auf den Tresen, dass hundert Gläser schwankten und wackelten, und das Klirren ließ Gottlob Böses ahnen. Er sah schicksalsergeben nach oben zur Vitrine, in Erwartung eines Scherbenregens. Aber das war der Teil des Abends, an dem sie alle Glück hatten.

»Willst du mir von der Schissstaffel erzählen, Linzner? Willst du mir was vom Krieg erzählen? Willst mir hier ein Liedchen trällern? Der Gottlob darf mir was erzählen, der war wenigstens an der Front. Aber was hat dein Verein denn gemacht? Hinter der Ostfront Dörfer angezündet und Weiber erschossen, im besten Fall. Dir muss doch zuerst mal einer beibringen, was Krieg bedeutet. Ich kann dir erklären, was das ist. Ich kann's dir auch zeigen, gleich hier, gleich draußen vor der Tür. Komm nur mit, dann schlag ich deine Zähne einzeln in den Maibaum, gleich unter die Ami-Flagge. Schöne Helden seid ihr gewesen, du und dein Trupp, drei Wochen hat sie gehangen, bis der Gottlob sie runtergenommen hat. Komm du mir noch mal mit Schnee und Sturm, dann schneid ich dir den Meckel rund, Herr *Oberscharführer.*«

So war Erwin, explosiv wie ein Minenfeld und ebenso unberechenbar. Wilhelm jedenfalls sang danach keine Lieder mehr im *Schippen,* und Gottlob räumte die Gläser in eine Vitrine in Bodennähe.

Erwins Anwesenheit war in der Regel mit Ärger verbunden. Was zum Teufel tat Martha also allein mit ihm im Schlachtraum? Sie weiß es nicht mehr und kann es sich auch nicht erklären. Sie mochte ihn eigentlich nicht besonders, wie sie mit einem vorsichtigen Seitenblick auf Hilde zugibt, fand ihn grob und unheimlich. Vielleicht hing es damit zusammen, dass es so ein heißer Tag war, denn im Schlachtraum war es kühl. Sie lag an solchen Tagen gerne auf den kalten, weißen Kacheln und blätterte durch ein Bilderbuch oder spielte mit der Puppe, die ihr Anna hinterlassen hatte.

An diesem Tag auch? Falls ja, ist die Erinnerung daran verblasst gegenüber dem, was danach geschah. Immer, wenn sie sich zu erinnern versucht, ist Erwin schon da. Hinter ihr, über sie gebeugt, sein warmer Atem in ihrem Nacken, stoßweise und schnaubend wie der eines Stiers. Wie er sie anstarrte, als sie sich umdrehte. Er war kein hässlicher Mann. Bei dieser Bemerkung gluckst Hilde leise auf. Unbeirrt fährt Martha fort. Nein, überhaupt kein hässlicher Mann. Groß, stark, dunkles Haar und schwarze Augen. Narben an den Handgelenken. Als er aber von ihr verlangte, ihr Kleidchen auszuziehen, weigerte sie sich. Nicht aus Empörung oder Entsetzen, sondern einfach, weil sie keine Lust dazu hatte.

Erwin stand vor ihr wie ein unbezwingbarer Berg, ein Berg mit braunen Hosenträgern, die ihm links und rechts von der Hüfte baumelten. Mit seiner riesigen Pranke – wieder bemerkte sie die Narben – strich er ihr über das Haar, hob einen der Zöpfe an und betrachtete ihn nachdenklich. Mit Nachdruck und in seiner ihm eigenen Art zu sprechen, schleppend, sich beinahe verschluckend, wiederholte er seine Aufforderung. Er kam näher, roch nach Arbeit, roch nach dem Blut unschuldiger Tiere. Sie wich zurück und spürte dabei die kalten Kacheln an ihren nackten Waden. Erwin streckte wieder die Hand aus, wieder zu ihren Haaren, wieder zu ihren Zöpfen. Martha zuckte nach links, zuckte nach rechts, zuckte nach links, und die langen Flechtzöpfe flogen ihr dabei um das Köpfchen. Da packte Erwin ebenjenes mit einer ruckartigen Bewegung, als finge er eine Stubenfliege, und schloss es zwischen seinen rauen Händen ein wie in einen Schraubstock. Vor Wut oder Anstrengung zitternd, begann er, langsam zuzudrücken. Ein unvorstellbarer Druck verdrängte alle Gedanken aus Marthas Kopf. Beinahe konnte sie hören, wie ihre Wangenknochen ächzten, und vor lauter Panik schaffte sie es nicht, ihre Augen zu schließen. Wild wie ein Eber sah Erwin aus, und er presste geifernd und spuckend abgehackte Worte hervor:

»I ... schneid dir ... d'Nas ... und ... d'Ohra ... vom Schädel ... und schmeiß dich in ... dr Weiher ... wie an Welp!«

Und in diesem Moment, mitten hinein in die vibrierende Stille ihrer entsetzten Gedankenlosigkeit, rief jemand laut und scharf Erwins Namen. Er verhallte dumpf in Marthas Schädel, der im Bersten begriffen schien, und sie erkannte vage die Stimme ihres Vaters. Augenblicklich lockerte Erwin seinen Griff, ließ Martha aber nicht los. Noch immer im Wahn, starrte er sie mit seinen weit aufgerissenen Augen an, während sich seine verzerrte Fratze langsam entspannte und einem dümmlichen Grinsen wich. Endlich gab er ihren Kopf frei und drehte sich zu Gottlob um, den Martha nun in der Tür stehen sah.

»Gottlob«, sagte er dann ruhig und richtete sich auf, »deine Martha, auf die würde ich besser aufpassen. So schöne, lange Zöpfe, wie die hat. Die sieht ja aus wie die Anna.«

Der runde, haarlose Kopf des Vaters glühte rot wie der Schmelzklumpen an einer Glasbläserpfeife. Er trat aus der Tür in den Schlachtraum und gab den Weg frei für den großen, steifen Kopfschlächter. Erwin, der Signale nicht nur senden, sondern auch lesen konnte, lenkte ein und stapfte über die blütenweißen Kacheln hinüber zur Tür. Vor dem Vater baute er sich auf, das breite Kreuz durchgedrückt, und richtete sich die Hosenträger. Er hätte dem kleinen, zehn Jahre älteren Gottlob auf den Kopf spucken oder noch ganz andere Sachen mit ihm machen können, das wussten sie alle beide. Trotzdem giftete Gottlob drauflos, zischte Worte, die Martha nicht verstand. Erwin ließ es stoisch über sich ergehen und glotzte stumm Löcher in die Luft. Schwer zu sagen, ob er überhaupt zuhörte. Als Gottlob endlich fertig war, verharrten sie einen Moment lang schweigend und starrten einander an. Da lachte Erwin laut auf, klopfte dem Kleinen auf die Schulter und verschwand hinüber in den Gastraum, auf einen starken Klaren.

Gottlob atmete tief durch. Das weinende Töchterchen ratlos anblickend, überlegte er, was nun zu tun war. Zuerst einmal hob er die Puppe auf, die mit dem Gesicht nach unten auf dem kalten Boden des Schlachtraums lag. Dann nahm er das zitternde Kind auf den Arm, reichte ihr das Stoffspielzeug und versuchte sich als Tröster. Doch was sollte er ihr sagen? Etwa, dass Erwin ihr nie wieder wehtun würde? Das konnte er wohl kaum versprechen.

Spät am Abend, ein Sturm rüttelte an den Fensterläden, fand Martha ihren Vater in der Werkstatt, wo er seine Flinte reinigte, wie er es von Zeit zu Zeit tat. Mit einer Schürze bekleidet, stand er im Licht der Petroleumlampe an seiner Werkbank, das Laufbündel vorsichtig in den Schraubstock gespannt, und führte die kleine Nylonbürste ein. Still sah sie ihm zu, war gerührt von seinen liebevollen Berührungen des kalten Metalls, von der Sorgfalt, mit der er das Öl und das Fett abwischte. Überhaupt, so fand sie, ist ein Gewehr ein sehr aufregender Gegenstand. Ob er sie wohl einmal damit schießen ließe? Natürlich nicht auf ein Tier, sondern einfach nur so, zum Vergnügen.

»Warum reinigst du schon wieder die Büchse?«, fragte sie schließlich. »Das hast du doch erst gestern getan. Hast du heute etwas geschossen?«

Mit prüfendem Blick den gefetteten Vorderschaft einsetzend, antwortete er, ohne sie anzusehen: »Ja, ich musste einen Fuchs erschießen, er hing in der Falle. Der Lauf war gebrochen.«

Martha nickte verständnisvoll, obwohl sie solche Dinge erschütterten. Ihr Vater sprach davon, als sei es ganz normal. Als habe er dem Fuchs damit einen Gefallen getan. Eigentlich wollte sie ihn aber etwas anderes fragen, den ganzen Tag schon. Es ging um eine Sache, die Erwin gesagt hatte und die ihr seitdem nicht aus dem Kopf ging. Und zwar über Anna. Erwin hatte nämlich behauptet, dass sie, Martha, genauso aussehe wie die Anna. Ob das wahr sei? Sie hatte lange gezögert, der Vater sprach nicht gern über Anna, wurde dann erst wortkarg und schließlich ekelhaft.

»Alle Kinder gleichen ihren Eltern«, sagte er nur. Martha wusste, das stimmte nicht, wollte aber nicht widersprechen. Stattdessen wagte sie sich weiter vor: »Also sehe ich so aus wie die Mama?«

Da legte Gottlob den fettigen Lumpen zur Seite und betrachtete sie über seine Brillengläser hinweg. Er bot einen lustigen Anblick mit den Schweißperlen auf der Glatze und den Ölflecken im Gesicht.

»Deine Mutter hatte blaue Augen und strohblondes Haar. Du hast meine braunen Augen, und dein Haar ist dunkelblond, fast braun.«

Martha verstand, was das bedeutete. Erwin hatte nur geredet. Sie alle redeten nur, hier im Dorf, immer und immerzu. Sagten Dinge, die nicht stimmten, nur um einander wehzutun. Sie würde so etwas nie machen, das schwor sie sich. Niemals.

»Dein Näschen allerdings«, fuhr der Vater mit einem ungewohnt schelmischen Grinsen fort, während er sie an der Nase packte, »dein Näschen und dein Mund, und überhaupt dein Gesicht, und auch die glänzenden, langen Zöpfchen. Da denke ich manchmal, ich sehe die Anna. So schön wie sie bist du allemal. Und wenn du groß bist und nach Murrhardt ins Krankenhaus fährst, um ein Kind zu bekommen, dann werden die Ärzte denken: ›Na, gibt es denn das, schon wieder die Anna. Die Anna mit ihrem Vierten!‹«

Es war gut gemeint, aber nicht sehr geschickt. Von Anna und dem Kinderkriegen zu sprechen, das beschwor keine schönen Bilder herauf. Bis dahin hatte Martha sich nie Gedanken darüber gemacht, dass auch sie selbst eines Tages auf der Krankenbahre liegen, Schmerzen haben und vielleicht sterben musste. Nun allerdings kroch eine diffuse Angst in ihre jungen Glieder. Sie gab Gottlob einen flüchtigen Gutenachtkuss, stieg eilig die Treppen hinauf in ihr Zimmer und legte sich ins Bett zu ihrer Puppe, wo sie an diesem Abend noch lange wach lag und ungewohnten Gedanken nachhing, die um Babys, Gewehre, Füchse mit gebrochenem Lauf und Kopfschlächter kreisten. Auch Gottlob konnte noch nicht schlafen. Nachdem er die Büchse zusammengesetzt und sich gewaschen hatte, stellte er sich in die Küche, sah aus dem Fenster in die unnatürlich gefräßige, horizontlose Finsternis einer Nacht, die auf einen durchlittenen Tag folgt, und begann zu trinken.

Der nächste Morgen brachte Schneeregen, eisige Kälte und einen Schrei. Dieser entsprang einem kleinen Schuppen abseits des Dorfes, von wo er sich einen schlammigen, glitschigen Pfad hinaus aus dem Dunkel des Hochwaldes suchte und auch fand. Dann erklomm er den grasigen Hang hinauf zur Sackgasse im Erlenweg und folgte diesem, bis er schließlich den Rillingsweg erreichte, wo er lange und klirrend verharrte, als sei er eingefroren. Der Schrei blieb nicht lange allein, er wurde gejagt von Elisabeth, deren nachfolgende Schreie sich mit dem Urschrei vermengten.

»Die späteren Schreie klangen kraftlos«, ergänzt Frieder, offenbar hat Martha nicht das Monopol auf diese Anekdote.

»Blödsinn«, erwidert Hilde, aber ohne Nachdruck, mehr, als gehörte es eben an diese Stelle der Geschichte, quasi pro forma. Der Chronist blickt sich neugierig um, doch es geht keine Regung durch die müden Glieder. Alfred, sich schwerfällig auf der Theke abstützend, scheint in Gedanken versunken, man kann bloß erahnen, woran, ob er nach vorne spult oder zurück, er weiß genau, was kommen wird und was gewesen ist. Martha blinzelt den Chronisten ungeduldig an und fährt fort.

Natürlich war es einer dieser Tage, über die später jeder etwas zu sagen weiß, an denen jeder ein Chronist ist, was dem Experten seine Aufgabe empfindlich erschwert. Jeder erinnert sich noch genau, wo er war und was er getan hat, und jeder hat ein persönliches Detail zu der umfassenden Erhabenheit der Tragödie beizusteuern. Über Rillingsbach lag eine flirrende Atmosphäre, welche die Menschen zur Teilnahme am Drama dieses Tages zwang, und man hörte es knistern.

Auf dem Fensterbrett seiner Dachgeschosswohnung im Rillingsweg stand der einstige Dorflehrer Mangelhardt und glotzte sich die Augen aus dem Kopf. Die Frage, ob er wirklich springen wollte oder nicht, stellt der Chronist erst einmal zurück – damals wurde natürlich ausgiebig diskutiert, der zeitgleiche Ablauf mehrerer außergewöhnlicher Ereignisse, die Synchronität derselben, zeichnet solche Tage schließlich aus. In jedem Fall hätte der Schreck beinahe das Übrige besorgt.

Er lehnte sich weit aus dem Fenster und sah die kreischende Elisabeth die Straße heraufstürzen.

»Was schreist du denn so, Elisabeth? Why do you yelling?«

Da wurden ihre Schreie wieder lauter und spitzer.

»Wie auf Bestellung«, fügt Frieder hinzu, den Kopf ruckartig hebend. Der Chronist nickt ihm zu, es ist vermerkt.

Hilde schüttelt wortlos den Kopf, und auch das entgeht dem Chronisten nicht.

Elisabeth versuchte verzweifelt, sich verständlich zu machen, doch was immer sie sagte, es ging unter im Gewirr der Schreie ihrer sich überschlagenden Stimme.

»Nun beruhige dich doch, Mädchen«, rief Alfreds burschikose Mutter Elsa, die mittlerweile ebenfalls aufgeschreckt und an ihr Küchenfenster getreten war, um die Ereignisse auf der Straße zu verfolgen. Auch in den Nachbarhäusern öffneten sich nach und nach die Fenster.

»Erzähl uns einfach, was passiert ist!«

»Erwin!«, schrie Elisabeth endlich, und ein Raunen war zu vernehmen, obwohl ohnehin kaum jemand bezweifelt haben dürfte, dass Erwin auf die eine oder andere Weise der Verursacher dieser Schreie war.

»Im Schuppen«, fügte Elisabeth schließlich tonlos hinzu und sank weinend auf den nassen Schotter nieder.

Einige Männer, darunter auch Gottlob, stolperten bereits hinaus auf die Straße, streiften sich im Laufen ihre Regenmäntel über oder schlüpften, auf einem Bein springend, noch in den zweiten Gummistiefel. Sie rannten den Rillingsweg und den Erlenweg hinab zu dem kleinen Pfad, auf dem sie der Reihe nach ausrutschten und im kalten Schlamm landeten. Am Schuppen verlangsamten sie ihre Schritte.

»Was glaubst du, was hat der Idiot diesmal angestellt?«,

fragte Wilhelm, der noch immer eine Autoritätsperson im Ort war und in prekären Situationen meist die Hosen anhatte. Auch wenn ihm der offizielle Titel genommen worden war – in seiner Rolle konnte man den ehemaligen Oberscharführer nicht degradieren. In solchen Momenten brauchte man nun einmal Männer mit genug Schneid, um eine Richtung vorzugeben, und die wuchsen bekanntermaßen nicht auf Bäumen.

Gottlob schwieg und bedeutete den anderen zu warten. Er rief Erwins Namen, dann begannen alle Männer, wild durcheinander nach dem Kopfschlächter zu schreien.

Mehrere Minuten verstrichen, in denen sie unentschlossen vor dem Schuppen warteten, schrien und lauschten. Schließlich war es Gottlob, der sich vorsichtig hineintastete, eine Petroleumlampe in der einen und sein Gewehr in der anderen Hand. Eine weitere Minute verging, doch noch immer drückte sie die Stille. Da begannen die Männer vor dem Schuppen, nach Gottlob zu rufen. Als sie auch von ihm nichts mehr hörten, beschloss Wilhelm, seinem Freund zu folgen.

Er spürte Gottlob schon, bevor er ihn sah, denn dieser war nur wenige Schritte weit in den Schuppen hineingegangen und stand nun regungslos im Dunkeln. Wilhelm hatte nicht an eine Lampe gedacht, doch im Lichtkegel von Gottlobs Laterne konnte er den Grund für dessen Schweigen erkennen. Dort, auf den Holzplanken ausgestreckt, lag Erwin, statt des Schandmauls ein fleischiges Loch im Gesicht. Wenn man nicht genau hinschaute, sah er milde überrascht und ein wenig belustigt aus, wie ein erprobter Schachspieler, der wegen einer Unaufmerksamkeit von einem Anfänger mattgesetzt wird. Die langen Stelzen ausgestreckt, einen Arm merkwürdig hinter dem Rücken abgewinkelt, starrten seine schwarzen Augen durch die Finsternis des kleinen Holzschuppens zur Decke hinauf, der letzten Barriere vor den verblassenden Sternen. Wilhelm schüttelte den Kopf.

»Überall auf der Welt hätte er fallen können, und dann pustet er sich im Holzschuppen die Lichter aus.«

Neben ihm lag sein Gewehr, eine lange Büchse, und hinter ihm das, was Gottlob für das Gehirn hielt. Suizid. Mit Fragezeichen?

Das kann man wohl sagen. Es war schlechterdings unmöglich, dass Erwin sich mit dieser Büchse selbst in den Mund geschossen hatte. Der Mann war ein Hüne, schön und gut, aber so lange Arme hatte kein Mensch, zumal der Schuss, da waren sich alle einig, aus mindestens einem Meter Entfernung abgegeben worden war.

Die Männer wandten sich ab und trotteten durch die Stille des Waldes langsam zurück ins Dorf, Erwins Körper ließen sie in der Dunkelheit und Eiseskälte des Holzschuppens zurück. Selbst jetzt wollte keiner allein mit ihm sein.

Mittlerweile stand halb Rillingsbach auf der Straße, um das Geschehene zu diskutieren. Der alte Mangelhardt war besonders gefragt, obwohl auch er nicht mehr gesehen hatte als alle anderen, und Elsa kümmerte sich mit Tee und guten Worten um Elisabeth. Die zeigte sich bereits sichtlich erholt und gab sich nur wenig Mühe, ihre Erleichterung zu verbergen. Beinahe machte sie den Eindruck, als erwartete sie Gratulationen anstelle der Kondolenzen.

An diesem Punkt wird die Erzählung durch das ungläubige Schnauben Hildes unterbrochen. Nach einem kurzen Seitenblick beißt sich Martha auf die Unterlippe, mit welchem Gefühl, kann der Chronist nicht erkennen. Dann aber fährt sie mit unvermindert kräftiger Stimme fort.

Zurück im *Schippen*, eilte Gottlob zum Telefon an der Hotelrezeption und verständigte die Polizei. Es folgte eine mehrere Stunden währende Warterei, eine bizarre Situation, in der man stumm auf der Straße stand und an den zerschossenen Leib unten im Holzschuppen dachte, und auch daran, dass Erwin derartige Schuppen immer gerne angezündet hatte. Martha lernte an diesem Tag, und sie vergaß es nie mehr, dass das Schweigen der Vielen vom Einzelnen ausgeht.

Die Beamten erschienen erst am späten Vormittag in Person von Kriminalhauptmeister Hufnagel und zwei sehr jungen Kollegen in Uniform. Die Polizeiarbeit, so weiß der Chronist, wurde in jenen Jahren von den Besatzungsmächten dezentralisiert und die Zuständigkeit auf die einzelnen Länder übertragen, weshalb, gelinde gesagt, ein gewisses Maß an Chaos herrschte. Weder Hufnagel noch seine beiden Assistenten hatten je einen Mordfall untersucht, und die Aussicht, sich mit den Dorfgeschichten dieser Eigenbrötler herumzuschlagen, schien ihnen wenig erquicklich. Natürlich sah sich Hufnagel pflichtbewusst im Schuppen um, bemerkte das Holzbeil auf dem Boden neben dem Spaltblock und einige Scheite, die von der Beige gefallen sein mussten, beachtete daneben den ungesund gekrümmten Arm hinter Erwins Rücken, schaute hier, blinzelte dort, rutschte auch auf den blutigen Dielen aus. Schließlich aber trat er ins Freie und diktierte einem jungen Beamten mit dicker Hornbrille auf der Nase:

»Suizid.«

Niemand im Dorf widersprach diesem Ermittlungsergebnis, obwohl jeder so seine Zweifel daran hatte. Letztendlich aber, und das sprachen die Ehrlichsten dann doch aus, waren sie alle in dieser Nacht ein Problem losgeworden. Nur einen Menschen gab es, den diese Nachlässigkeit erzürnte. Dieser Mensch war jedoch noch nicht geboren, hatte weder Herz noch Hirn noch einen Mund, mit dem er sich hätte zu Wort melden können, sondern reifte in Elisabeths Uterus erst heran.

KAPITEL 2

Kein Wunder, dass in jedem besseren Exemplar dieser Rasse ein Wilhelm Waiblinger umgeht, der Emanzipierte als Flüchtling, Emigrant, verludertes Talent, als ausschweifender Narr, der es vorzog, in Rom an der Schwindsucht oder Lues oder an beidem zu verderben, statt es beim Konsistorium oder im Tübinger Gelehrtenställchen zu Ansehen zu bringen.

Klaus Harpprecht – Skizzen zu einem Porträt

Ein düsterer Einstieg, aber ein notwendiger, wie der Chronist einsieht. Nur wer Erwin kennt, versteht das Weitere, und besonders Hildes Weg ergibt nur dann einen Sinn. Es erübrigt sich wohl zu erwähnen, dass sie schon früh mit den Charakterzügen ihres toten Vaters, oder eher mit deren extremster Ausprägung, vertraut gemacht wurde, denn schließlich schweigt das Dorf nicht, jedenfalls nicht mehr. Marthas Ausführungen des Vorfalls nimmt sie, von den wenigen Einwürfen und Unmutsbekundungen abgesehen, mit wachsamer Passivität zur Kenntnis. Der Chronist fragt sich, wie oft ein menschliches Gefüge die Schilderung solcher Ereignisse aushält. Zweifellos ist die Atmosphäre verändert, als Martha die Geschichte beendet hat.

Und nun, soll er sie bewerten? Wer ist er denn, dass er sie bewerten dürfte? Er mag der Maler sein, aber er ist auch die kritische Distanz dieser Erinnerung. Er ist das Sicherheitsnetz, das Sündenschaf und Opferlamm, der nachlässige Chronist, aber ganz bestimmt ist er nicht hier, um zu bewerten.

Dabei liegt es nahe, das weiß auch der Chronist. Es ist ihm nicht entgangen, wie Gottlob seine Waffe gesäubert hat, und zwar in genau jener sternklaren Nacht, in der Erwin erschossen wurde.

»Erinnerungsverfälschung«, so liest es der Chronist auf Wikipedia, »bedeutet unabsichtliches Verfälschen bestehender eigener Gedächtnisinhalte. Sie unterscheidet sich von der bewussten Falschaussage (Lüge) dadurch, dass die sich erinnernde Person selbst ihre Aussage für richtig hält.«

Der Chronist, ganz kritische Distanz, er rätselt. Martha war damals gerade einmal elf Jahre alt. Wie sicher kann er da sein, dass die drei von ihr geschilderten Ereignisse – die scheinbare versuchte Vergewaltigung, das Reinigen der Büchse und die Ermordung Erwins – tatsächlich alle am selben Tag stattgefunden haben? Ist sie nicht merkwürdig, diese Randnotiz mit dem gebrochenen Arm, oder dem Lauf, wie man es beim Fuchs nennt? Und ist es nicht außerdem eigenartig, dass ausgerechnet Wilhelm, der Oberscharführer, nicht an eine Laterne gedacht hatte, fast als wüsste er bereits, was dort im Schuppen liegen würde?

Andererseits gibt es keine Gewissheit, nicht einmal für den Chronisten selbst, dass dieser sich beim Malen des Bildes an die Vorgaben gehalten hat, anstatt seiner blühenden Fantasie und dem Verlangen nach gesteigerter Dramatik nachzugeben. Sicherlich, man hofft, dass ein guter Chronist, nachlässig oder nicht, ganz einfach nicht lügt. Aber sich zu irren, das ist bei einem Menschen immer möglich, und beinahe chronisch.

Also wer weiß, vielleicht *hat* Erwin sich auch erschossen. Das einzig wirklich valide, nachprüfbare Dokument, der Bericht des Kriminalhauptmeisters Hufnagel, besagt ebendieses. Letztlich sind Erinnerungen, genau wie das Wetter, stets wechselhaft.

Dasselbe könnte man von Hilde sagen. Im *Schippen* ist sie die Junge, die Wilde. Die sechzig muss sie mittlerweile überschritten haben, doch scheint ihre Rolle eine zu sein, die man nur weitergeben, nicht einfach ablegen kann. Sie ist schnippisch, launisch, unhöflich gegenüber den alten Männern und kokett gegenüber dem Chronisten. Hinter ihrer absurd großen Sonnenbrille übt sie sich in provozierender Gleichgültigkeit, und der Chronist betrachtet fasziniert seine verunsicherten Spiegelbilder in den dunklen Gläsern. Zwischen zwei lustlosen Schlürfern an ihrem Strohhalm pustet Hilde ihm den Geschmack von Whiskey-Cola ins Gesicht. Sie verhält sich wie ein Mädchen, das Holly Golightly imitiert – und das wahrscheinlich seit nunmehr fünfzig Jahren. Mag sie auch die Tochter des verrückten Kopfschlächters sein, reizbar ist sie nie gewesen. Impulsiv, natürlich. Zornig? Eigentlich immerzu. Aber sie beißt nicht, wenn man ihr in die Wunde fasst. Anstelle der maßlosen Gewalt, für die ihr Vater berüchtigt war, verstört sie die Menschen mit einem fast aggressiven Gleichmut, der sie mal hierhin, mal dorthin treibt. Sie hält sich aufrecht mit einem rätselhaften Stolz, und dass jemand im Dorf ihren Vater genug hasste, um ihn erschießen zu wollen, erscheint ihr wie eine Auszeichnung.

Es wäre nicht in Ordnung, zu sagen, dass Hilde eine Hure war, sofern man es als Beleidigung auffasst. Aber dann wiederum gibt es wenig andere Worte, um ihren Lebenswandel in den Siebzigerjahren zu beschreiben. Kopfloser Sex, Schatten ohne Namen und Gesichter, auf ihr, über ihr, in ihr, alles flüchtig, nichts blieb haften, nichts konnte sie greifen. Dann war etwas vorüber, und sie konnte sich mal wieder nicht erinnern. Offenbar war es keines jener Dinge, über die sich gut philosophieren ließ, also machte sie stattdessen einfach weiter. Aber irgendwann stellte sie sich doch wieder die Frage, was eine Frau ist, die sich für Geld oder ein Dach über dem Kopf vögeln lässt. An Straßen sitzen, auf Autos warten, nicht wissen, wo man schlafen wird. Selbstbestimmt? Hure? Selbstbestimmte Hure? Was ist es, das den Kopfschlächter so stolz auf seine Arbeit macht? Das Vieh kann auch er sich nicht aussuchen.

Alles ist verworren. Hilde hat aufgehört, in Kategorien zu denken. Sie ist wieder zu Hause in Rillingsbach, lebt zwischen zwei Straßen und leugnet ansonsten jede Ordnung. Niemand hat das Recht zu werten. Es hängen entweder alle drin oder keiner.

Im Frühjahr 1949 bewies sie zum ersten Mal ihren feinen Sinn für Skandale. Ein Kind, wenige Monate nach Erwins Tod! Wie viele Monate eigentlich genau? Getuschel hatte es schon davor gegeben, nun aber entwickelten die Rillingsbacher eine verstörende Euphorie bei der Vorstellung, es mit einer Bluttat aus Liebe zu tun zu haben anstatt aus Hass. Hatte also nicht etwa ein erklärter Feind Erwins diesem ins Gesicht geschossen, ob nun Gottlob oder Wilhelm sei erst mal dahingestellt, sondern ein Geliebter Elisabeths? Oder, aufregender noch, war gar Elisabeth selbst die Mörderin? Hatte Erwin sich trotz der Aussicht auf ein gemeinsames Kind mit Elisabeth erschossen? Oder vielleicht gerade deshalb? Das Beste an der Sache war, dass man nur abzuwarten brauchte. Sollte Hilde tatsächlich Erwins Tochter sein, die Waise einer im Kollektiv erinnerten Störung, so würde sich das ohne Zweifel frühzeitig an ihrem Verhalten bemerkbar machen. Solche Menschen, das wusste man in Rillingsbach, taugten nicht zum Vergessen oder Verdrängen. Sollte sie sich jedoch zu einem lieblichen, unaufgeregten Mädchen entwickeln, nun! Dann musste sie entweder vollständig nach der Mutter schlagen, oder eben nach einem Dritten, nach einem Unbekannten. Wenn sie dann noch eine gute Schützin war ...

Gerüchte dieser Art hielten sich hartnäckig und wurden noch Jahre später zu gegebenen Anlässen von Neuem diskutiert. Dennoch kühlten auch sie mit der Zeit ab, wie es alle Gerüchte irgendwann tun, selbst in Rillingsbach. Die Tatsache, dass Elisabeth nie mit einem neuen Liebhaber gesehen wurde, geschweige denn wieder heiratete, trug maßgeblich dazu bei. Zwar machte sie keinen Hehl daraus, dass Erwin ihr nicht fehlte, doch verhielt sie sich angemessen und tadellos. Sein Grab, und ihr zukünftiges, pflegte sie hingebungsvoll bis zu ihrem eigenen Tod, wo es dann über ihnen verwilderte wie Jahre zuvor ihr gemeinsames Leben.

Hilde ist die Junge, die Wilde, und eine Wilde pflegt keine Gräber. Was sie stattdessen tat, war dennoch bemerkenswert. Einige Monate nach ihrem neunzehnten Geburtstag, an einem kühlen Vormittag im Oktober, marschierte sie im Stechschritt und ohne Vorwarnung durch den Wald nach Murrhardt hinunter und dort geradewegs in die Polizeidienststelle hinein, wo Hauptmeister Kühn hinter einem nigelnagelneuen Schreibtisch aus dunkler Eiche gelangweilt seinen Dienst tat. Als hätte er den Ärger gerochen, blickte er bereits auf, als sie durch die Tür in das Büro stürzte. Überrascht war er dennoch. Über den Rand seiner dicken Hornbrille hinweg blinzelte er die junge Frau mit der mächtigen, schwarzen Mähne und den hohen Hacken an den Füßen an. Sie rümpfte die Nase, seine Flatulenz wurde ihm jäh bewusst.

Hilde hatte sich diesen Moment oft vorgestellt. In den von Blasmusik erfüllten Frühlingsnächten, wenn das Dorf zusammenkam, Maibäume aufstellte und mit sich zufrieden war, lag sie bei geöffnetem Fenster auf ihrem Bett und ließ den Fall vor ihrem inneren Auge unzählige Male neu aufrollen. In den besten Nächten begrub sie damit sämtliche Gerüchte um ihre Mutter und ihren Vater. Sie würde nicht mehr die Tochter einer Mörderin und eines Psychopathen sein, sondern die einer Witwe und eines tragischen Mordopfers, was ihr erträglicher schien. Schon seit Elisabeth zum ersten Mal von Erwin und den Umständen seines Todes erzählt hatte, sehnte Hilde sich nach einem anderen Ende der Geschichte. Wirklich durchdacht hatte sie den Weg dorthin allerdings nie, und sich ein Szenario auszumalen, ist nicht dasselbe, wie es ernsthaft zu planen. Vor sich her wälzte sie lediglich die vage Vorstellung, dass eines zum anderen führen würde, wenn sie den Prozess erst einmal angestoßen hatte. Nun, da die Zeit für diesen Anstoß reif schien, musste sie feststellen, dass Dinge, die vor der Gründung der Bundesrepublik geschehen waren, offenbar niemanden mehr interessierten. Und, soweit es Hauptmeister Kühn anbelangte, auch sie nicht mehr zu interessieren hatten.

Er war halb erregt und halb erzürnt über das resolute Auftreten der jungen Frau, und diese Mischung zwang ihn, seine Hände vor dem Schritt zu falten, um seine Integrität zu wahren. Gleichzeitig quälte ihn sein aufgeblähter Bauch, und er sehnte sich nach der Einsamkeit, die ihn noch vor wenigen Minuten umgeben hatte. Wie wütend und unnachgiebig sie ihn anfunkelte! Die wilden Blicke standen ihr gut, und doch wollte etwas in ihm sie gezähmt und gebrochen wissen. Er würde dem Mädchen zeigen, wo ihr Platz in der Welt war. Die Vorstellung, wie sie ihn am Morgen nach einer gemeinsamen Nacht anschnurrte, sein Hemd bügelte und die Stiefel polierte, gefiel ihm so gut und nahm ihn dermaßen in Anspruch, dass er sich kaum auf ihre Ausführungen konzentrieren konnte. Vielleicht würde er sie auf einen Kaffee einladen, sobald die Sache erledigt war. Zuvor musste er ihr aber natürlich diesen Zahn ziehen.

»Das waren verwirrende Zeiten, Frau Kienle, das wissen Sie ja wahrscheinlich selbst«, setzte er betont beiläufig an, während er seine Brillengläser mit einem Stofftaschentuch säuberte. Geduldig sah Hilde ihm dabei zu. Sie schienen eigentlich gar nicht schmutzig zu sein, doch Gesten und Übersprungshandlungen dieser Art hatte sie bei Männern von Rang und Namen schon oft beobachtet. Offenbar war ihnen daran gelegen, Hilde nur einen Teil ihrer kostbaren Aufmerksamkeit zu schenken. »Vieles ist damals nicht ganz so gelaufen, wie es vielleicht hätte laufen sollen. Sehen Sie, aus heutiger Sicht wäre ein solches Ermittlungsvorgehen wohl undenkbar. Aber Ihnen muss doch klar sein, dass wir uns trotzdem nicht mehr mit diesen alten Geschichten befassen können. Wir sprechen hier ja nicht nur von Ihrem Vater, sondern von einem ganzen Rattenschwanz, den das nach sich ziehen würde. Verzeihen Sie, aber ich sage es geradeheraus. Das erwarten Sie doch nicht allen Ernstes?«

Doch, so hatte Hilde sich das eigentlich gedacht. Sie war fassungslos. Mit etwas Widerstand hatte sie durchaus gerechnet, aber nicht damit. Die größte Schwierigkeit, so hatte sie angenommen, würde die Widerlegung des angeblichen

Fakts, des Suizids, sein. Nun zeigte sich, dass das Problem ein vollkommen anderes, ein ungleich größeres war. Dieser arrogante Mistkerl sagte ihr geradewegs ins Gesicht, dass ihr Vater wohl tatsächlich ermordet worden war, es heute aber schlicht und ergreifend niemanden mehr interessiere. Man verlangte von ihr, dass sie sich ganz einfach damit abfand, in Rillingsbach mit dem Mörder ihres Vaters Tür an Tür zu leben.

Von einem Moment zum nächsten wuchs vor ihr ein Berg in den Himmel, wo bislang nur staubiges Ödland gewesen war, das zu durchschreiten ihr grimmiges Vergnügen bereitet hätte. Hilde lebte in einer Welt – sie verstand es nun –, die den Sesshaften gehörte und jene aufrieb, die weiterziehen wollten. Eine Einsicht überfiel sie, ein Drang hinaus ins Freie, um sich den Schaden anzusehen und ihre Wunden zu lecken.

»Ich habe das damals für keinen besonders wichtigen Moment gehalten«, erklärt Hilde und sucht mit einer Hand vergeblich nach irgendetwas in ihrer winzigen Handtasche. Die andere Hand, die mit der qualmenden Zigarette, ist reglos, aber elegant abgeknickt wie bei einer Schauspielerin, die eine Schauspielerin spielt. Dann lässt sie es gut sein, scheint auch vom Rauchen genug zu haben, und drückt die Zigarette in dem weißen Plastikaschenbecher aus, der auf dem Tresen steht und niemals voll zu werden scheint. Der Qualm brennt dem Chronisten in den Augen, er würde am liebsten raus an die frische Luft. Hilde bemerkt nicht, dass er sich ständig die Augen reibt, ihr fallen derlei Kleinigkeiten nur auf, wenn sie sich darüber ärgert.

»Es schien mir nur ein weiteres Ärgernis mit diesen Menschen zu sein, die etwas zu entscheiden hatten. Im Prinzip hat es mir schon immer widerstrebt, wenn man mir Steine in den Weg legte und dann behauptete, es sei das Gesetz oder die Gesellschaft oder das Pech. Es ärgerte mich, dass sich manche dahinter verstecken konnten, während andere hilflos ausgeliefert waren, und ich konnte derartige Ausreden längst nicht mehr glauben. Noch heute nehme ich grundsätzlich alles persönlich.«

Sie nannte Hauptmeister Kühn einen alten Dackel und den ganzen Verein, die Polizei, eine korrupte Bande, ohne nach all diesen Jahren ernsthaft an Korruption zu glauben. Offensichtlich ging es hier nicht um Vertuschung, sondern um Vergessen. Dabei spielte es noch nicht einmal eine Rolle, ob Kühn sich an die merkwürdige Geschichte um den toten Kopfschlächter erinnerte oder nicht. Seine Ausführungen entsprachen ganz den Tatsachen, alte Fälle wurden nicht mehr aufgerollt. Niemals. Von der Seite des Chronisten ist dem nichts hinzuzufügen, außer vielleicht dieses: Unter den entsprechenden Umständen war Hilde offenbar doch reizbar, aber immerhin zündete sie dann keine Scheunen an.

Kühn verwarnte sie wegen Amtsbeleidigung, versprach aber, Milde walten zu lassen. Den Kaffee lehnte Hilde dennoch ab.

»Es hat keinen Zweck«, hatte ihre Mutter sie immer wieder gewarnt. »Wenn damals niemand meinte, reden zu müssen, wird es heute erst recht keiner tun. Die meisten denken ohnehin, ich sei es gewesen.«

Spätestens jetzt musste Hilde ihr recht geben. In beiden Punkten.

Noch beim Verlassen der Dienststelle war sie wild entschlossen, die »nächsthöhere Instanz anzurufen«, obwohl sie, wie der Chronist zu bedenken gibt, zu diesem Zeitpunkt eigentlich noch gar keine Instanz bemüht hatte, auch nicht die unterste. Einen einzelnen Dorfpolizisten um die Wiederaufnahme eines Verfahrens zu bitten, das sei wohl kaum ein juristischer Schritt, der diesen Namen verdiene.

»Ach, woher willst du das denn wissen?«, schnauzt Hilde und verschüttet, als sie sich in einer ruckartigen Bewegung dem Chronisten zuwendet, ihren Whiskey-Cola. Martha ist schon mit einem Lumpen zur Stelle, als habe sie es kommen sehen. Hilde, von den hastigen Wischbewegungen irritiert, nuschelt weiter: »In diesem Dorf gibt es mehr Richter als Kopfschlächter.«

Der Chronist hegt Zweifel an Hildes Rechtsauffassung, reitet aber nicht weiter darauf herum, da die juristische Seite der Geschichte ohnehin abgehakt scheint. Zwar stampfte die junge Hilde mit wütenden Schritten den Feldweg entlang und in den kühlen Wald hinein, zurück nach Rillingsbach, der Teufel sollte sie alle holen. Auch dampfte ihr Mund in der schneidenden Herbstkälte wie ein Teekessel, während sie tonlose Flüche ausspie. Dann jedoch, mit dem Klopfen des Spechts und dem Gezwitscher der Finken im Ohr – es hätte aber auch jedes andere Geräusch sein können, zumal sie die unterschiedlichen Vögel des Waldes ohnehin nicht auseinanderhalten konnte –, verrauchte ihre Wut, und sie verlor das Interesse, wie es so oft bei ihr der Fall war. Ihre Tatkraft konnte nur selten mit ihrem Zorn Schritt halten. Ihr wurde schlagartig klar, dass sie das Problem auf diese Weise nicht bewältigen würde. Sie musste weg.

Vorsichtig nippt Hilde an ihrem Getränk, das klebrige Glas hat Martha abgewischt und wieder bis zum Rand gefüllt, und sie lächelt nachsichtig, als ginge es bei der Geschichte gar nicht um sie selbst. Überhaupt hat Hilde eine merkwürdig unbeteiligte Art, von den Dingen zu sprechen. Immer wieder, wenn es um Anzüglichkeiten geht, um ihre eigenen, wohlgemerkt, klopft sie dem Chronisten zwinkernd auf den Oberschenkel und lacht dieses raue und laute, dabei so brüchig wirkende Lachen, als wäre es ein Blondinenwitz und habe mit ihr rein gar nichts zu tun. Dann sieht sie sich gierig um, mit dem Selbstbewusstsein des Alleinunterhalters, und Frieder und Alfred tun ihr in der Regel den Gefallen. Martha lacht nur selten mit, und wenn es um Sex geht, so gut wie nie. Es wird von ihr aber auch nicht erwartet, aus verschiedenen Gründen, aber hauptsächlich, weil sie in dieser Hinsicht ein Kind ist.

»Ach ja«, seufzt Hilde, »das waren unkomplizierte Zeiten.« Der Chronist wäre geneigt, ihr zu widersprechen, aber im *Schippen* drängt man nun vorwärts.

Hilde fing nicht gleich an, mit den Männern zu schlafen, anfangs ging es ihr tatsächlich bloß um die Fahrt. Sie hätte auch nie geglaubt, dass sie gerade Ersteres einmal irgendwohin bringen könnte. Es war das Jahr 1968, lange vor *Pretty Woman*, und alternative Lebensstile waren noch nichts, worauf man in Rillingsbach besonders stolz sein durfte. Alles zurückzulassen, das war mindestens unüblich. Alles zurückzulassen, das bedeutete, auch sich selbst zurückzulassen, denn in Rillingsbach wurde man noch an dem gemessen, was einem gehörte, und an dem, worauf jener Besitz stand. Und natürlich daran, worauf er fußte, was noch einmal etwas anderes ist. Es gab keinen vernünftigen Grund, einfach zu verschwinden.

Ebenso wenig gab es für Hilde aber einen vernünftigen Grund, in Rillingsbach zu bleiben. Sie hatte, gemäß obiger

Definition, rein gar nichts zu verlieren, und wenn ihr Erbe fällig wurde, konnte sie ja immer noch zurückkehren. Was gehörte ihr denn schon? Sie hatte nichts, abgesehen von einem dürftigen Schulabschluss, der nicht zuletzt das Ergebnis ihrer »Probleme mit männlichen Autoritäten« war, wie es der Rektor einmal formuliert hatte.

»Männliche Autoritäten«, schnaubt Hilde. »Ich habe mit allem und jedem Probleme, aber nur ein Mann kann so selbstbezogen sein, zu glauben, es ginge um seine Stellung.«

Sie hatte weder einen Freund, noch eine Liebschaft, und vielleicht meint Hilde ja sogar das, wenn sie von den unkomplizierten Zeiten spricht. Und einen Beruf, den hatte sie auch nicht. Hin und wieder half sie zwar bei ihrer Mutter in der Bücherei aus, aber in Rillingsbach wurde eine Tätigkeit erst dann ernst genommen, wenn man Geld damit verdiente, und das war bei Hilde nicht der Fall. Insgeheim hoffte Elisabeth wohl, ihre Tochter auf diese Weise mit ihrer Begeisterung für Bücher anstecken zu können. Diese verdammte Bücherei! Hilde fühlte sich wie ein Stiefkind, wenn Elisabeth sie herzitierte, um die alten Schinken in die Regale zu räumen. Die Literatur bedeutete ihr nichts, sie war etwas Leises und Zurückhaltendes, etwas für Feiglinge, und die Zukunft gehörte unbestreitbar dem Film. Nach einigen fruchtlosen Versuchen sah Elisabeth sich nach einem anderen jungen Mädchen um, mit dem sie ihre Leidenschaft teilen konnte.

Martha soll Rillingsbach nie verlassen haben? Ja, der Chronist erinnert sich an diese These und streicht sie schnell aus dem Protokoll, denn Hilde weiß es besser. Sie behauptet sogar, Martha sei öfter zwischen den Buchregalen in dem kleinen Backsteinanbau neben dem Murrhardter Rathaus zu finden gewesen als hinter dem Schanktresen im *Schippen.* Hilde widerte es an, wenn ihre Mutter und Martha die Köpfe zusammensteckten und verträumt von irgendwelchen toten Russen und Amerikanern schwärmten. Sie mussten ganz einfach alte Jungfern werden, es war ihnen vorherbestimmt. Nun, zumindest galt das für Martha.

Neid hatte damit durchaus nichts zu tun, ihre Mutter hatte sich ja redlich um sie bemüht. Es war eher eine Form von Verachtung gegen die stille Art und Weise, mit der Elisabeth sich in ihr Schicksal fügte. Sie war zu leise, Rillingsbach war zu leise, und Bücher, die waren Hilde erst recht zu leise. Warum war niemand wütend? Selbst, wenn ihr Vater ein Schwein gewesen war, hatte keiner das Recht, ihn einfach auszulöschen. Keiner hatte das Recht, ihn vergessen zu machen.

Sie selbst hatte übrigens nie auch nur eine Sekunde daran geglaubt, dass Elisabeth ihn getötet haben könnte. Ihr fielen diverse wahrscheinlichere Szenarien ein, und bis heute begegnet sie Tag für Tag den Geistern dieser Mörder, mal ist es der eine, dessen höhnisches Grinsen sich in einem abgewandten Gesicht zu spiegeln scheint, dann der andere, aber wer weiß, vielleicht waren sie es am Ende alle irgendwie zusammen.

Dennoch gab es bisweilen Momente, in denen Hilde ihre Mutter beschuldigte, wenngleich nie konkret, sondern stets in Form von Andeutungen, Gesten und ausgebliebenen Antworten. Vage wie ein unbegründetes schlechtes Gewissen oder das Gefühl der Rastlosigkeit, konnte sie der unwiderstehliche Drang hierzu selbst an einem harmlosen Sonntagvormittag plötzlich überfallen. Ein Drang, der von dem gerechten Wunsch herrührte, Elisabeth aus ihrer Sanftmut und Lethargie zu reißen, denn Hilde sehnte sich nach einer Verbündeten im Zorn. Andernfalls würde ihr Leben eben laut genug für sie alle sein müssen. Und dafür war Rillingsbach nun einmal der falsche Ort.

Freilich, das liege in der Natur der Sache, seien ihre damaligen Gedanken nicht so klar aufgereiht gewesen, nicht so zielgerichtet, nicht so natürlich dem heimatlichen Grunde entwachsen. Ein vernünftiger Mensch müsste hinterher ja immer klüger sein als zuvor. Andererseits sei dies, der allgemeinen Ansicht zum Trotz, keineswegs die Regel. Es gäbe auch Menschen, behauptet Hilde, die wüssten mit jedem vergehenden Tag weniger. Den entscheidenden Punkt, nämlich dass sie wegmusste, den verstand Hilde damals aber sehr wohl. Und der Rest ist eben Retrospektive.

Hilde Kienle. Hobbys: Andenken einreißen. Frieder, mittlerweile jenseits des Mittagstiefs, also vollständig erwacht und aufrecht thronend, zappelt auf seinem Barhocker. Er lacht laut an den falschen Stellen, denkt vielleicht schon an die Pointe, ihm gefällt der naive Teil der Geschichte. Aber nur, weil er ihn schon kennt und weiß, dass am Ende die Rechnung wieder stimmt. Hilde beginnt noch einmal von vorn, sie hat sich wohl verirrt. Am Anfang ging es also nur um die Fahrt, sie musste Kilometer abreißen. Warum hat sie nicht den Bus genommen?

»Darüber habe ich nie nachgedacht«, antwortet sie, und tut es jetzt. »Ich schätze, weil ich nicht wusste, wohin ich überhaupt gehen wollte. Einfach nur weg. Welchen Bus nimmt man da? Der Zufall sollte entscheiden.«

Niemand fährt über Rillingsbach nach Budapest. Fast alle Autos, die hier durchkommen, fahren nach Murrhardt zum Markt oder auf das Rathaus, das ist selbst heute noch so. Eine knappe Stunde, nachdem Hilde aus der Polizeidienststelle gestürmt war, stand sie also wieder genau dort. Der Zufall hatte gesprochen.

Ratlos stand sie an der Hauptstraße und sah den Autos nach, die in überschaubarer Anzahl und großem Abstand langsam um die scharfe Kurve hinter dem Rathaus gebogen kamen, um dann, nur wenige ereignislose Augenblicke später, an der Biegung auf Höhe der Metzgerei wieder zu verschwinden. Hilde erschien ihre Fahrweise ungewöhnlich zurückhaltend und unaufdringlich, als wollten sie nicht ihre Aufmerksamkeit erregen. In ihrer Eintönigkeit machten die vorbeiziehenden Fahrzeuge einen dermaßen uniformen Eindruck, dass es ebenso gut immer dasselbe hätte sein können, welches Runde um Runde drehte wie eine Figur in einer überraschend deprimierenden Spieluhr. Worauf Hilde eigentlich wartete, konnte sie nicht so genau sagen. Auf was für ein Zeichen durfte man hier hoffen? Sie würde sich wohl einfach auf ihr Glück verlassen müssen. Keine schöne Aussicht, wie die Erfahrung sie gelehrt hatte.

Schließlich bemerkte sie einen roten, rostigen Opel Caravan mit Heilbronner Kennzeichen, der auf der anderen Straßenseite neben einem Zigarettenautomaten parkte. Ein großer Mann mit bemerkenswert bleicher Haut, den Hilde nur von hinten sehen konnte, stand an dem Gerät und drosch mit der Faust zornig darauf ein.

In ihren Gedanken spulte Hilde eine lange Reise kreuz und quer durch Europa mit diesem angenehm vernachlässigten Wagen ab, während sie über die Straße zu dem Fremden hinübertänzelte. Wortlos schob sie ihn beiseite, was er verblüfft geschehen ließ. Sie stemmte sich gegen den Unterboden des Automaten und drückte das Gehäuse mit einem schnellen

Ruck nach oben. Nichts geschah. Sie versuchte es ein zweites Mal, woraufhin ein weißes Schächtelchen mit einem zufriedenstellenden Klackern im Ausgabeschacht landete.

Erst jetzt fand sie Gelegenheit, das Gesicht dieses rohen Mannes einzuordnen, der die Arme verschränkt hatte und seinerseits Hilde begutachtete. Sichtlich fasziniert erwiderte er mit seinen dunklen Augen ihren Blick und musterte im nächsten Moment ihre nackten Beine. Unter der enormen Kartoffelnase trug er einen rötlichen Schnauzbart, vielleicht kaschierend, vielleicht betonend, Hilde vermochte es nicht zu sagen. Nicht besonders hübsch, entschied sie schnell, vor allem der Haut wegen. Die war käsig und glänzte in der Sonne, und plötzlich meinte Hilde, auch den Geruch von geronnener Milch wahrzunehmen, von Fäulnis möglicherweise oder gar von Schwefel. Aus seinem Hemdkragen wucherte das drahtige rote Brusthaar, ein Anblick, der Hilde schon seit frühester Kindheit anwiderte. Augenblicklich überfiel sie ein Gefühl der Geringschätzung, das ihr Selbstsicherheit gab. Gleichzeitig aber erschien ihr ein Zug an diesem Kerl vage vertraut. Sympathie empfand sie keine, doch war ihr sein Auftreten geläufig, er hätte ein Bekannter ihrer Mutter sein können – einer von jenen, deren Namen sie immer wieder vergaß.

»Sieh an, eine junge Dame, die sich zu helfen weiß. Im Grunde überrascht es mich ja gar nicht. Tatsächlich beobachte ich dieses Phänomen, übrigens nicht ohne Freude, landauf und landab mit zunehmender Selbstverständlichkeit bei den Frauen in Ihrem Alter. Es spricht mich an, denn der Tag gewinnt doch erheblich, wenn er mit einem schnippischen Nein beginnt und mit einem geflüsterten Ja endet. Was Sie darüber hinaus natürlich auszeichnet, ist Ihre noble

Hilfsbereitschaft einem Fremden, einem Reisenden in Not gegenüber. Sie gefallen mir, meine Liebe.«

Hilde erkannte sogleich den Singsang der Heilbronner, der in ihren Ohren so melodiös und zivilisiert klang im Vergleich zu dem harten Gebell ihrer Heimat. Seine spärlichen rotblonden Augenbrauen zuckten unwillkürlich nach oben, als sie ihm beiläufig kichernd über die Schulter strich. Um Unschuld bemüht, blinzelte sie ihn freundlich an.

»Mir selbst und jedem, der sympathisch ist, wird geholfen. Sie würden ja nicht glauben, wie viele leidende Männer es gibt, die eine starke Frau an ihrer Seite brauchen.«

»Ein vergleichsweise hinnehmbares Leid, würde ich meinen. Eines mit Genuss. Apropos Genuss. Ist es nicht übrigens merkwürdig, wie sich die Dinge fügen? Nur weil ich den verwerflichen Drang verspürte, gemütlich ein Zigarettchen zu qualmen, entschied ich mich zur Rast. Und nur weil Sie zufällig des Weges kamen, ganz gleich aus welchen Gründen, habe ich nun die Möglichkeit, diese Sucht zu stillen. Dabei gehen mir plötzlich ganz andere Dinge durch den Kopf, und mein Wunsch nach einer Zigarette ist wie fortgeblasen. Verstehen wir das ruhig als Parabel für das Wesen der Sehnsucht. Sie selbst rauchen übrigens nicht?«

»Nein, natürlich nicht«, erwiderte Hilde eilig aus der Gewohnheit heraus. Ein wenig erschlagen vom Wirbel der Worte schenkte sie ihm ein kokettes Lächeln. Offenbar glaubte er ihr dennoch, nickte ernst und steckte das Päckchen in seine Hosentasche.

»Nun, ich nehme an, ich bin Ihnen zumindest eine Aufmerksamkeit schuldig. Vielleicht haben Sie ein paar Minuten Zeit für mich, einen Kaffee und ein Stück Kirschkuchen?«

Kurz darauf saß Hilde, anstatt mit ausgebreiteten Flügeln

davonzufliehen, mit Gert im Café Riethmüller neben der Kirche und befühlte Vertretermuster.

»Feincord Velours«, erklärte Gert stolz und fuhr seinerseits noch einmal mit der Hand über den quadratischen Stofffetzen, als habe er vergessen, wie sich Gemütlichkeit anfühlt. »So bequem bist du noch nicht gesessen, Hilde, und wenn du die Kaiserin von China bist.«

»Bin ich nicht«, versicherte Hilde und lobte die Sanftheit des roten Stoffes, was Gert mit einem glücklichen Nicken zur Kenntnis nahm.

Die Hilde von heute hat wenig Geduld mit der Hilde von damals. Für die Hilde, die Gefallen an roten Stoffen heuchelte. Sie lernte erst mit den Jahren, dass es gerade die freundlichen Menschen sind, die man vor den Kopf stoßen muss, um voranzukommen.

»Ich wusste es zu diesem Zeitpunkt natürlich noch nicht und hätte es auch nicht für möglich gehalten angesichts seines weltmännischen Auftretens, aber er war einer dieser furchtbar religiösen Menschen«, meint Hilde nun mit gesenkter Stimme, aber kaum verhohlener Verachtung, und dem Chronisten ist schleierhaft, wessen Gefühle sie eigentlich schonen möchte, wenn schon nicht ihre eigenen.

»Es gibt so viele nützliche Dinge, die man in einem Handschuhfach deponieren kann. Hustenbonbons. Taschentücher. Kondome, natürlich. Meinetwegen auch eine Knarre. Aber was zum Teufel soll man am Steuer mit einer gottverdammten Bibel? Was soll man überhaupt mit einer Bibel?«

»Lesen und hoffen«, wendet Martha leise, aber durchaus nicht kleinlaut ein. »Damit ist schon mancher, auch hier im Dorf, durch seine dunkelste Stunde gekommen.« Die beiden Männer nicken wissend, und der Chronist vermutet, sie denken an dieselbe Person. Hilde beachtet sie nicht weiter und pustet eine große Rauchwolke in die Luft, und sie pustet und pustet, bis ihre pfeifende Lunge vollkommen leer ist.

»Verbrecher, Blinde und Aussätzige«, stößt sie dann nach Luft schnappend hervor, ein konstantes Maß an Spott in der rauen Stimme. »Der Rest bewegt beim Vaterunser die Lippen und wartet auf den Montag.«

Zwischen der Kirche und dem, was man gemeinhin als Sekte bezeichnet, besteht für Hilde kein nennenswerter Unterschied, wie sie niemals müde wird zu betonen. Es seien alles exklusive Vereine mit vielen Pflichten und ohne echte Vorteile, sofern man nicht zu jenen gehöre, die sich nur in Abhängigkeiten sicher fühlen. Aber damit habe man hier natürlich Erfahrung.

Da schwelt ein Konflikt, der Chronist weiß es nun, und er merkt es sich für später.

Dass Gerts religiöser Eifer und seine spirituellen Ausschweifungen eine andere Qualität besaßen als das übliche Christengeschwätz, mit dem Hilde dann und wann konfrontiert wurde, zeigte sich schnell. Als Mitglied der *Empfänger der ewigen Segnung* – ein geachtetes und einflussreiches noch dazu, denn er verwaltete mit seiner Händlerroutine die Gemeindekasse – stand er felsenfest auf dem Boden seiner Überzeugung. Es gebe drei Segen, die ihn erfüllten, und das sei ein nicht unspannendes Gefühl, denn man traue sich erstaunliche Wege zu, wenn man nicht verloren gehen könne. Da sei zum Beispiel der Segen des Zusammenhalts unter den Mitgliedern. Hilde fand, das allein habe nichts mit Religion zu tun, doch Gert ignorierte den Einwand. Dann sei da auch, natürlich, der Segen der Gnade Gottes, die dieses unverwüstliche Gemeinschaftsgefühl erst ermögliche. Und endlich der

Segen der Mutter, der überwältigend sei, denn sie stehe im Ruf, heilende Kräfte zu besitzen. Er selbst habe bis zu seinem fünften Lebensjahr an einer aufgeblähten Lunge gelitten, doch dann habe seine liebe Mutter ihn im Neckar gebadet und anschließend mit der Lunge eines geopferten Lamms abgetupft. Wie zum Beweis seiner Genesung streckte er den Kopf aus dem Fenster in den Fahrtwind und atmete so manchen Geruch dieses Nachmittags ein, tief und fest, und stieß die Luft schließlich prustend wieder aus.

Wunder gebe es eigentlich nur dann, wenn man den Heiligen Vater als unerklärliche Ausnahme begreife. Für die Mitglieder der *Empfänger der ewigen Segnung* sei er hingegen schlicht ein Naturgesetz. All diese Sicherheiten und noch mehr – man spüre sie wie eine Hand, die sich zärtlich und warm um einen schließt – habe er ihr und allen anderen voraus. Sie solle ihn doch einmal in die Gemeinde begleiten, er könne ihr manches davon zeigen und sogar zugänglich machen.

Hilde nickte müde. An guten Tagen und in der richtigen Stimmung hörte sie älteren Männern durchaus gerne zu, bisweilen provozierte sie auch und forderte deren Ego heraus. Bei Gert allerdings gab es nichts, was sie reizte, und es gab nichts, womit sie ihn hätte aus der Reserve locken können. Er war zu duldsam, vor allem aber rechnete er sich seine Erfolge nicht an, und solche Menschen waren Hilde unheimlich. Er gluckste dümmlich vor sich hin und zwirbelte seinen roten, borstigen Schnauzbart, und wenn sie widersprach, zuckte er bloß mit den Schultern und wechselte das Thema. Dass er, dem Alter nach, ihr Vater hätte sein können, war anfangs pikant und später langweilig.

Gelegentlich verlangsamte er die Fahrt und deutete aus

dem Fenster auf ein Haus, in das seine Vertretertätigkeit ihn schon einmal geführt hatte. Was sich hinter den Fassaden abspielte, war immer dasselbe. Müde Hausfrauen, jung und alt, die Kinder in der Schule, die Kinder auf dem Feld, die Kinder schreiend in der Küche, trächtiges Vieh im Stall, Vesper und Mittagsschlaf, Kohlrouladen, Flädlessuppe, Säufer, Invaliden und saufende Invaliden, gefallene Söhne auf vergilbten Fotografien, Blumentapeten, fromme Wünsche und derbe Witze, Krankheit und Klage, Stoff, Leder, Leinen, weinrot, narzissengelb, Motive, Gobelin, Karos.

»Die Menschen sind *so* unterschiedlich«, versicherte ihr Gert. Hilde betrachtete die vorbeiziehenden Häuserfassaden.

In seiner Heimatstadt Heilbronn hielt Gert nach kurzer Zeit an einer Kreuzung und deutete erneut aus dem Fenster. Hildes Blick fiel auf ein weitläufiges Anwesen, das sich hinter einem schmiedeeisernen weißen Zaun erstreckte. In kräftigem Rot und Gelb wuchsen davor die schönsten Azaleen, die sie jemals gesehen hatte.

»Ein bekannter Schauspieler«, flüsterte Gert, als könnte das imposante Bauwerk hinter dem geschwungenen Zufahrtstor ihn sonst hören und sich für immer in Luft auflösen. Offenbar waren sie am Höhepunkt seiner Polstervertreter-Tour angelangt. »Olivgrüne Seide, nichts weiter. Ungewöhnlich, wirklich äußerst ungewöhnlich. Aber auch sehr geschmackvoll, ganz ohne Zweifel. Ich sage immer, wer die Farben und die Formen versteht, dem stehen alle Türen offen. Farben und Formen, mehr ist das Leben ja gar nicht.«

Hilde hatte genug von Gerts albernen Weisheiten. Sie ließ sich schleunigst einen Vorwand einfallen, keinen besonders einfallsreichen, wie sie zugibt, um Gert noch an Ort und Stelle loszuwerden. Eine Tante von ihr wohne ganz in der

Nähe, tatsächlich sei es nur eine Straße weiter. Dort habe sie schon lange wieder einmal vorbeischauen wollen, man komme ja viel zu selten heraus aus Rillingsbach und dem Alltagstrott. Gert betrachtete sie sorgenvoll, seine Augen verrieten Skepsis. Ob sie denn nun doch nicht nach Bonn wolle, um sich dort an der Universität einzuschreiben. Hilde verneinte, sie habe sich umentschieden. Ein Studium sei nichts für sie, an ihre Zukunft habe sie doch eher pragmatische Ansprüche. Und auch die *Empfänger der ewigen Segnung* interessierten sie nicht, aber sie danke recht schön für das Angebot. Gert, sichtlich enttäuscht, wünschte ihr alles Gute für ihren weiteren Weg.

»Du warst eine interessante Reisebegleitung, Hilde. Und du wirst noch interessanter. Sieh nur zu, dass du nicht gar zu interessant und am Ende eine Kuriosität wirst.«

Hilde versprach es, nahm Gerts Segen entgegen und winkte dem davonfahrenden Opel zum Abschied hinterher. Dann spazierte sie langsam um das riesige Anwesen des Schauspielers herum, ließ die Finger an den Eisenstäben des Zaunes entlanggleiten, strich über die vergoldete Klingel und blickte sehnsüchtig auf das strahlend weiße Gebäude mit den rankenden Ornamenten an den beiden Seitentürmen. Keine Seele war zu sehen, weder im Garten noch an den Fenstern. Es war nur Hildes Einbildungskraft, die plötzlich zwei verräterische Schatten auf einer weißen Wand erkannte, und es war ihr Verlangen nach Lärm, das diese Schatten tanzen und auf einem Bett mit olivgrünen Laken Dinge tun ließ, die für sie zu diesem Zeitpunkt noch unaussprechlich waren.

»Er kommt nicht heraus«, tönte eine schrille Stimme hinter ihr. Hilde drehte sich um und sah in das strenge Gesicht einer jungen Frau.

»Er kommt nie heraus, der eingebildete Gockel. Ich verstehe einfach nicht, was euch Mädchen vom Land so verrückt nach ihm macht. Ihr takelt euch auf und drückt den Kopf gegen den Zaun, bis ihr daran festgewachsen seid.«

Hilde rümpfte die Nase, dieser herablassende Ton gefiel ihr ganz und gar nicht. Abschätzig sah sie die Frau an. Nichts Besonderes, entschied sie – Sommersprossen, ein roter Pagenkopf, eine Stupsnase, eine unauffällige blaue Bluse und Jeans, keine erkennbare Figur. Und dennoch, etwas an ihr löste in Hilde den dringenden Wunsch aus, die junge Frau zu demütigen, um ihr dieses eitle Städtergehabe auszutreiben. Es waren die blassgrünen Augen, die sie, von Lidschatten und Wimperntusche flankiert, herausfordernd anfunkelten. Ach, verstand Hilde, darauf bist du also stolz.

Sie habe nicht die geringste Ahnung, wer in dem Anwesen eigentlich wohne, erklärte Hilde, und es sei ihr auch ganz egal. Es gefalle ihr einfach. Die Grünäugige, die sich als Magdalena vorstellte, schien nicht überzeugt.

»Woher willst du überhaupt wissen, dass ich auf dem Land lebe?«, fragte Hilde. Magdalenas Lippen zeichneten ein spöttisches Lächeln.

»Kein Stadtmädchen trägt mitten am Tag *solche* Schuhe.«

Hilde blickte an sich herab auf ihre Füße, die in einem Paar hoher schwarzer Pumps steckten.

»Dann haben Stadtmädchen wohl nichts, was sich zu betonen lohnt.«

Einige Fußgänger blieben stehen und betrachteten verblüfft den Schlagabtausch der beiden sonderbaren Frauen. Hilde kam das gelegen, eine Bühne brachte sie besser zur Geltung. Magdalena hingegen schienen die Zuhörer unangenehm zu sein, und sie winkte ab.

»Weißt du, was? Mach doch, was du willst, es geht mich nichts an. Aber du und deinesgleichen, ihr tut mir leid.«

Das rothaarige Mädchen wandte sich ab und stolzierte davon, das Publikum ging weiter. Merkwürdigerweise fühlte sich Hilde plötzlich verlassen. Sie erkannte, dass sie sich bereits an einem toten Punkt befand und nicht recht wusste, wohin sie den nächsten Schritt zu setzen hatte. Also klammerte sie sich an den ersten Strohhalm und eilte Magdalena hinterher.

»Warte, was meinst du damit? Meinesgleichen, wer soll das sein?«

Magdalena drehte sich um wie auf Kommando und brüllte: »Nuttchen! Mädchen, die sich aufputzen und den Kerlen nachrennen, und sonst nach nichts suchen im Leben.«

Hilde erschrak. So viel Wut hatte sie dem blassen Hering gar nicht zugetraut, doch gerade das gefiel ihr. Mit versöhnlicher Stimme versicherte sie Magdalena erneut, dass sie nicht wegen des Schauspielers nach Heilbronn gekommen war, sondern sich gewissermaßen auf der Flucht befand. Magdalena glaubte ihr diesmal und schien ehrlich beeindruckt. Sie lud Hilde auf eine Tasse Kaffee bei sich zu Hause ein.

Magdalena lebte in einer kleinen Wohnung in einem mehrstöckigen grauen Betonklotz nahe dem Bahnhof. Sie bezeichnete ihr Zuhause als Wohngemeinschaft, ein Konzept, das Hilde vollkommen neu war. Die Idee, dass man sich auch aussuchen konnte, mit wem man zusammenlebte, war ihr nie gekommen und faszinierte sie, auch wenn ihr spontan niemand in den Sinn kam, mit dem sie sich gerne eine Wohnung geteilt hätte.

Ihr gefiel die grundsätzliche Unordnung von Magdalenas Zuhause, während gleichzeitig die Leben, die in ihm geführt wurden, strikt und sauber getrennt waren. Namen auf den Lebensmitteln, Namen auf den Küchenschränken, und dann alles wild durcheinander und schmutzig in der Spüle. Magdalena, die die Bewunderung mit Anklage verwechselte, versicherte eilig, dass sie und ihre beiden Mitbewohnerinnen, ebenfalls Krankenschwestern, in der Regel am Abend gemeinsam putzten.

Hilde behagte außerdem die Vorstellung, genau wie Magdalena für ihren eigenen Unterhalt sorgen zu können.

»Krankenschwester«, meinte sie langsam und schmeckte dabei jede Silbe einzeln ab. »Kann man das lernen?«

»Natürlich kann man das lernen, was denkst du denn? Gar nicht weit von hier, im Jägerhaus-Krankenhaus.«

Hilde nickte und erwiderte nichts.

Später gestand sie, dass ihr ein Platz für die Nacht fehlte. Magdalena wusste genug über Mädchen wie Hilde, um das vorauszusehen. Die Lösung lag ohnehin auf der Hand, denn eine ihrer beiden Mitbewohnerinnen hatte hingeschmissen. Die Nachtschichten, der Kot. Das frei gewordene Zimmer bot sie Hilde an, zumindest für diese Nacht. Hilde war zufrieden. Das Glück, so schien es, war mit denen, die sich treiben ließen. Und wenn sie eines mit Sicherheit war, dann eine Getriebene.

An diesem kühlen Herbstabend wurde sie von Magdalena und ihrer verbliebenen Mitbewohnerin Ruth in die Stadt entführt. Es gab Versprechungen und Verheißungen von geheimen Plätzen, an denen Musik mehr als nur Geräusch war und Leben mehr als Überleben.

»Da kommen sogar die Amis hin«, flüsterte Ruth verschwörerisch, während drei Paar Absätze fröhlich über die Heilbronner Theresienwiese klackerten. Hilde war nicht mehr allein in ihren hohen Pumps, selbst Maggy, wie sie Magdalena nun nennen durfte, hatte alle Register gezogen. Eine andere Zeit, eine andere Frau. Tag war Tag, Stöckelschuh war Stöckelschuh.

Eine Kneipe, der Name ist vergessen, der Klang aber bewahrt. Schon auf der Straße konnte Hilde sie singen hören. Als die Frauen die Tür öffneten, schwoll der Lärm der grölenden Männerstimmen schlagartig an. Der Geruch von schalem Bier stieg Hilde in die Nase, und sie gab sich alle Mühe, durch den Mund zu atmen. Es waren fast ausschließlich junge Männer, die sich um die runden, mit schweren Krügen beladenen Holztische drängten. Viel mehr Inventar gab es nicht, die Kneipe folgte einem einfachen Geschäftsmodell, dem des heutigen *Schippen* nicht unähnlich, meint Hilde mit einem Seitenblick auf Martha. Nur in einer dunklen Ecke im hinteren Teil des Raumes war eine kleine Bühne aufgebaut, erkennbar erst auf den zweiten Blick. Darauf spielte ein hübscher junger Soldat Gitarre und sang dazu ein leises, bescheidenes Lied, das zwischen seinen Kameraden ungehört verflog.

»Maggyyyy«, ertönte eine heisere Stimme aus dem Gewimmel, vom allgemeinen Lärm kaum zu trennen und zuzuordnen. Dennoch bahnte sich Maggy zielsicher ihren Weg durch die schwankende Masse, wobei sie die tastenden Hände an ihrem Hintern und in ihren Haaren einfach ignorierte. Widerwillig, die eigenen Arme um den Oberkörper geschlungen, folgte Hilde ihr. Bei einer Gruppe Soldaten, die sich um einen Tisch neben der Bühne versammelt hatte, blieben sie stehen. Maggy klebte bereits an einem großen, grob aussehenden Kerl mit hochgekrempelten Ärmeln und einer Zigarette hinter dem Ohr. Als er Hilde bemerkte, schob er die kichernde Maggy sanft von sich.

»Wen hast du uns denn da mitgebracht, Maggylein?« Hilde war überrascht. Sie hatte nicht erwartet, dass der Amerikaner so gut deutsch sprechen würde. Schnell machte sie ihm dafür ein Kompliment. Er lachte so laut und schallend, dass sich die Männer am Nebentisch ärgerlich umsahen.

»Wie kommst du darauf, dass ich ein Ami bin?« Hilde spürte, wie sie rot wurde.

»Maggy meinte, dass die Amerikaner ...«

Er nickte ungeduldig, während er eine Zigarette aus der Hemdtasche zog – die hinter seinem Ohr ließ er, wo sie war – und mit konzentriertem Blick anzündete.

»Natürlich sind die hier. Trotzdem ist nicht jeder einer, jedenfalls noch nicht. Falls du sie suchst, musst du nur zu den Tischen mit den Negern gehen, oder du wartest einfach, bis hier ein paar Kerle alles kurz und klein schlagen. Sie sind langweilig vorhersehbar, weißt du?«

Dann riss er wieder den Mund auf und bemühte sich, Maggy möglichst in einem Stück zu verschlucken. Den Frauen wurden Getränke ausgegeben, doch Hilde begann, sich zu langweilen. Sie entschuldigte sich und zwängte sich durch die alkoholschwangere Menge zum Ausgang. Als sie hinaus in die kühle Nachtluft trat, wurde ihr schwindelig. Sie fixierte einen Stern am Himmel, bis die Welt sich nicht mehr drehte.

»Bist du ein Kompass?«, fragte eine sanfte Stimme mit amerikanischem Akzent. Hilde blickte sich um und entdeckte einen schwarzen Schatten auf der weißen Hauswand. Jemand lehnte am Zigarettenautomaten neben der Tür. Es fehlte nicht viel, und sie hätte ihn beim Hinausgehen gestreift.

»Wie bitte?«

»Du schaust nun schon so lange nach Norden. Genau wie ein Kompass.«

Hilde wusste nicht viel von den Sternen, aber den Großen Wagen kannte sie. Die hintere Kante fünfmal verlängert ... sie hatte sich rein zufällig am Polarstern festgehalten.

»Du hast recht!«, erwiderte sie, neigte den Kopf und blickte ihn herausfordernd an. »Soll ich dir den Weg zeigen?«

Die Silhouette erhob sich von der weißen Fläche und kam langsam auf sie zu.

»Nicht nötig, ich kenne den Weg.«

Es ist still geworden im *Schippen*. Geschichten wie diese tragen ein systematisches Risiko in sich, nämlich peinlich zu werden, wenn man sie den falschen Leuten erzählt. Es gibt verschiedene Arten, eine Wahrheit hinzunehmen, man kann sie glauben oder verschenken, was ein gewaltiger Unterschied ist. In diesem Fall, so meint der Chronist, bei diesem Schweigen, handelt es sich um eine Schenkung, was erst recht nicht ohne Peinlichkeit ablaufen kann.

Er ist jedenfalls nicht überzeugt von der Geschichte und hält sie für eine romantische Einleitung für Hildes sehr sachliche Entjungferung, die schnell, pragmatisch und hinter einer Buchsbaumhecke erfolgte. Diesen Teil gibt Hilde übrigens freimütig zu, sie scheint sich nur für den Weg dorthin zu schämen. Und obwohl der Chronist der Wahrheit verpflichtet ist, schenkt auch er sie ihr, aber nur dieses eine Mal.

Hilde und der junge Amerikaner zupften sich zurecht und gingen zurück in die Kneipe, wo sich ihre Wege wortlos trennten. Wo war Maggy? Aus dem Augenwinkel bemerkte Hilde ihren Freund, den Riesen, der einem Schwarzen ein Bier bezahlte, welcher ihm im Gegenzug ein kleines Päckchen zusteckte. Maggy selbst aber war nirgendwo zu sehen.

Jemand trat auf Hildes Fuß, doch bevor sie sich beschweren konnte, wurde sie schon von allen Seiten angerempelt. Etwas war geschehen, es gab ein Handgemenge. Hilde hörte Männer brüllen, und die Meute schaukelte, sie wurde zuerst in die eine Richtung gedrängt, dann in die andere. Sie konnte nicht sehen, wo das Zentrum des Streits lag, und suchte panisch einen Weg aus der Mitte des Raumes. Noch immer war keine Spur von Maggy oder Ruth zu sehen, aber sie entdeckte im Gewühl den jungen Amerikaner von draußen, der in blinder Wut wilde Schwinger auf das rechte Ohr eines Mannes abfeuerte, welcher mit dem Rücken zu ihm stand und seinerseits einen dunkelhäutigen Glatzkopf mit Leberhaken traktierte. Von irgendwo kam ein Krug geflogen, er zersplitterte an der Wand, und das Bier lief zäh wie Schweiß über den grauen Beton zu Boden. Gerade als sie glaubte, Maggy am anderen Ende des Raumes entdeckt zu haben – sie versuchte vergeblich, ihren Freund aus dem Getümmel zu ziehen –, traf sie etwas am Kopf, und es wurde dunkel um sie.

Als sie erwachte, konnte sie sich kaum rühren, weil ihre Glieder vor Kälte klamm waren. Sie lag auf dem Rücken hinter einer hohen Buchsbaumhecke. Ihr Kopf schmerzte. Sie hatte das dringende Bedürfnis, sofort in einem weichen Bett einzuschlafen, konnte sich aber nicht mehr an den Heimweg erinnern. Sie erhob sich ächzend, so vieles an ihrem Körper schmerzte, und sie fragte sich, wovon. Und wohin jetzt, das fragte sie sich auch.

Vor der Kneipe standen noch immer einige Soldaten und

rauchten in der Kälte grimmig ihre Zigaretten. In einem Polizeiwagen auf der Straße saß ein Beamter, ein anderer unterhielt sich mit einem wild gestikulierenden jungen Mann, auf dessen Stirn eine blutende Wunde klaffte. Hilde fasste sich an den Hinterkopf und spürte eine klebrige Feuchtigkeit in ihrer ruinierten Frisur. Zum Glück kein Blut, es war nur Bier.

Wie durcheinander sie in diesem Moment gewesen war, verstand sie erst am nächsten Tag. Schemenhaft erinnerte sie sich, wie sie in der einsetzenden Dämmerung durch graue Straßen gestolpert war, Menschen ausweichend, die sie abfällig musterten, und immer wieder vergessend, wonach sie suchte. Sie meinte, auch Gert begegnet zu sein, der allein vor einer Kirche saß und mit einem Taschenmesser an einem Stück Holz schnitzte, doch er hatte vorgegeben, sie nicht zu kennen.

Zu ihrer Überraschung erwachte sie in einem weichen Bett, doch es stand nicht in Maggys Wohnung. Sie spürte, wie sich neben ihr ein Körper bewegte, ein schwerer Körper, sie wurde durchgeschüttelt, als er sein Gewicht verlagerte. Ohne zur Seite zu sehen, erhob sie sich, bekam Ohrensausen, kaum dass sie stand. Schnell kleidete Hilde sich an, schlüpfte in die immer selben Pumps und verließ die spärlich eingerichtete Wohnung. Sie floh in die Erlösung eines neuen Tages. Ab jetzt wuchs Gras über die Sache.

Es regnete, als sie aus dem Haus trat und sich in einer kleinen Seitenstraße wiederfand, wo sie den Neckar hinter der wild wuchernden Uferböschung rauschen hören konnte. Der Name am Klingelschild sagte ihr nichts, aber das spielte keine Rolle mehr, sie erinnerte sich nun wieder an den Weg. Sie würde zu Maggy gehen, um sich umzuziehen und ihre

Tasche zu holen, und dann nichts wie weg aus dieser kalten, nackten Stadt zwischen den Weinbergen.

Maggy stellte keine Fragen, sie war wieder das strenge Mädchen vom Nachmittag zuvor. Wortlos stand sie in der Tür und sah Hilde dabei zu, wie sie lieblos ihre Klamotten in die Tasche stopfte.

»Warte«, sagte sie dann und verschwand für einen Moment im Hausflur. Als sie wiederkam, hielt sie Hilde ein altes Paar Turnschuhe an den Schnürsenkeln entgegen.

»Die gehörten meiner Mitbewohnerin. Du kannst sie haben.«

Hilde überlegte einen Moment, dann zuckte sie mit den Schultern, zog ihre Pumps von den Füßen und steckte sie in die Tasche.

Maggy fragte nicht, wohin Hilde gehen würde. Wahrscheinlich ahnte sie, dass Hilde es selbst nicht wusste, und im Grunde war es ihr auch egal. Der Abschied war kühl. Eigentlich hatten sie sich doch gar nicht gekannt, und sie beide wunderten sich im Stillen, woher die vorübergehende Sympathie gekommen war.

Dann stand Hilde in ihren grauen Turnschuhen auf der Straße, schaute rechts und links, und stellte fest, dass es keinen Unterschied machte. Sie zog wieder die schwarzen Pumps an und wartete. Etwas hatte begonnen, und es lag einzig und allein bei ihr, es fortzusetzen.

KAPITEL 3

Der Ausdruck autobiographisches Gedächtnis bezeichnet in der Psychologie das Speichern von Episoden mit großer Bedeutung für das Individuum. Besonders wichtig ist das autobiographische Gedächtnis zur Bildung einer eigenen Identität.

Wikipedia (»Autobiographisches Gedächtnis«)

Der Chronist hat sich Hildes Anekdote amüsiert angehört, er hat abgewartet, bis Frieders polterndes Lachen verklungen ist und Hilde sich selbst mit sarkastischer Bissigkeit von ihrer Vergangenheit reingewaschen hat. Nun aber muss er wieder die Spur finden und Fragen aufwerfen, von denen er annimmt, dass sie lange niemand mehr gestellt hat, denn um Anekdoten auszutauschen, bräuchten ihn die Alten ja nicht.

Frieder redet im Allgemeinen gerne und viel, das Thema und sein Gegenüber sind dabei eher zweitrangig. Es ist schwierig, ihn jemals auf dem falschen Fuß zu erwischen, denn bei einer Diskussion scheinen ihm zusätzliche Gliedmaßen zu wachsen, mit denen er stürmisch und überzogen gestikuliert wie ein zweitklassiger Pantomime, nur dass sein Gesicht nicht weiß ist, sondern feuerrot anläuft. Ein paar Themen gibt es aber doch, bei denen ihm jedes Wort zu viel ist, und auch seine Gestik wird dann plötzlich teilnahmslos, ein Schulterzucken, das keine Rückfragen wünscht. Eines dieser Themen ist die Zeit der Entnazifizierung. Der Chronist fragt danach, mit dem gebotenen Respekt, und er bereut es sogleich.

»Ach, der alte Käse«, winkt Frieder ab. »Ich hab mal eine Frage. Wo waren sie denn eigentlich, deine Nazis? In Rillingsbach habe ich nämlich keinen gesehen, wenn wir mal Mangelhardt, den alten Dackel, beiseitelassen. Entdeutschung hätte das heißen sollen. Es ist doch wahr, sieh dir nur an, was aus den Leuten geworden ist.« Ohne den Chronisten aus den Augen zu lassen, nickt er zu Alfred hinüber, dessen Gedanken irgendwo auf dem Grund seines Glases ruhen, und grunzt verächtlich.

«Der da mit seinem Vietnamkriegs-Quatsch zum Beispiel, hängt nächtelang vor seiner alten Röhre und schaut einen Ami-Streifen nach dem anderen, oder durchstöbert Flohmärkte nach Zippo-Feuerzeugen und Zeitungsausschnitten, als wäre das so ein sauberer Krieg gewesen. Oder Elisabeth mit ihrer Bruchbude unten in Murrhardt. Wozu musste sie denn amerikanische Wälzer sammeln, über neuenglische Preisboxer, über Kriege in fernen Ländern? In *unserem* Land. Welchen Sinn hatte das? Hätte sie sich lieber bei uns zu Hause im Keller umgesehen, mein Vater war ein belesener Mann. Da hätte sie vielleicht ein paar anständige Exponate gefunden.«

Hier und da vernimmt der Chronist ein missfälliges Murren, aber ernsthaft wehrt sich niemand mehr im *Schippen*, zu oft schon haben sie diese Kämpfe ausgefochten. Alfred sieht aus dem Fenster und befühlt beiläufig die Kerben im Tisch, Martha trägt den Müll hinaus.

»Das kann ich doch nachher mitnehmen!«, ruft ihr Frieder hinterher, aber sie ist schon aus der Tür. Alfred hat sich derweil an einer besonders tiefen Kerbe festgefummelt, über die er wieder und wieder behutsam streicht. Vielleicht ringt er ja mit etwas, denkt sich der Chronist, aber selbst wenn, an die Kerbengeschichten kommt man immer zuletzt, es sei denn, es geht um Bettpfosten.

Und dann kann Frieder eben doch nicht anders und erzählt noch einmal, was damals wirklich Sache war.

»Die Leute behaupten immer, mein Vater hätte sich freiwillig gemeldet oder gar aufgedrängt, sich eingeschmeichelt, und was nicht noch alles, aber das ist nichts als Verleumdung. Es ging schließlich um sein Leben, wahrscheinlich auch um meines und das meiner Mutter, schlicht und ergreifend. Friss oder stirb. Und ja, mein Vater hat es vorgezogen, zu fressen. Kann man ihm das etwa vorwerfen? Ich denke, nicht!«

Ein Stück deutscher Nachkriegsgeschichte, dem sich auch das kleine Rillingsbach nicht entziehen konnte, war die Befreiung der Gemeindebüchereien von nationalsozialistischem Gedankengut. Der Chronist hat sich schlau gemacht: Unter der Aufsicht einer amerikanischen Behörde, der sogenannten *Information Control Division*, deren Aufgabe es war, den deutschen Medienbetrieb vom Film über den Buchmarkt, bis hin zu den Tageszeitungen zu überwachen, wurden sämtliche Leihbibliotheken von den entsprechenden Werken gesäubert. Diese Aktion, so die Idee der Amerikaner, sollte allerdings nicht von den Besatzern selbst durchgeführt werden. Stattdessen suchte man deutsche Freiwillige für die Erledigung der Aufgabe. Für die Leihbibliothek im Rathaus von Rillingsbach meldete sich, zur allgemeinen Überraschung, der ehemalige Oberscharführer Wilhelm Linzner.

»Nein, nein, nein«, widerspricht Frieder energisch. »Mein Vater hat sich eben *nicht* freiwillig gemeldet, sondern er wurde ernannt. Es ist ja auch ganz klar, weswegen, dazu braucht man bloß einmal an seine Beerdigung im Herbst ’53 zu denken. Wer hat ihm da nicht alles die Ehre erwiesen? Dr. Hensel war da, der Schultheiß natürlich, auch der Notar Schief. Alles, was Rang und Namen hatte, und dazu noch der halbe Schwäbische Wald. Mein Vater war jemand, eine Respektsperson, und deshalb wollten sie ihn kaputt machen. Die wollten ein Exempel statuieren, oder wie man das nennt, sie wollten uns zeigen, dass wir nichts mehr gelten. Aber genutzt hat es ihnen nichts. Die Menschen hier haben einen Riecher dafür, wem sie etwas schulden und wem nicht.«

Nun ist das so eine Sache mit der Schuld, denn manche verwechseln sie im Eifer des Gefechts mit der Treue, andere halten es einfach mit der Gewohnheit.

Wer wem etwas schuldet, darüber herrscht in einer solchen Zeit naturgemäß Uneinigkeit. Man besinnt sich darum besser auf einfachere Konzepte. Auf die Treue, wie gesagt, oder die Gewohnheit, aber auch auf die Amnesie, diese Art von Orientierung. Es ist nicht schwer, einzusehen, dass die Wahrheit dabei meist auf der Strecke bleibt.

Interessant ist allerdings die Sorgfalt, mit der Wilhelm zu Werke ging. Offenbar war ihm klar, dass er alles würde ausmisten müssen, was auch nur ansatzweise an Militarismus, Nationalismus oder Rassenlehre erinnerte. Genauere Vorgaben machten die Amerikaner zwar nicht, und erst recht gaben sie ihm keine Liste verbotener Titel an die Hand, doch war er sicher, dass sie nur auf einen Fehler warteten, diese Teufel. Sie würden ihn an den Maibaum hängen, wenn er ihnen die Gelegenheit dazu bot. Aber noch hatte er eine

Chance. Belesen, wie er in diesem Segment war, kannte er durchaus die Titel, auf die es ankam. Er hatte bereits eine ganze Palette von Büchern im Sinn, von deren Vorhandensein im Bibliotheksbestand er wusste.

Frieder macht eine Pause, erhebt sich ächzend von seinem Barhocker und wackelt mit unsicherem Gang zur Toilette. Einen Moment lang bleibt es still im *Schippen*, ehe Alfred den Augenblick nutzt, um die eine oder andere gefallene Aussage ins rechte Licht zu rücken.

»Blödsinn! Niemand wollte Wilhelm aufhängen, wieso denn auch? Ich weiß das mit absoluter Sicherheit, weil ich damals die aussortierten Bücher verpacken und für den Abtransport fertig machen musste. Schon richtig, währenddessen saßen drei Amis am Schreibtisch im Vorraum der Bibliothek, an dem sonst Frau Grün ihre Ordner gewälzt und Stempel in die Bücher gedrückt hatte, und überwachten die ganze Aktion. So jedenfalls wird wohl ihr Auftrag gelautet haben, aber sie nahmen es damit nicht allzu genau. Zwei der Männer waren junge Kerle mit trüben Augen und Schorf auf den Fingerknöcheln, höchstens achtzehn oder neunzehn Jahre alt, und sie spielten die ganze Zeit über stumm und freudlos Karten. Einmal fragten sie mich, ob ich nicht eine Partie mitspielen wolle, aber das war ganz und gar unmöglich. Wilhelm hätte mich dafür bei der erstbesten Gelegenheit erwürgt. Der dritte Mann war vermutlich ein Offizier oder etwas in der Richtung, jedenfalls schien er einen höheren Rang zu haben, und er muss auch älter gewesen sein als seine Kameraden. Dürr und kantig war sein Gesicht, es ließ mich an einen gehäuteten Hund denken. Ihm muss stinklangweilig gewesen sein, und er gab sich nicht besonders viel Mühe, das zu verbergen. Die meiste Zeit lehnte er mit geschlossenen Augen an der kühlen Betonwand, schreckte dann und wann mit einem atemlosen Japsen auf, woraufhin sein Hocker vornüber kippte und er sich einen Moment lang hektisch umblickte. Dann schloss er die Augen wieder und setzte seinen unsteten Schlaf fort. Ganz ehrlich, denen war scheißegal, was der Wilhelm aussortierte oder stehen ließ. Die waren froh, dass der Krieg vorbei war, und wollten bloß nach Hause. Was ging sie da noch unsere kleine Bücherei an? Wenn es für Wilhelm brenzlig wurde, dann war es seine eigene verdammte Schuld. Die Amis hatten doch gar nicht genau hingesehen, wer im Dorf lebte und wer Wilhelm eigentlich war. Ich an seiner Stelle hätte mich jedenfalls nicht freiwillig gemeldet. Er muss schreckliche Panik gehabt haben.«

Dann verstummt Alfred, weil Frieder sich mit einem langen Seufzer wieder auf den Barhocker sinken lässt.

»Red nur weiter, Alfred«, meint Frieder dann, und dem kleinen Mann mit dem Cappy ist der Schreck ins Gesicht geschrieben. Für jemanden, der so gerne redet, hat Frieder auch erstaunlich gute Ohren.

»Ich hab ihm nur erzählt, wie es aus meiner Sicht gewesen ist.«

Frieders mächtiger Brustkorb hebt und senkt sich, darin ist viel Platz für abfällige Grunzer, aber auch für laute Worte und intensives Starren, ohne Luft zu holen. Sein Gesicht färbt sich schon wieder rot.

»Was du damals so alles gesehen hast. Als hätten wir uns nur dir zuliebe aufgerieben.«

Hilde klopft zweimal mit den mageren Fingerknöcheln auf den Tisch, haut in die Kerben, und Frieder wendet sich an den Chronisten.

»Vielleicht solltest du ihn das Buch schreiben lassen.«

Alfred nimmt sein Cappy ab, fährt sich durch das dünne, plattgedrückte Haar und rückt es dann wieder zurecht. Übersprungshandlungen, notiert sich der Chronist. Übersprungsworte. Übersprungsnotizen, jedenfalls bloß niemanden ansehen. Alfred liegt noch einiges auf der Zunge, der Chronist spürt es ganz deutlich, aber da scheint es eine Linie zu geben, die er nicht zu übertreten wagt, vielleicht wurden die Grenzen vor langer Zeit ausgelotet, oder aber niemals im Entferntesten angetastet, jedenfalls hält er hier und jetzt seinen Mund.

Wilhelms Panik steigerte sich offenbar zur Hysterie, als er an diesem schwülen Vormittag im Juli, seinem ersten Arbeitseinsatz im Dienste der Entnazifizierung, schwitzend die Gänge zwischen den metallisch glänzenden Regalen der Gemeindebücherei auf und ab lief. Etwas hatte sich verändert, ein für den Chronisten nicht uninteressantes Detail. Wo waren die Bücher? Die Regale standen zwar voll davon wie immer, doch die wichtigen Titel fehlten. All die Werke, die er im Kopf bereits aussortiert hatte, all die großen, klangvollen Namen. Sie waren einfach verschwunden. *Gruppe Bosemüller,* zum Beispiel, oder *Volk ohne Jugend* von Burgdörfer. Wo waren die fünf signierten Exemplare von Schattenbachs *Vier Stunden im Feld* geblieben? Auch Hans Grimm war aus den Regalen getilgt, ebenso wie Hans Zöberlein, immerhin ein Werwolf. Und schließlich sein Lieblingstitel, *Neuadel aus Blut und Boden*, weg, weg, weg! Jemand musste sie in Sicherheit gebracht haben. Aber wer war so unglaublich dumm, in dieser Situation für ein bisschen Literatur noch ein solches Risiko einzugehen? Wilhelm wusste es nicht, wenngleich er jemanden im Verdacht hatte. Natürlich würde er, wenn es hart auf hart kam, nicht zögern, den Namen zu nennen. Zunächst einmal ging es aber darum, überhaupt irgendwelche Bücher auf den Tisch im Vorraum zu legen. Alles andere würden die Amis wahrscheinlich als Weigerung auffassen, und dann würde er hängen. Also, was sollte er tun? Es gab nur eine Möglichkeit. Langsam bewegten sich seine Beine, umso hektischer dafür seine Pupillen, die von links nach rechts schnellten und die Regale willkürlich nach Titeln deutscher Autoren abtasteten wie Suchscheinwerfer.

A wie Abel, Hans Karl: »Die Melker im tauben Klang.«

C wie Carossa, Hans: »Das Jahr der schönen Täuschungen.« Immerhin, ein großer Name.

H wie Hesse, Hermann: »Knulp.« Das war selbstverständlich lächerlich, das legte er zurück.

R wie Rother Wanderführer: »Das Hornisgrindegebiet.«

Mit einem Stapel zufällig ausgewählter Titel in den Armen wagte er sich schließlich hinaus in den Vorraum, wobei er es vermied, die Amerikaner anzusehen. Er konnte ihre gierigen Blicke dennoch spüren, er hörte, wie sie die Zähne bleckten. Behutsam, als könnte ein lautes Geräusch die wahre, unschuldige Natur der Bücher verraten, legte er sie vor Alfred auf den Tisch. Dieser sah zuerst den Stapel Bücher, dann Wilhelm irritiert an. Wilhelm erwiderte den Blick des Jungen eindringlich, darum bemüht, eine unmissverständliche Botschaft auszusenden. Alfreds Auge war noch immer geschwollen und blau, die Nase von Schorf entstellt. Wenige Tage zuvor hatte es im *Schippen* einen kleinen Vorfall zwischen den beiden gegeben, übrigens nicht der erste dieser Art, denn Alfred hatte eine betrübliche Lernschwäche im Hinblick auf Lektionen, die ihm das Leben erteilte.

Endlich legte sich ein spöttisches Lächeln auf Alfreds Lippen, und er begann wortlos, die Bücher in alte Weinkisten zu legen. Wilhelm, von der eigenen Erleichterung angewidert, eilte zurück in den Lesesaal, um einen weiteren Stapel zusammenzusuchen. Diesen Vorgang wiederholten die beiden so lange, bis die Amerikaner sagten, es sei nun genug. Bis zuletzt hatten sie sich nicht ein einziges der Bücher genau angesehen.

Wo die NS-Literatur der Gemeindebücherei Rillingsbach letzten Endes abgeblieben war, klärte sich erst einige Jahre später, lange nach Wilhelms Tod. Das war nicht weiter tragisch, denn seine Vermutung war vollkommen richtig gewesen. In gewisser Weise hatte sich jemand die Bücher tatsächlich ausgeliehen, durchaus in der Hoffnung, sie eines Tages wieder freigeben zu können. Es stand nur nichts davon im Leihregister. Zweck der Leihe: unklar. Zeitpunkt der Rückgabe: unbestimmt.

Ein Hauch von Betroffenheit erfasste die Polizeibeamten angesichts des erbarmungswürdigen Zustands von Mangelhardts Dachgeschosswohnung, doch der Ekel überwog. Zwischen schier endlosen Bergen von Müll und einem beunruhigend großen Arsenal von Peitschen und Reitgerten fanden sie exakt siebenundvierzig Titel mit Bibliotheksstempel darin, darunter die fünf handsignierten Exemplare von Eugen Schattenbachs *Vier Stunden im Feld.* Mangelhardt musste wohl mit einer Schubkarre angerückt sein, um all diese Bücher vor der Konfiszierung zu bewahren. Der Polizeibeamte Rauscher blätterte darin mit spitzen Fingern, strich über die Widmung, fand in das Buch eingelegt alte Zeitungsrezensionen.

Schattenbachs klare und makellose Sprache erfüllt jeden Raum, sie umgibt den Leser nicht weniger dicht und voluminös als die schönste Sinfonie und wirkt dabei so rein und zart wie eine gehauchte Arie.

Im Gemeinderat wurde der Vorschlag geäußert, ein Heimatmuseum einzurichten und Schattenbachs Werk dort auszustellen. Mit einem Kassenschlager aus der NS-Zeit als einzigem Exponat, gab der neue Bürgermeister Sanzenmaier aber zu bedenken, forderte man Ärger geradezu heraus. Der Plan wurde daher ad acta gelegt. Ein Jammer, findet Frieder, denn die Bücher waren in einwandfreiem Zustand. Mangelhardt hatte sie eifrig gepflegt, zweifellos in der Hoffnung, sie eines Tages wieder der Bücherei zuführen zu können.

Ein warmes Sommergewitter hatte über Rillingsbach gehangen wie ein schlechtes Gewissen, als dieser den großen Schritt aus dem Fenster schließlich wagte. Zwanzig Jahre hatte er sich davor gefürchtet, mindestens einmal war ihm etwas dazwischengekommen, als das ganze Dorf sich unter Elisabeths Schreien auf der Straße versammelte und ihm den Auftritt versaute, aber am Ende legte er sich die Drahtschlinge doch noch selbst um den Hals. Man musste sich schon auf die Zunge beißen, um die Ironie nicht laut herauszuprusten. Ein Suizid, und zwar vollkommen ohne Fragezeichen.

Der Chronist interessiert sich durchaus für den Suizid, auch für das obligatorische Warum, aber beinahe noch mehr beschäftigt ihn die Frage, was Mangelhardt mit den Büchern getan hat.

»Als Briefbeschwerer wird er sie wohl nicht gebraucht haben.« Alfred mustert den Chronisten misstrauisch und wählt dann sehr sorgfältig seine Worte. »Mangelhardt war am Ende ein ganz, ganz armer Tropf, aber glaub bloß nicht, er hätte dafür Mitleid erwartet. Auch der wurde irgendwann wieder zum Realisten. Stattdessen rettete er, so viel er fassen konnte, in eine Welt hinüber, in der er aufrecht leben konnte. Selbst wenn die nur fünfzig Quadratmeter groß war. Natürlich ist nicht alles richtig gewesen, was er getan hat. Geschweige denn das, was er gepredigt hat, weil gesponnen hat er sowieso. Aber da war er ja nun wirklich nicht der Einzige. Als der Krieg schließlich vorbei war, hatte er alles, was er im Leben besessen hatte, und den Besitz von manch anderem noch dazu, auf das falsche Pferd gesetzt. Arbeiten durfte er natürlich nicht mehr, dafür hatten die Amis gesorgt, und auf einmal schien er der einzige Nazi im ganzen Kreis gewesen zu sein. Einsamer kannst du als Mensch nicht werden. Oder wo, glaubst du, gab es da noch einen Platz für ihn?«

Dem Chronisten kommen durchaus einige Ideen. Im nahen Kranzburg zum Beispiel, nahm eine gewisse Firma *Kettele* schon kurz nach Kriegsende die Produktion wieder auf. *Kettele*-Traktorreifen waren landesweit bekannt, und die amerikanische Besatzungszone ein dankbarer Absatzmarkt, denn nur mit robusten Reifen zieht man einen Karren aus dem Dreck. Geleitet wurde das Unternehmen von einem Mann, den die Menschen gerne als *schneidig* bezeichneten, ohne genau zu wissen, was ihn eigentlich so schneidig machte. Vielleicht lag es einfach nur daran, dass Herr Schweigstein etwas von Geschäften verstand. Möglicherweise meinten sie damit aber auch, dass er die richtigen Leute kannte. Mit Wilhelm Linzner beispielsweise verband ihn eine Freundschaft, die auf stillschweigendem Verständnis beruhte. Sie beide waren Männer, die schon zu viel gesehen hatten, um noch allein der Form halber Scham zu empfinden. Um der alten Zeiten willen schuf Schweigstein ihm eine schöne, ruhige Stelle in der gehobenen Verwaltung. Wilhelm war einverstanden und genoss seine Position mit wenig Verantwortung und viel Präsenz. Kindern etwas zu beizubringen oder ein Buch zu schreiben, wirft Hilde ein, das habe damals gewisse Probleme mit sich gebracht. Aber reich zu werden, das gehe immer.

Es dauerte in der Tat nicht lange, dann war er wieder wer, ein Mann mit Hof, Vieh und vor allem Status. Und wenn Wilhelm eines brauchte, um zu existieren, dann genau das.

Für Mangelhardt gab es keine Nachkriegskarriere, sondern nur das einsame Warten auf den Tag, an dem die Verzweiflung endlich doch noch größer wurde als der Drang, weiterzuleben. Wer hätte ahnen können, dass '45 für einige noch nicht der Tiefpunkt war?

Der Vergleich von Wilhelm und Mangelhardt wirft selbst für den Chronisten, der diese Bilder nur in Schwarz und Weiß kennt, beunruhigende Fragen auf. Er denkt an *Schindlers Liste* und fragt sich immer wieder aufs Neue: Wer warst du? Warst du ein Schindler, oder warst du ein Göth? Das Unpolitische verfliegt, das Menschliche nicht weniger. Und das Finstere bleibt finster, anscheinend für immer.

Und wieder und wieder fällt ein Name. Wer war er denn nun eigentlich, dieser Mangelhardt? Auch der Chronist hat diese Frage im *Schippen* mehrfach gestellt und verschiedene Antworten erhalten, die meisten davon unbefriedigend. Der Dorflehrer war er natürlich. Ein Nazi ist er gewesen, jeder weiß das. Umgebracht hat er sich, man ahnt schon, weshalb.

So läuft es manchmal mit den Alten. Man hört einen Namen viele Male und fragt noch öfter nach ihm, erfährt daraufhin genug Anekdoten und Skurrilitäten für einen lustigen Jahreskalender, weiß aber noch immer nicht, was diesen Menschen eigentlich ausgemacht hat, oder warum sich alle an ihn erinnern. Bis endlich, an unerwarteter Stelle, doch noch die erklärenden Worte den Weg an die Oberfläche finden. Zum Beispiel, wenn Martha einen Tag im April 1945 Revue passieren lässt.

Als am Ende des Monats die Soldaten kamen, hatte sie keine Angst. Die Zeiten, in denen man sich vor Soldaten fürchtete, waren längst vorbei, allerdings änderte sich das in jenen Tagen wieder. Die Angst vor Wölfen kehre ja schließlich auch erst dann zurück, wenn man sie heulen höre, sinniert Martha. Der Chronist kann dazu nichts sagen, in seiner Welt gibt es weder Wölfe noch Soldaten.

Das Geheul kam in Form von düsteren Neuigkeiten aus Murrhardt. Franzosen, schwarz wie die Nacht, fielen über deutsche Frauen und Mädchen her, erschossen Greise und räumten die Geschäfte leer. Nichts ließen sie übrig, und in die Nahrungsrationen, so hieß es, pissten sie auch noch hinein. Selbst die ehrwürdige Stadtkirche brannte angeblich lichterloh. Was für Teufel. Und die Amerikaner? Auch nicht besser.

Verständlicherweise wagte sich kein Rillingsbacher nach Murrhardt, um die Gerüchte zu bestätigen. Das tatsächliche Ausmaß der Schrecken war daher zweifelhaft, und die Unklarheit darüber zermürbte die Menschen zusätzlich. Eines stand aber fest. Murrhardt war seit dem neunzehnten April, dem Tag vor des Führers Geburtstag, besetzt.

Es waren heftige Gefechte, die sich die SS-Panzergrenadiere der Götz von Berlichingen und versprengte Truppenteile verschiedener anderer Divisionen mit den Amerikanern lieferten. Der Artillerielärm drang über die Hügel des Schwäbischen Waldes und schuf eine eigentümliche Atmosphäre im friedlichen Rillingsbach, wo ansonsten alles seinen üblichen Gang nahm. Martha spielte mit Frieder und ihren Brüdern im Wald Verstecken, ging zum Dorflehrer Mangelhardt in den Unterricht und las die Briefe des Vaters von der Westfront. Es waren alte Briefe, vom wiederholten Falten und Entfalten bereits brüchig geworden, denn neue erreichten das Dorf schon lange nicht mehr. Das Hotel leitete in diesen Tagen der Großvater, doch neue Gäste waren sogar noch seltener als neue Briefe. Trotzdem erscheinen Martha diese Tage in ihrer Erinnerung nicht sehr finster, weil die verbliebenen Menschen besser aufeinander aufpassten. Nur wenn wieder die Alarmsirenen aufheulten, die Luft von einem Dröhnen erfüllt war und schließlich die Flugzeuge tief über den Wäldern dahinzogen, legten sich zahllose bedrohliche Schatten über ihr Rillingsbach. Der Großvater packte sie dann mit einem Arm und trug sie wie einen Sack Kartoffeln die Treppe hinunter in den Keller, wo sie sich neben den weinenden und schreienden Zwillingen zusammenkauerte, um auf die Detonationen zu warten. Und wenn sie diese dann hören und, schlimmer noch, spüren konnte, und der Großvater leise »Murrhardt« flüsterte, oder »Fornsbach«, dann wurde der Schleier des Krieges dichter und drang durch die Ritzen und Spalten der Wände bis in den tiefsten Keller, um ihr das Herz zusammenzudrücken.

Flugzeuge zu sehen oder zu hören, war an sich keine Seltenheit, mehrere Hundert von ihnen aber durchaus. Martha erinnert sich deshalb auch an solche Tage. Einmal war es kalt und bewölkt und kurz vor Weihnachten. Sie erinnert sich daran, dass ihr Großvater aus dem Haus gelaufen kam und brüllte:

»Flieger! Geht ins Haus. Ins Haus!«

Dann schnappte er Martha, wie sie es schon gewohnt war, und trug sie hinunter in den Keller.

Natürlich war Rillingsbach nie das eigentliche Ziel der Angriffe. Auch Murrhardt nur selten, und nicht an diesem Tag. Die Flugzeuge kamen aus Nordwesten und hatten ihre Bomben überwiegend bereits abgeworfen. Warum eines von ihnen seine Ladung noch immer trug, weiß Martha nicht. Vielleicht fehlte dem Piloten der Mut, und er wollte die tödliche Fracht unbemerkt über dem Waldgebiet fallen lassen. Vielleicht wusste er gar nichts von dem zerbrechlichen Leben unter seinen Flügeln. Martha will ihm nichts unterstellen. Sicher ist nur, dass an jenem Tag um 19.36 Uhr eine Bombe über dem kleinen Dörfchen Rillingsbach in Richtung Erdboden sauste. Was Martha dann erlebte, gab ihr zumindest eine vage Vorstellung davon, in welcher Hölle sich die Menschen in Heilbronn befinden mussten, wo in diesen Minuten die unterschiedlichsten Arten von Sprengkörpern zu Tausenden auf das Stadtgebiet niederregneten. Wieder war die Luft erfüllt vom Dröhnen der Maschinen, von den Murrhardter Sirenen, von den Schreien ihrer Brüder. Und da waren die Menschen, bekannte Gesichter, die zunächst neugierig auf die Straße hinausgetreten waren und nun zurück in ihre Häuser flüchteten. Und schließlich folgte ein Donner von unten, und die Erde bebte, dass es den Großvater fast vornüber die Treppe hinunter geschlagen hätte, mitsamt der Enkeltochter unter dem Arm. Bis sie im Keller waren, flog ihnen die Scheune der Winklers bereits um die Ohren, doch wie durch ein Wunder kam kein Mensch zu Schaden. Nur für das Vieh kam jede Hilfe zu spät.

Von nun an hielt sie sich die Ohren in solchen Momenten einfach zu und dachte an den Tag, an dem der Krieg endlich,

endlich verloren sein würde. Die Idee, man könne ihn noch gewinnen, das schärfte ihr der Großvater schon seit Monaten ein, war blanker Irrsinn, ganz gleich, was der Lehrer Mangelhardt ihnen im Klassenzimmer erzählte. Obwohl, aber das sagte selbst der Großvater nicht zu laut, der sich mit Irrsinn auskannte.

Alfred nickt an dieser Stelle eifrig und packt den Arm des Chronisten, als wollte er seine Schreibhand führen.

»Ohne Marthas Großvater Josef«, wirft er ein, »hätte Mangelhardt mich damals noch nach Murrhardt hinuntergeschickt. Ich weiß nicht, ob ich heute hier sitzen würde, wenn es wirklich dazu gekommen wäre. Ich wollte es natürlich nicht, aber gegangen wäre ich doch. Josef war für uns ein Glücksfall, weder blind noch feige. Ich kann mich genau erinnern, wie er vor der Schule stand und dem Mangelhardt ein paar Takte ins Gesicht sagte. Er solle sich doch selber totschießen lassen, wenn er unbedingt noch eine Dummheit begehen müsse, aber uns, die Buben, ließe er gefälligst in Frieden. Das war ein wirklich guter Mann. Ein lautstarker Realist. Die waren zwischenzeitlich selten geworden.«

Und da ist man sich endlich mal einig im *Schippen*, was dem Chronisten beinahe so denkwürdig erscheint wie das Ereignis an sich. Für den Moment interessiert ihn Josef aber nicht, gerade weil es keine Reibung gibt, was soll er in seiner Chronik damit?

Als an einem sonnigen Vormittag im April die 100. Infanterie-Division in Rillingsbach einmarschierte, hatte Martha also zunächst keine Angst. Entgegen den Gerüchten war die Haut der Soldaten nicht schwarz, sondern weiß, folglich stimmten vermutlich auch die anderen Geschichten nicht. Sie betrachtete die aschgrauen, beinahe gelben Gesichter, meist waren sie jung und schmal und blickten starr geradeaus auf den Vordermann oder ins Nichts. Die meisten Soldaten trugen ihre Helme auf dem Kopf, einige hatten sie aber auch nur an die Seite des Rucksacks geschnallt. Das beeindruckte Martha.

Tatsächlich war der Krieg für die 100. Infanterie-Division noch nicht beendet. Sie hatte auf ihrem Weg nach Süden noch einige Gefechte zu überstehen, denn nicht alle Dörfer waren so ruhig wie Rillingsbach. Nicht überall gab es einen Josef Bäuerle, aber einen Theodor Mangelhardt, den gab es in fast jedem Dorf. Schon von Weitem war das schwere, mühsame Rattern der Panzer zu hören, ehe Martha, die mit ihren Brüdern in gespannter Erwartung am Gatter stand, sie schließlich um die Ecke biegen sah. Nein, der Krieg war noch nicht vorüber. Für die Gemeinde Murrhardt aber war er es, und Martha spürte das, vielleicht wegen der baumelnden Helme. Wo Helme am Rucksack baumelten, da wurde ziemlich sicher nicht mehr geschossen.

Mit großen Augen verfolgten die Kinder die schweren Ketten, die monoton und unaufhaltsam in ihrer Spur liefen und die Ungetüme aus Metall mit den todbringenden Rohren darauf über die grünen Hügel des Schwäbischen Waldes trugen. Dabei, aber das weiß Martha im Gegensatz zum Chronisten natürlich nicht, handelte es sich nicht einmal um die wirklich schweren Geschütze, sondern um die leichteren Jagdpanzer des Typs M18 Hellcat. Darauf saßen Soldaten, die Hände nachdrücklich an die oben befestigten Maschinengewehre gelegt. Stumm und misstrauisch erwiderten die Amerikaner die Blicke ihrer jungen Beobachter.

Die meisten Rillingsbacher waren in ihren Häusern geblieben. Vom Rattern der Panzer und den ungleichmäßigen

Schritten der Soldaten abgesehen, nahm Martha keinerlei Geräusche mehr wahr. Und dann, in genau jenem Moment, im einsamen Takt eines Krieges, der sich müde gelaufen hatte, und im Angesicht einer unendlichen Reihe grauer, ausdrucksloser Gesichter, spürte Martha zum ersten und einzigen Mal in ihrem Leben etwas, das sie heute als »Weltgefühl« bezeichnet. Es sei, versucht sie zu erklären, das Bewusstsein, für einen kurzen Augenblick im Zentrum des Weltgeschehens zu stehen. Dort, wo es keine Nichtigkeiten mehr gibt und alles, alles, alles entweder kippt oder stehen bleibt.

So unerwartet das Gefühl gekommen war, so schnell war es wieder verflogen, denn ein anderes, penetranteres rhythmisches Geräusch überlagerte den Marsch der Soldaten. Einer von ihnen nagelte eine amerikanische Flagge an den kahlen Stamm des Maibaums, der auf dem Schulhof für das bevorstehende Maifest bereitlag. Trapp, trapp, klopf. Trapp, trapp, klopf. Hammerschläge und Schritte, Hammerschläge und Schritte.

Es war eindeutig kein feierlicher Akt, weder jubelten die vorbeimarschierenden Soldaten, noch spielte eine Kapelle. Das treibende Gefühl dahinter schien eher Zorn als Freude zu sein. In Marthas Ohren klangen die Hammerschläge wie ein böses Omen. Aber wann hatten Geräusche dieser Art auch jemals etwas Gutes bedeutet?

Als sein Werk beendet war, marschierte der Soldat, ein Mann mit wuchtigen Händen und tief hängenden Backen, die an einen deutschen Boxer erinnerten, strammen Schrittes zu der bescheidenen Hofstelle gleich neben dem Schulgebäude. Er öffnete das Gatter und überquerte den Innenhof zur Tür des kleinen Bauernhauses, das sich im Schatten der angrenzenden Schule duckte, als hoffte es, übersehen zu werden. In dem Haus lebte Alfred mit seinen Eltern und seinen beiden jüngeren Schwestern. Der Amerikaner klopfte zunächst zweimal kräftig, und als niemand öffnete, in schneller Abfolge mehrmals mit Nachdruck. Schließlich öffnete Fritz Wurster, Alfreds Vater, vorsichtig einen Spaltbreit die Tür. Mit einem Spalt war der bullige Amerikaner aber nicht zufrieden. Er stieß die Tür mit einer solchen Wucht auf, dass es die Klinke mit einem dumpfen Schlag in die Wand drückte und der Putz auf den Dielenboden bröselte. Er trat einen Schritt ins Haus und brüllte den alten Fritz an. Der Marsch der Soldaten kam zum Erliegen. Martha mochte Fritz und wünschte sich, der grobe Soldat würde aufhören, denn es gefiel ihr nicht, wenn Menschen angeschrien wurden. Auch Mangelhardt schrie viel zu oft, und nicht ein einziges Mal war damit irgendetwas anderes erreicht, als dass sie vor Angst zitterte und sich auf nichts mehr besinnen konnte. Martha konnte das Gebell des Amerikaners nicht verstehen, und aus akustischen Gründen auch nicht, was Fritz antwortete. Dennoch hatte sie eine ungefähre Vorstellung vom Inhalt des Gesprächs, wenn man es als solches bezeichnen wollte. Sie sah die kraftlose Geste des alten Mannes, beinahe weniger als ein Schulterzucken, und dazu das ungehaltene Gefuchtel des Soldaten. Schließlich traten Fritz und kurz darauf auch Alfred aus dem Haus und gingen mit gesenkten Köpfen gemeinsam hinüber zum Schulhof, der im Sonnenschein zwischen drei blühenden Blumenkästen lachhaft freundlich wirkte.

»Als ich den Ami und meinen Vater diskutieren gehört habe, bin zur Tür gelaufen«, ergänzt Alfred. »Ehrlich gesagt, der Dialekt war unter aller Sau. Ich hab kein Wort von dem

Gebrüll verstanden und mein Vater mit Sicherheit auch nicht. Bis zum Schluss haben wir nicht kapiert, was nun passieren würde. Aber eines kann ich dir sagen, ich habe mir vor Angst fast in die Hosen geschissen.«

Der Amerikaner stampfte indessen weiter zum nächsten Haus, dem von Familie Laible auf der anderen Straßenseite. Martha umklammerte angespannt die Holzlatten des Gartenzauns, als sie im Küchenfenster des Hauses zwei blonde Lockenköpfe bemerkte, die ihren Blick ängstlich erwiderten. Marie und Anna winkten nur zögerlich, so zaghaft und beinahe körperlos, dass es Martha wie ein zufälliger Windstoß in den Vorhängen erschien. Aus dem Hintergrund trat der Vater zu den Mädchen und umarmte sie, bis die Schläge des Soldaten an der Tür zu einem wütenden Trommelwirbel anschwollen. Bald stand auch Herr Laible neben Alfred und Fritz auf dem Schulhof. Beklommen beobachteten sie die Soldaten, die in stummer Anspannung auf etwas zu warten schienen. Als Martha wieder zum Küchenfenster sah, waren die Mädchen verschwunden wie eine flüchtige Erscheinung.

Der Soldat marschierte weiter von Haus zu Haus und ließ jeden einzelnen Mann, den er antraf, Aufstellung auf dem Schulhof nehmen. Bei Familie Walter, wo es wie bei Martha keine Mutter mehr gab, blieben die drei Kinder alleine zurück, als ihr Vater, ein junger Künstler, der für sein Leben gern wunderschöne Krippen aus Erlenholz schnitzte, mit bleichem Gesicht die Tür hinter sich schloss. Martha sah, wie Frau Laible aus dem Haus gelaufen kam, um die drei weinenden Walter-Kinder zu sich zu holen. Martha musste an ihre eigene Mutter denken, und dann war sie in der Stille des Dorfes plötzlich sehr froh, dass ihr Vater nicht zu Hause war, um auf dem Schulhof zu stehen.

Als der Amerikaner sich schließlich dem *Schippen* näherte, an dessen Gartenzaun Martha stand, konnte sie ihm erstmals in die dunklen Augen schauen. Er öffnete das Gatter und ging wortlos an ihr vorüber zur Haustür, musterte sie dabei interessiert, während sich der Anflug eines Lächelns auf seinen Lippen abzeichnete. Martha war entsetzt. Ein solches Lächeln, wo es eigentlich nichts zu lächeln gab, blieb für ihr weiteres Leben eines der vielen Dinge, die ihr Angst machten.

Aus der Nähe betrachtet war er jünger, als sie angenommen hatte, doch mit seinen Hängebacken und der vorgebeugten, hastigen Art zu gehen, machte er nicht den Eindruck, als erwarte er, vom Leben noch überrascht zu werden. Und dennoch: Bevor er die Tür des *Schippen* erreicht hatte, war Marthas Großvater bereits herausgetreten und verdarb ihm so seinen Auftritt. Ohne den Soldat eines Blickes zu würdigen, schob er sich an ihm vorbei und blieb vor seinen Enkelkindern stehen. Er beugte sich auf ein Knie herunter und schloss alle drei in die Arme.

»Lauft ins Haus und wartet dort, ich will euch hier draußen nicht mehr sehen. Sobald die Amis fort sind, geht ihr hinüber zur Elsa, die sorgt für euch. Und bald kommt auch euer Vater wieder heim, ihr werdet schon sehen. Dann wird alles wieder gut sein.«

Der Großvater erhob sich und ging gemächlich, als wäre es ein Kirchgang, die Straße hinunter zum Schulhof. Der Soldat folgte ihm mit etwas Abstand. Elsa, die am Gatter ihres Hauses stand und angespannt abwartete, was die Amis vorhatten, nickte ihm ernst zu. Er stellte sich neben Alfred und legte ihm die Hand auf die Schulter. Vom blauen Frühlingshimmel nicht getäuscht, spürte er ein Gewitter in der Luft.

Heinz begann zu weinen, während Martha nicht verstand, was vor sich ging. Was würde nun geschehen?

Obwohl der Amerikaner noch nicht alle Häuser im Dorf aufgesucht hatte – so war beispielsweise Frieders Familie verschont geblieben –, beendete er seinen Rundgang. Anscheinend hatte er genügend Männer auf dem Schulhof versammelt, um zu tun, was auch immer er zu tun gedachte. Unter den ängstlichen Blicken der Rillingsbacher überquerte er den Platz und postierte sich vor ihnen auf einem der Blumenkästen. Von dort bellte er mit heiserer Stimme zu ihnen hinunter.

Martha verstand nach wie vor kein Wort von dem, was er sagte, und den Männern ging es offenbar nicht anders, abgesehen von Mangelhardt, der sich aber taub stellte. Hilflos sahen sie einander an und zuckten mit den Schultern. Schließlich trat ein anderer Soldat neben seinen Kameraden und übersetzte in brüchigem Deutsch. Der Befehl des Amerikaners rief unter den Männern im ersten Augenblick einige Verwirrung hervor, dann jedoch machten sie sich mit hastigem Eifer an dessen Umsetzung, als gäbe es dafür nur eine einzige, vor ihren Augen dahinbröckelnde Chance. Gemeinsam hoben sie den Maibaum an und führten ihn in die dafür vorgesehene Verankerung in der Mitte des Schulhofes. Anschließend stemmten sie den langen, nackten Stamm langsam auf. Es kostete sie einige Mühe, denn üblicherweise verwendete man für die Maibaumaufstellung Seile und Stangen. An diesem Tag aber hätten die Männer sogar den Eiffelturm mit bloßen Händen aufzurichten versucht, wenn es notwendig gewesen wäre, und so stand der Maibaum schon bald kerzengerade auf dem Platz, wo sein Kranz das rote Dach des Schulgebäudes überragte. Die eingeflochtenen gelben und blauen Bänder flatterten im Wind, und darunter tat es ihnen die Flagge der Vereinigten Staaten von Amerika gleich. Die Rillingsbacher betrachteten ihr Werk und erwarteten weitere Befehle des Amerikaners, der aber regungslos in einer andächtigen Stille verharrte.

In diesem Augenblick wurde Marthas Aufmerksamkeit von den Vorgängen auf dem Schulhof abgelenkt.

Jeder kennt die Geschichten von den Kaugummis und der Schokolade. Martha denkt sich mittlerweile gar nichts mehr dabei, wenn sie davon hört oder liest. Es ist ja auch durchaus vorstellbar, dass es diese amerikanischen Soldaten gegeben hat, nur nach Rillingsbach kamen sie scheinbar nicht. Kein Kind, jedenfalls keines, von dem Martha wusste, hatte etwas anderes als Staub und eine nagende Angst zwischen die Zähne bekommen. Auch nicht sie selbst. Dafür wurde ihr etwas geschenkt, das ihr Leben prägte, wie es kein Kaugummi je vermocht hätte.

Am Zaun stand ein Soldat, ein großer Kerl mit einem sehr jungen, schmutzigen Gesicht. Er war vielleicht neunzehn, höchstens zwanzig Jahre alt, hatte kurzes braunes Haar und eine blasse Narbe, die eine seiner Brauen teilte. Sein Helm baumelte nutzlos an dem olivgrünen Rucksack, den er über eine Schulter geworfen hatte. Mit einem freundlichen Lächeln blickte er Martha beinahe selig an, den Kopf zur Seite geneigt wie im Traum. Er erinnerte sie an den gutmütigen Fuchs, der in einem ihrer Bilderbücher Kindern den Weg aus dem Wald zeigte. Wieder sagte er etwas zu ihr, das sie nicht verstand, und streckte dann die Hand aus, um ihr über Kopf und Wange zu streichen. Martha wich zurück, und Heinz und Erhard traten mit dem Mut der Überraschung schützend vor ihre Schwester. Der junge Soldat erschrak, und seine Miene wurde ernst. Müde fuhr er sich mit der Hand über das Gesicht, dann lächelte er wieder. Der träumerische Ausdruck aber war aus seinen Augen verschwunden, und der lächelnde Mund allein wirkte kraftlos und konnte sie nicht ersetzen. Er nickte den Brüdern zu, dann setzte er seinen Rucksack auf den Boden und wühlte und wühlte, bis er ein kleines gelb-rotes Büchlein in den Händen hielt. Er betrachtete es einige Augenblicke und streckte es Martha dann über den Zaun entgegen. Sie wagte nicht zuzugreifen und blieb regungslos stehen, ihre Augen neugierig auf das zerknitterte Buch gerichtet. Der Soldat, den ihre Zurückhaltung ein wenig zu verletzen schien, packte schließlich ihre Hand, ohne auf die Proteste der Zwillinge zu achten, und drückte ihr das Heftchen in ebendiese. Martha ließ es geschehen. Sie spürte, wie er ihren Blick suchte, den Kopf tiefer und tiefer senkte, bis er auf Augenhöhe mit ihr war, doch sie starrte nur auf seine raue, staubige Hand, welche die ihre fest umschloss. So verharrten sie einige Sekunden, die Martha heute wie eine Ewigkeit erscheinen, ehe sie plötzlich ein lauter, wütender Schrei aus dieser unwirklichen Verbindung riss. Der Verursacher war wieder einmal der grobe Amerikaner, welcher die Flagge an den Maibaum genagelt hatte. Mit eiligen Schritten kam er angerauscht.

»Oschia«, rief er gedehnt, oder vielleicht lautete der Name auch »Oschier«, Martha war sich nicht sicher.

Oschier verzog schmerzvoll das Gesicht, er ahnte, dass er in Schwierigkeiten steckte. Der Befehlshaber war kleiner als er, aber wesentlich lauter und aggressiver. Obwohl sein Gesicht nur wenige Zentimeter von dem Oschiers entfernt war, brüllte er heiser: »What the hell d'you think you're doin', soldier? We got orders not to interact with the Germans, remember?«

Oschier schloss eilig seinen Rucksack und schwang ihn wieder über die Schulter.

»I'm sorry, Sir, I just couldn't help it. She reminds me of my youngest sister, Sir!«

Der Offizier, offenbar konnte er auch leise sprechen, zögerte einen Moment und richtete dann einige versöhnlich klingende Worte an Oschier, ehe dieser sich nach einem letzten Blick auf Martha und einem Wort des Abschieds abwendete und zum Zug aufschloss. Der laute Soldat sah ihm kopfschüttelnd nach, dann entdeckte er das Heft in Marthas Hand. Er schien einen Moment lang mit sich zu ringen und streckte schließlich seine Hand aus.

»Well, hello, young lady, what have you got there? Let me see.«

Martha blieb misstrauisch, obwohl seine Worte nicht unfreundlich klangen, doch als sie nicht reagierte, lehnte er sich über den Zaun und griff nach dem Heft. In diesem Moment zog Martha, und sie versteht bis heute nicht, woher sie den Mut dazu nahm, die Hand zurück und lief, so schnell sie konnte, über den Hof, zwischen Scheune und *Schippen* hindurch und über die angrenzende Wiese, wo sie hinter einem Vorhang aufgewirbelter Pusteblumen verschwand.

Sie wusste im Grunde nicht, warum sie davonlief. Sie wusste nur, dass sie nicht in Rillingsbach sein wollte, solange Dinge geschahen, die dort nicht hingehörten. Als Erhard und Heinz ihr aber am Abend ausführlich berichteten, wie der Soldat seine Pistole gezogen und zuerst auf die davoneilende Martha, dann auf die beiden Brüder geschossen hatte, war sie bestürzt. Sie hatte ihre Brüder in Gefahr gebracht. Auch, dass sie nicht an den Großvater gedacht hatte, tat ihr sehr leid. Sie hatte versäumt, wie er mit kreidebleichem Gesicht das Holzgatter geöffnet und die beiden Buben umarmt hatte, und auch seine hektische Suche nach ihr. Erst, als der Großvater einen Erbseneintopf auf den Tisch stellte und ihr versicherte, den ganzen Tag über nicht einen einzigen Schuss gehört zu haben, war sie beruhigt.

Am Rillingsweiher beendete sie ihre Flucht schließlich und schaute sich das Heft genauer an, um festzustellen, ob es das Risiko wert gewesen war. Sie setzte sich auf einen verdorrten Baumstumpf am Seeufer und betrachtete es abschätzig. Der erste Eindruck war minderwertig. Anscheinend handelte es sich um ein Buch, gedruckt allerdings auf dünnstem Zeitungspapier. Auf der Vorderseite, die nichts über den eigentlichen Inhalt verriet, war neben dem Titel ein *richtiges* Buch abgebildet, ein Buch, wie Martha es kannte. Merkwürdig, dachte sie und wusste nichts damit anzufangen. Seite für Seite blätterte sie das Heftchen durch, schnappte Worte auf, die ihr fremd waren, und hoffte auf Bilder oder Fotografien oder irgendetwas, das sie zuordnen konnte. Sie wurde nicht fündig, und da sie kein Amerikanisch verstand, blieb das Geheimnis des Buches für sie vorerst unzugänglich. Sie betrachtete den Schriftzug, den sie für den Namen des Autors hielt: »Ernest Hemingway«. Vermutlich, so glaubte Martha, bedeutete das »Ernst Heimweg«, denn in ihrer Vorstellung war die Gedankensprache aller Menschen Deutsch, auch die der Amerikaner, selbst wenn die Worte anders aus ihrem Mund kamen.

Das Heftchen, von dem Martha noch nicht wusste, dass es sich dabei um einen amerikanischen Klassiker, nämlich um eine Kurzgeschichtensammlung von Ernest Hemingway handelte, hielt sie zunächst versteckt. Einerseits, weil sie Angst hatte, man könne es ihr wegnehmen. Das traute sie sowohl ihrem Großvater aus erzieherischen Erwägungen heraus zu, als auch, aus bloßer Gemeinheit, ihren Brüdern Erhard und Heinz. Je näher die Menschen ihr standen, desto schwieriger machten sie es ihr, vom Weg abzuweichen, das hatte sie gelernt. Zum anderen war die amerikanische Sprache, wenn sie es recht verstanden hatte, dieselbe wie die englische, die sie aber ebenfalls nicht beherrschte. Ein ganzes Buch in dieser Sprache zu lesen, war ohne Hilfe daher undenkbar, und der einzige Rillingsbacher, der zu jener Zeit gut genug Englisch sprach, um sie zu unterstützen, war der Lehrer Theodor Mangelhardt. Er war im Dorf zuständig für klassenübergreifenden Unterricht in allen Schulfächern, wenngleich er de facto längst nicht mehr nach Plan unterrichtete, sondern sich beinahe vollständig auf die nationalsozialistische Lehre konzentrierte. Allerdings war er niemand, den man gerne um einen Gefallen bat. Lieber hätte sie niemals erfahren, was Ernst Heimweg auf das dünne Zeitungspapier geschrieben hatte, als das Heftchen diesem Mann zu zeigen. Wenn er auf dem Schulhof plötzlich hinter ihr stand und mit seiner hohen, feinen Stimme ihren Nachnamen in ihr Ohr hauchte, körperlos wie das schlechte Gewissen, empfand sie nackte Furcht. Den schwäbischen Dialekt hatte er aus seinem Munde verbannt, das allein machte Martha schon misstrauisch. Sein Gang war sonderbar schlurfend, wie gemacht für böse Träume, die schwarzen Stiefel schleiften kraftlos über den Holzboden und klangen dabei wie geschossene Rehe, die in den Schlachtkeller gezogen werden, und Martha war immer wieder überrascht, zu sehen, dass er hinter sich keine schleimige Spur zurückließ wie eine große, graue Schnecke. Die immer steife Uniform, der immer steife Geruch von Seife und Pomade. Er würde nicht nur das Heft konfiszieren, sondern Martha auch in ernsthafte Schwierigkeiten bringen. Herr Mangelhardt konnte die Leute beschwatzen, bis sie oben für unten hielten, und selbst ihr Vater Gottlob verwechselte seinen Wahnsinn mit Moral und Bildung.

Doch Martha hatte Glück, wenigstens im Hinblick auf die Schule und Ernst Heimweg. Als Mangelhardt im Zuge der Entnazifizierung wie so viele seiner Kollegen von den Amerikanern seines Amtes enthoben wurde, machte er unfreiwillig Platz für eine junge Lehrerin, die Martha den Weg zur großen Literatur nicht nur zeigte, sondern sie gar ermutigte, diesen einzuschlagen. Paradoxerweise hatte Martha diese Fügung ausgerechnet Erwin zu verdanken, der die Engländerin bei seiner Rückkehr aus der Kriegsgefangenschaft mit ins Dorf brachte.

Martha fasste schnell Vertrauen zu Elisabeth, die einen ungewohnt unautoritären Unterrichtsstil pflegte, und erzählte ihr von Oschiers kostbarem Geschenk, das sie ein Jahr lang unter strengster Geheimhaltung gehütet, aber noch nicht durchdrungen hatte. Zu ihrer Überraschung und milden Besorgnis bat Elisabeth sie daraufhin, das Heft in den Unterricht mitzubringen. Kurzerhand verwendete sie Hemingways Werk als Schullektüre, nicht zuletzt in Ermangelung tatsächlicher Schulbücher, die in den ersten Nachkriegsjahren rar waren. Bereits nach wenigen Wochen, in denen sie eifrig und verbissen lernte, konnte Martha die ersten Sätze des Heftchens lesen und, es schien ihr wie Magie, auch verstehen. Der mittlerweile ebenfalls aus der Kriegsgefangenschaft nach Hause zurückgekehrte Gottlob beobachtete diese Entwicklung anfangs mit Wohlwollen und stellte der Schule einen Teil der eigenen Kohlenrationen zur Beheizung der Räume zur Verfügung. Als er seine Tochter aber schließlich kaum noch ohne ein Heft unter dem Arm oder der Nase in einem Buch antraf, begann er, die Leidenschaft des Mädchens mit Skepsis zu betrachten. Es gab schließlich auch noch den *Schippen*, und der hatte immer an erster Stelle zu stehen.

Elisabeths Tätigkeit als Lehrerin währte zu Marthas Enttäuschung nur kurz. Die Grundschule in Rillingsbach wurde aufgrund des zu geringen Schüleraufkommens geschlossen und die Kinder stattdessen nach Murrhardt geschickt. Elisabeth begann daraufhin, im Amerikahaus zu arbeiten, welches in einem kleinen Anbau neben dem Murrhardter Rathaus eingerichtet wurde.

Dem Chronisten entgeht nicht, dass in Marthas Erzählung die großen Themen zugunsten der persönlichen verblassen.

Er merkt an, das sei nicht ganz das, was er zu hören erwartet habe.

Nun, erwidert Martha, sie sei nun einmal keine Schallplatte.

»Aber drauflosplappern tust du trotzdem, als hätte einer bei dir den Schalter umgelegt«, kommentiert Frieder, dem es offenbar wichtig ist, Antworten immer nur widerwillig zu geben und niemals unkontrolliert ins Plaudern zu geraten, weil er das Gespräch lieber selbst diktiert. Alles andere ist für ihn offensichtlich weibischer Blödsinn, aber vielleicht ärgert ihn auch bloß, dass ihm die alleinige Hoheit über die Geschichte entglitten ist.

»Zweitausend Flüchtlinge saßen damals in der Gemeindehalle, und alles, was dir zu dieser Zeit einfällt, sind deine bunten Ami-Heftchen.«

Der Chronist muss zugeben, dass auch er eher auf die historischen Ereignisse in jenen Tagen hinauswollte als auf Marthas aufkeimende Liebe zur Literatur. Aber wie viel Schrecken passt überhaupt in eine Erinnerung? Wie viel Chaos, bevor sie zum Albtraum und schließlich verdrängt wird? Martha erzählt dermaßen selig und vergnügt von ihrer Kindheit, dass es dem Chronisten schwerfällt, sie darüber in Kenntnis zu setzen, wie erbärmlich diese doch gewesen sein muss.

Der Chronist blickt sich hilflos um, er erkennt noch nicht das Fazit. Hilde betrachtet schon seit geraumer Zeit die langsam verglimmende Zigarette in ihrer Hand, und diese Hand ruht so schwer auf dem Tisch, dass der Chronist befürchtet, Hilde könne über dieser doch recht persönlichen Geschichte Marthas vielleicht eingeschlafen sein. Und auch sonst ist das wieder einer der Momente, in denen man endlich einmal das Radio wahrnimmt, welches hintergründig und leise den Schankraum des *Schippen* mit Geräuschen von draußen füllt, soll heißen aus der Welt, und dafür geht man doch in eine Kneipe. Um Musik zu hören.

»Tja«, meint die Wirtin ein wenig unsicher, weil ihr der Chronist noch immer auffordernd in die Augen sieht. »Keiner hat sich all das gewünscht, aber ich glaube, wir haben das Beste draus gemacht.«

»Das kann doch nicht dein Ernst sein«, fährt Frieder erneut dazwischen, diesmal wirklich sauer. »Einfach hat man es sich gemacht, das ist alles. Und was wir jetzt davon haben, das sehen wir Tag für Tag, alles stirbt vor sich hin, dein *Schippen* ist das beste Beispiel, weil keiner mehr glaubt, hierher zu gehören. Manche, wie mein Vater und meinetwegen auch Gottlob, waren zur Selbstleugnung gezwungen, das sehe ich ein. Aber andere …«, er deutet mit einer Kopfbewegung in den Raum, ohne jemand Bestimmten anzusehen, »andere haben grundlos alles weggeschmissen.«

Alfred weiß, dass unter anderem er gemeint ist, aber er schweigt, was gäbe es auch zu erwidern? Frieder hat schon immer andere Dinge für bewahrenswert erachtet, und im Stillen besänftigt Alfred seine Wut darüber mit dem Wissen, dass sein jüngerer Freund nun einmal keine Ahnung vom Loslassen hat, woher auch, er lebt seit eh und je in einer Welt, die das Festhalten belohnt. Alfred ist älter, er hat gewisse Zeiten anders erlebt, nur sagen darf er Frieder das natürlich nicht, wenn er keinen Ärger haben will. Hilfesuchend blickt Alfred zum Chronisten, der sich aber stoisch über seine Notizen beugt, und zu Martha, die wieder einmal einen neuen Radiosender sucht, weil der alte zu rauschen begonnen hat. Er sieht zur Dorfjugend, aber Hilde, offenbar doch nicht im Schlafe, oder aber träumend, wiegt bloß bedächtig den über dem Aschenbecher hängenden Kopf.

KAPITEL 4

*»Glaub an das Glück
Denn sonst flieht es davon.«*
Alexandra – Akkordeon

Ein Frieder hat keine Hobbys, ein Frieder braucht keine Freizeit, darauf besteht der Mann. Wenn der Chronist ihn fragt, wie er seine Mußestunden im *Schippen* denn sonst bezeichnet, lautet die lapidare Antwort: »Feierabend.«

Das eine sei etwas für Kinder und Faulenzer, erklärt Frieder, das andere der wohlverdiente Lohn nach einem harten Arbeitstag. Und es verstehe sich ja von selbst, dass man für sogenannte Hobbys eine Menge Freizeit brauche.

»Den ganzen Tag in den Fernseher glotzen, einen Roman nach dem anderen lesen oder sogar schreiben, um die halbe Welt reisen … für solche Sachen hatte ich nie die Zeit.«

Wie es mit Karten spielen aussehe, hakt der Chronist nach.

»Das ist eine Feierabendbeschäftigung«, pariert Frieder und sieht den jungen Mann warnend an.

Dem Chronisten erscheint diese Einteilung recht willkürlich, denn wie sich herausstellt, spielt Frieder ausgezeichnet Akkordeon. Weil man dafür aber aufrecht sitzen, beide Hände benutzen und den Kopf bei der Sache haben muss, ist es kein Hobby und schon gar kein Zeitvertreib, Gott bewahre, sondern eine ernst zu nehmende, mühsam erworbene Fertigkeit.

Martha holt die alte Hohner aus dem Schrank, und Frieder gibt dem Chronisten gerne eine Kostprobe, spielt zunächst *Roter Mohn* und lässt sich dann gar zu einer Polka hinreißen.

Ob er noch weitere Instrumente beherrsche, will der applaudierende Chronist wissen, begeistert von Frieders musischer Ader. Gitarre, vielleicht?

Eher spiele er auf einem alten Gartenschlauch, erwidert Frieder und legt das Instrument auf dem Tresen ab, damit Martha es wieder in den Schrank sperren kann bis zum nächsten günstigen Augenblick. Im Übrigen handle es sich nicht um ein Akkordeon, sondern um eine Ziehharmonika.

»Frieder war ein talentierter Bursche«, erzählt Martha, während sie das Akkordeon auf Zehenspitzen in das oberste Schrankfach wuchtet. »Er hat hier ganze Abende lang den Alleinunterhalter gegeben, und ein paarmal ist er sogar mit einer Kapelle aufgetreten. Wie hießen die Jungs noch, Frieder?«

»Weiß ich nicht mehr«, brummt Frieder und gibt sich unbeteiligt, aber der Chronist kann sehen, wie seine Wangen glühen.

»Manchmal kann ich ihn hören, wenn ich auf dem Balkon stehe«, sagt Hilde mit einem zärtlichen Seitenblick auf Frieder, der wortlos an die Decke starrt. »Er hat sich *Unchained Melody* beigebracht, das Lied aus diesem Film, in dem Patrick Swayze ein Geist ist. Klingt wunderschön. Und ein bisschen traurig.«

Der Chronist hätte sich beinahe an seiner Fanta verschluckt, das hat er nun wirklich nicht erwartet. Und nicht bloß, weil Frieder angeblich keine Zeit hat, um Filme zu schauen.

»Mein Vater liebte das Musizieren«, erklärt Frieder. »Er liebte auch die Literatur und die Malerei. Und natürlich den Sport. Akkordeon musste ich spielen können und auf hundert Metern der Schnellste sein, das war im Grunde alles, was er von mir erwartete.«

Der Chronist ist sich nicht sicher, ob eine solche Erwartungshaltung für einen bedingungslos liebenden Vater spricht oder für einen außerordentlich lethargischen, aber er hat noch genügend Zeit, das herauszufinden.

Wilhelm brachte seinem Sohn das Akkordeonspielen während der Kriegsjahre eigenhändig bei. Gegen Kriegsende erfreute Frieder als Zwölfjähriger bereits das ganze Dorf zu den seltenen freudigen Anlässen mit seinem Talent. Er spielte, was immer man ihm vorlegte, und sogar auf Zuruf und ohne Noten geriet er kaum einmal in Verlegenheit. Das hatte teilweise damit zu tun, dass sich die Rillingsbacher ohnehin immer dieselben zwei oder drei Lieder wünschten, aber er hatte dessen ungeachtet auch ein ungewöhnlich scharfes Gehör.

»Das totale Gehör«, ergänzt Alfred ehrfürchtig.

»Du meinst das absolute Gehör«, berichtigt ihn Hilde.

Als nach dem Krieg die Feste noch seltener wurden als währenddessen, begann Frieder, regelmäßig im *Schippen* zu spielen. Natürlich nicht gegen Geld, welches Geld denn bitte, sondern gegen kleine Belohnungen wie Kaugummis oder amerikanische Comic-Hefte, von denen niemand so genau, aber jeder ungefähr wusste, wie sie in Gottlobs Besitz gelangten. Wilhelm verbot die Hefte unverzüglich, ließ ihm aber die Kaugummis, bis Frieder ihnen entwachsen war und sich mit ein paar Krügen Bier über den Abend zufrieden gab. Die waren schließlich auch leichter zu beschaffen.

Man muss die Feste feiern, wie sie fallen, und die Gefallenen, als seien sie Ehrengäste dabei. Frieder lädt jährlich zum Maifeiertag zu Musik und Schlachtplatte ein, wofür er das große Porträt, das bei Wilhelms Trauergottesdienst neben dem Sarg aufgestellt war und die hochrangig besetzte Trauergemeinde musterte, vom Dachboden holt und über die Tafel hängt. Es ist ein festlicher Akt des Gedenkens, wenn er auch etwas makabre Züge trägt, zumal Wilhelm darauf in seiner alten Uniform zu sehen ist. Wichtiger noch als die Tatsache, dass Frieder das Bild überhaupt aufhängt, scheint dem Chronisten allerdings das Detail, dass es den Rest des Jahres auf dem Dachboden verstaubt. Als sei es die größere Schmähung, das Porträt aufzuhängen, wenn niemand da ist, der es sich ansehen kann.

Am Maifeiertag ist der *Schippen* geschlossen und Martha auch endlich einmal an der Reihe, sich bedienen zu lassen. Früher war das anders. Auf dem Schulhof unter dem Maibaum wurde ein schmutzig-weißes, in der Sonne grell leuchtendes Zelt aufgestellt, unter dessen Dachplane sich in warmen Jahren die Hitze und der Bierdunst stauten. Die Besucher wanderten aus dem gesamten Umland zum Rillingsbacher Fest, um dort eine Rast einzulegen, denn Maibaumaufstellungen waren damals noch eine Seltenheit in der Region. Gottlob organisierte den Ausschank und machte ein gutes Geschäft, selbst in den sonst mageren Jahren, und Frieder spielte, mal alleine, mal gemeinsam mit anderen Musikern, auf seiner Ziehharmonika sämtliche Gassenhauer.

Heute wird nicht mehr nach Rillingsbach gewandert, und

auch Bäume werden längst keine mehr aufgestellt. Stattdessen verdaut man in Frieders kühlem Gewölbekeller die Blutwurst, das Sauerkraut und die Geschichten von vergangenen Festen, und behilft sich dabei gerne mit einem Schnaps.

»Vom musikalischen Standpunkt aus betrachtet«, sagt Frieder, »war das erste Jahrzehnt nach dem Krieg die goldene Phase, danach ging es bloß noch bergab. Und für das Rillingsbacher Maifest gilt im Wesentlichen dasselbe.«

In jener Zeit wollten die Menschen noch berührt werden, behauptet er. Sie wollten sich mithilfe seiner Musik auf ein ganz bestimmtes Gefühl einschwingen, ein bisschen heller als Bitterkeit, ein bisschen dunkler als Nostalgie. Sie wollten an die Welt erinnert werden, wie sie einmal gewesen war, ungeschliffen und roh, aber auch wärmer.

»Heute wollen sie bloß noch ein Hintergrundgeräusch, während sie sich ein Bier nach dem anderen reinschütten.«

Diese steile These wird im *Schippen* naturgemäß kontrovers diskutiert. Vor allem Hilde hat ein vollkommen anderes Verständnis von der »goldenen Phase«.

»Ich habe mir einmal *Now I've got a Witness* von den Stones gewünscht«, erzählt sie kichernd. »Er hätte mir fast eins mit dem Akkordeon übergezogen.«

»Es ist eine Ziehharmonika«, brummt Frieder und wendet sich dem Chronisten zu. »Hilde hat einen Musikgeschmack zum Davonlaufen. Sie wünscht sich ständig so einen Mist, von dem sie weiß, dass man ihn auf der Zieha gar nicht spielen kann.«

Der Chronist, der sich gerne auf Youtube herumtreibt, wiegt unbestimmt den Kopf, denn er weiß, wie viel in dieser Hinsicht möglich ist, aber er will Frieder nicht kränken.

»Diana«, stößt Martha plötzlich hervor. »Erinnert ihr euch

noch an das Mädchen? Mein Gott, hatte die eine Stimme. Die hat dir damals ganz schön die Schau gestohlen, Frieder.«

»Eva«, erwidert Frieder mit säuerlichem Gesichtsausdruck. »Ihr richtiger Name war Eva. Sie nannte sich selbst Diana Martin, ihr könnt euch ja denken, warum.«

Ein kollektives Raunen geht durch den *Schippen*, offenbar ist der Groschen gefallen, bloß der Chronist steht auf dem Schlauch.

»Sie sang die ganzen bekannten Dean-Martin-Songs«, erklärt ihm Alfred, den die amerikanische Musik der Vierziger- und Fünfzigerjahre auch noch durch die darauffolgenden Jahrzehnte begleitete. »Und was man in Amerika sonst noch so hörte zu jener Zeit.«

»Können wir ja nicht wissen, dafür sind wir zu jung«, flüstert Hilde dem Chronisten verschwörerisch zu.

Frieder hat es Marthas Vater Gottlob nie ganz verziehen, dass er damals dieses Mädchen, eine Auswärtige, engagierte und ihr sogar eine kleine Gage zahlte, während Frieder die Rillingsbacher in den Vorjahren stets solide unterhalten hatte, ohne etwas dafür zu verlangen. Und er ist überzeugt davon, dass Gottlob so eine Nummer zu Wilhelms Lebzeiten nicht gewagt hätte.

Wenn im *Schippen* von Mädchen gesprochen wird, handelt es sich in Wirklichkeit meist um junge Frauen. Selbst Hilde geht bei Frieder noch immer als Mädchen durch.

»Ganz vergnügt sang das Mädchen seine Lieder«, sagt Martha, und der Chronist hat sofort ein durch die Bankreihen hüpfendes Kind mit umherfliegenden Flechtzöpfen vor Augen, das dabei *Schön ist es auf der Welt zu sein* singt, was natürlich schon aus musikgeschichtlichen Gründen unmöglich ist. Es dauert eine ganze Weile, ehe er kapiert, dass es sich bei Diana Martin um eine Frau von achtzehn oder neunzehn Jahren handelte, kaum jünger als Frieder und Martha selbst.

Frieder ließ sich auf einer Bierbank mit größtmöglichem Abstand zur Bühne nieder und scharte eine Gruppe hartgesottener Verfechter traditioneller Musik um sich, allesamt alte Freunde seines zwei Jahre zuvor verstorbenen Vaters. Ganz egal, was das Mädchen dort oben ablieferte, aus dieser Ecke des Zelts durfte sie mit keinem Beifall rechnen. Frieder seinerseits hatte die Ziehharmonika für den Fall der Fälle eingepackt und unter der Bank verstaut, aber diesmal würde ein Krug Bier nicht ausreichen, damit er in die Tasten haute.

Alfred hatte sich schon früh einen Platz ganz vorne an der Bühne gesichert und freute sich auf Diana Martin. Die zornigen Blicke in seinem Rücken konnte er spüren, hatte sich aber schon vor langer Zeit an sie gewöhnt.

Diana Martin brachte eine Gitarre mit auf die Bühne, die sie neben ihrem Hocker abstellte, ehe sie sich an ihr Publikum wandte. Frieder zog missbilligend die Augenbrauen hoch und tauschte vielsagende Blicke mit den anderen Männern. Ein Musiker hatte seines Erachtens keine Reden zu schwingen. Bei Frieder war der erste Ton bereits gespielt, noch bevor er beide Füße auf der Bühne hatte. Überhaupt ging es doch gerade darum, dass endlich einmal alle die Klappe halten konnten, ohne auf trübsinnige Gedanken zu kommen.

Während sie charmante Begrüßungsworte an die Rillingsbacher richtete, ein gelungener Mix aus Lobpreisung des hübsch gelegenen Ortes, naiver Fröhlichkeit und einigen frivolen Lachern, strich sich die junge Frau die Falten aus dem Rock und strahlte die Gesichter in der ersten Reihe an.

Frieder verstand sofort, dass dieses Mädchen Bühnenerfahrung hatte, und Alfred verliebte sich augenblicklich.

»Schwätz doch nicht daher«, winkt Alfred ab, doch eine heitere Was-wäre-wenn-Röte steigt ihm ins Gesicht. »Ich war zu dieser Zeit doch schon verheiratet.«

Endlich setzte sich Diana Martin auf den Hocker, hob die Gitarre auf ihren Oberschenkel und begann, mehrmals hintereinander scheinbar willkürlich an den Saiten zu zupfen und an den Wirbeln zu drehen, als müsse sie das Instrument zuerst stimmen, was Frieder für eine Showeinlage hielt. Dann stöpselte sie ein Kabel in die Gitarre, woraufhin im Zelt ein lautes Knacken zu hören war. Die Menschen sahen irritiert und teilweise kopfschüttelnd zur Bühne, Frieder schmunzelte schadenfreudig. Als sie jedoch zu spielen begann, veränderte sich die Atmosphäre im Publikum auf eine Art und Weise, wie er es als Musiker noch nicht erlebt hatte.

»Sie hatte zweifellos eine schöne Stimme und wusste auch mit der Gitarre umzugehen, aber was außen rum geschah«, sagt Frieder nachdenklich, »das war mit Musik nicht zu erklären.«

Im Festzelt kehrte eine für diese Anlässe völlig untypische Ruhe ein, plötzlich drehten sich alle Köpfe zur Bühne, die gesamte Dynamik des Augenblicks schien sich auf die zart dahingehauchte, aber dennoch unverhältnismäßig laute Stimme des Mädchens auszurichten. Sämtliche Nebengeräusche ebbten ab, was bei Frieders Zieha-Spiel nie der Fall gewesen war, all seine Melodien wurden stets von klirrenden Gläsern und angeregtem Gemurmel untermalt. Gottlob stand hinter seinem Schanktisch und schaute mit großen Augen zur Bühne, in der rechten Hand hielt er ein zur Hälfte eingeschenktes Bierglas fest umschlossen, denn er hatte den Zapfhahn losgelassen, ohne es zu merken. Das machte nichts, denn niemand in der Getränkeschlange verspürte noch Durst, sie alle sahen zur Bühne und lauschten. Die Zeltwände bauschten sich im Wind, die Bänder am Kranz des Maibaums flatterten und warfen diffuse Schatten auf die weiße Dachplane, und von einem Haus am Hang oberhalb des Schulhofs blickte aus einem geöffneten Fenster Elisabeth ausdruckslos auf das erstarrte Festtreiben.

»Es dauerte bloß einige Sekunden, dann war der Moment vorüber, und alles ging wieder seinen gewohnten Gang«, erklärt Martha. »Ich könnte nicht einmal mehr sagen, welches Lied gespielt wurde. Ich glaube, der Zauber ging eher vom Augenblick aus als von der Musik an sich.«

»Der Zauber«, sagt Frieder und setzt das Wort mit seinen Fingern in Anführungszeichen, »war die Lautstärke, nichts weiter. Sie benutzte Mikrofon und Verstärker, was ich nie getan habe. Nicht, dass den Leuten diese Technik unbekannt gewesen wäre, aber sie verbanden es mit anderen Anlässen und waren irritiert, etwas so Zartes wie ein Mädchen mit seiner Gitarre mit solch einer brutalen Durchschlagskraft zu hören.«

Martha schüttelt heftig den Kopf.

»Sie war laut, das stimmt, aber das war sie den ganzen Nachmittag über. Dieser Moment war aus einem anderen Grund einzigartig. Etwas an ihrer Musik hat bei uns allen im selben Augenblick einen Schalter umgelegt.«

»Bei mir hat sie keinen Schalter umgelegt«, beharrt Frieder.

»Bei mir schon«, sagt Alfred, und Frieder verdreht die Augen.

»Du hast keinen Schalter, Alfred.«

Diana Martin spulte ein knapp zwei Stunden langes buntes Programm von Les Paul & Mary Ford, bis hin zu Grady Martin ab, dann bedankte sie sich unter wohlwollendem Applaus mit ihrem bezaubernden Lächeln und ließ einen Hut herumgehen. Als sie anschließend die Bühne verließ, war der Beifall bereits zurückhaltender. Bei Frieder ging hinterher nie ein Hut herum.

Sie ließ Gottlob ein wenig ratlos zurück, denn angesichts der Gage war er selbstverständlich davon ausgegangen, dass Diana Martin den ganzen Abend über die Leute unterhalten würde. Er suchte sofort den Blickkontakt zu Frieder, was dieser aber konsequent ignorierte. Viel gutes Zureden war nötig, ehe er seine Ziehharmonika aus dem Koffer nahm und zur Bühne stolzierte, dann aber war der erste Ton gespielt, noch bevor er beide Füße auf derselben hatte.

Diana Martin trat zu Alfreds Bedauern nie wieder in Rillingsbach auf, was verschiedene Gründe hatte. Zum einen hatte Gottlob durch sie keineswegs wie erhofft eine Menge Umsatz gemacht, im Gegenteil, die Leute hatten sich für seinen Geschmack ein wenig zu sehr auf die Musik konzentriert. Zum anderen sah Frieder ihn nach dem Fest mindestens zwei Wochen lang nicht mehr an und kam mit seinem Gefolge auch nicht in den *Schippen*, was für Gottlob eine Katastrophe war, denn in Rillingsbach gab es keine Streikbrecher. Bis zum letzten Maifest des Dorfes in den späten Siebzigern gehörte die Bühne in der Folge Frieder und niemandem sonst.

Der Chronist fragt vergeblich nach Fotos von Diana Martins Auftritt, nach Zeitungsausschnitten oder dem Werbeplakat, das Gottlob seinerzeit extra hatte drucken lassen, und auch Google liefert ihm keine Ergebnisse. Man behandelt das Maifest des Jahres 1955 wie eine einmalige Entgleisung, äußert behutsam Zweifel, ob es überhaupt so passiert ist oder ob die Erinnerung mal wieder einen Streich spielt, und gibt sich dem tröstlichen Gedanken hin, gemeinsam in einen Rausch verfallen zu sein. Was gibt es Schöneres und zugleich Beängstigenderes auf der Welt, was verbindet die Menschen mehr als gemeinsame Räusche? Wer auf diese Frage eine ernsthafte Antwort haben will, das ahnt der Chronist, der darf nicht im *Schippen* danach fragen.

»Frieder, spielst du uns *Unchained Melody?*«, fragt Hilde, etwas gelangweilt von der Geschichte, in der sie keinen Auftritt hat. »Der Junge würde das sicher gerne einmal hören.«

»Nein«, antwortet Frieder. »Für heute haben wir genug Musik gehört.«

Der Chronist empfindet das unaufdringliche Gedudel des Radios nach dieser Aussage als peinlich, Martha hat es nach Frieders musikalischer Einlage sogleich wieder angestellt. Zu seiner Beruhigung läuft aber ein Titel ohne symbolischen Wert für den Augenblick, und er kann darauf verzichten, es überhaupt zu protokollieren. Natürlich könnte er behaupten, es laufe aus schierem Zufall *Memories are made of this* oder *So schön war die Zeit,* aber das würde ihm wohl ohnehin niemand abkaufen. Zum Glück ist er ein Chronist und kein Dichter.

»Ich habe sehr wohl einen Schalter«, murmelt Alfred beleidigt.

KAPITEL 5

Als Reminiscence Bump (deutsch: Erinnerungshügel) wird [...] das Phänomen bezeichnet, dass ältere Menschen sich an viele Episoden ihres Lebens aus der Zeit zwischen zehn und dreißig Jahren erinnern können [...]. Die Gründe für diesen »Erinnerungshügel« liegen darin begründet, dass sich in dieser Zeit die Identität entwickelt.

Wikipedia (»Autobiographisches Gedächtnis«)

Ein altes Gedicht.

Micky Maus marschiert zum Wald,
und kommt zu den drei Tannen bald,
da steht der Uhu alt und klug,
ruht aus von seinem Abendflug.

Eine alte Erinnerung.

Alfred läuft heute noch ein Schauer über den Rücken, wenn er es aufsagt. Graue Nacht, der Vollmond ruht hinter tiefstehenden Wolken, die Luft ist warm. Vereinzelt fallende Regentropfen, fett und wie zufällig, und in der Ferne ertönt ein leises Donnergrollen. Ein Sturm zieht auf. Da hüpft Micky Maus mit weit aufgerissenen Augen und breitem Grinsen über die geräuschvoll wiegenden Felder, bis er ein kleines, abgelegenes Tannenwäldchen erreicht. Was hat er dort zu schaffen? Was hat er zu verstecken? Nur der Uhu weiß Bescheid.

Der Mann, der es ihm beibrachte, war Dichter und Schriftsteller, was Alfred niemals für einen echten Beruf gehalten hätte. Er kam aus Stuttgart, das allein verlieh seinem Auftreten schon eine gewisse Relevanz, und gastierte einige Tage im Hotel *Zum Schippen*.

Verschiedene Umstände führten Alfred bisweilen hinüber in das Hotel. Meist lieferte er im Auftrag seines Vaters Fritz, eines Gelegenheitsarbeiters, bestellte Waren bei Gottlob ab. Normalerweise handelte es sich dabei um alltägliche Dinge wie Kohle oder Waschpulver, in den früheren Jahren konnten es aber durchaus auch einmal feine Zigarren sein, die in den sorgsam verschnürten weißen Paketen steckten.

Hintergrund des Ganzen war Fritz' schier unmenschlicher Durst, mit dem er sich abends im *Schippen* brüstete und für den er, und auch Alfred, sich am Morgen danach schämten. Er stand deshalb bei Gottlob immerzu in der Kreide und war gezwungen, seine Schulden durch jede Art von Dienstleistung abzustottern, die dieser gerade benötigte. Im Klartext hieß das, er war sein Laufbursche. Um zumindest der Demütigung zu entgehen, dem jungen Hotelier die Waren vor den Augen sämtlicher Gäste und des halben Dorfes übergeben zu müssen, ließ er sie von Alfred hinüberbringen, nachdem er sie zuvor selbst mit einem alten Leiterwagen von der Poststation oder dem Bahnhof nach Rillingsbach hinaufgezogen hatte.

Der Name des Schriftstellers lautete Eugen Schattenbach, und trotz seiner Jugend galt er bereits als Anwärter auf den Deutschen Nationalpreis. Alfred traf ihn erstmals, als er Gottlob die Ersatznadel für einen defekten Plattenspieler in das Hotel bringen sollte. Der Hotelier und Schattenbach, beide jung, schick und von Format, saßen gemeinsam in der kleinen Bibliothek und rauchten Zigarre. Ein prächtiger und in vielerlei Hinsicht außergewöhnlicher Anblick, der eigentlich ein Foto wert gewesen sei, wie Alfred meint.

Reich sah er aus, reich und unabhängig. Es war nicht nur seine edle Kleidung, auch sein Gesicht hatte den dezent gequälten Ausdruck eines Mannes, dem die Sorgen anderer Menschen peinlich sind, weil er selbst sie nicht kennt. Alfred schätzte ihn auf etwa dreißig Jahre und bewunderte vor allem seine elegante Lässigkeit, die sich etwa in einer blonden Haarsträhne offenbarte, welche ihm wie zufällig ins Gesicht fiel. Dieser Dichter scherte sich nicht um seinen Scheitel.

Die Männer saßen mit übereinandergeschlagenen Beinen in den roten Sesseln und führten ein lockeres Gespräch, als Alfred das Zimmer betrat. Gottlob hatte seinen berühmten Gast gerade gefragt, wie ihm all diese wunderbaren Sätze denn nur gelängen, denn sie klängen und trügen sich selbst doch beinahe so himmlisch wie eine Wagner-Oper. Der junge Schriftsteller nickte wissend, beinahe ungeduldig, als habe Gottlob in laienhafter Manier nur eine Offensichtlichkeit ausgesprochen, wie schon viele vor ihm. Er strich sich die Strähne aus dem Gesicht und schlug die Beine in entgegengesetzter Richtung übereinander.

»Wissen Sie, Gottlob, das Wichtigste ist, nicht auf Teufel komm raus etwas Tiefsinniges schreiben zu wollen. Man kann die Welt ja doch nicht neu erfinden, man kann sie nur neu ordnen. Alles wurde schon einmal gedacht. Stattdessen lasse ich die Worte einfach fließen, und der Rest ergibt sich von allein. Nur ganz selten, wenn ich ausnahmsweise einmal nicht auf der Hut bin, rutscht selbst mir ein tiefsinniger Gedanke durch.«

Gottlob lachte und zwinkerte dabei Alfred zu. Es freute ihn, diesem gewöhnlichen und zu nichts berufenen Buben solch einen besonderen, ganz bestimmt unvergesslichen Moment schenken zu können.

»Sie sind zu bescheiden, mein Lieber«, sagte er dann. »Aber sehen Sie, unser junger Freund Alfred bringt uns das Ersatzteil für den Plattenspieler. Nun bekommen Sie Ihre Oper doch noch zu hören, und ich bekomme hoffentlich die Gelegenheit, mit meinem bescheidenen Haus wieder in Ihrem Ansehen zu steigen.«

Schattenbach richtete seine strahlend blauen Augen auf den Jungen und lehnte sich zu ihm nach vorne. Alfred wurde ganz heiß, als Schattenbachs gewichtige Hand auf seine Schulter fiel.

»Was für ein fleißiger junger Kerl, ein Mann mit Ausdauer und Kraft, das erkennt man sogleich. Alfred also, nicht wahr? Ich glaube, ich habe ein Sprüchlein für dich, das könnte dir gefallen.«

Schattenbachs feste Stimme erfüllte das kleine Zimmer. Sie umgab Alfred nicht weniger dicht und voluminös als die schönste Sinfonie und schien ihm dabei so rein und zart wie eine gehauchte Arie. Die Absurdität der gruseligen Micky Maus durchdrang seine bäuerliche Gleichgültigkeit gegenüber erdichteten Welten wie ein Schlachtermesser.

Auch Martha kennt das Gedicht, aber teilen kann sie Alfreds Begeisterung dafür keineswegs. Sie sieht nicht viel mehr darin als eine kryptische Aneinanderreihung einfacher Verse, ohne Moral oder Botschaft, ohne Melodie oder Takt.

»Natürlich könnte ich es aufsagen. Jeder kann das, der bei

Mangelhardt in der Schulbank schwitzen musste«, meint sie und verdreht genervt die Augen.

»Nur den Nutzen davon sehe ich eben nicht. Es trägt keinerlei Bedeutung.«

Der Name Schattenbach ist ihr vage bekannt, obwohl sie dem Schriftsteller anders als Alfred nie persönlich begegnet ist. Dabei war sie bei seinem Gastspiel im *Schippen* durchaus ganz in der Nähe, sie schrie, spielte und schlief tief und fest in ihrem Kinderbettchen unter dem Dach. Später waren Schattenbachs Werke für eine lange Zeit nicht mehr zugänglich. Erst im Spätsommer 1977 gab es noch einmal ein Zeitfenster, eine vorübergehende Möglichkeit zur Lektüre, nachdem nämlich Mangelhardt aus dem Küchenfenster gestiegen war. Damals tauchten wieder einige Exemplare auf, die aber sogleich von den überraschend flinken Behörden konfisziert wurden. Erst Jahre später bekam Martha, als Teil der interessierten Öffentlichkeit, *Vier Stunden im Feld* doch noch zu Gesicht. Da aber hatte sich ihre Einstellung zur Literatur bereits verändert.

Als Schattenbach das Gedicht beendet hatte, brauchte Alfred einen Moment, um sich wieder von dessen Lippen zu lösen. Schließlich stammelte er: »Und Sie haben wirklich ein Buch geschrieben? Ein ganzes Buch? Alleine?«

Schattenbach amüsierte sich köstlich.

»Sogar mehr als eines. Es ist gar nicht so schwer, mein junger Freund. Ein Buch ist wie ein Mensch. Wenn du es immer fleißig fütterst, setzt es den Speck irgendwann von ganz alleine an. Jeder, der es wirklich möchte, kann ein Buch schreiben.«

Alfred wollte energisch widersprechen, er konnte sich nämlich nicht vorstellen, dass irgendjemand in Rillingsbach die Zeit dafür hatte. Da aber ertönte eine weniger warme und feste, dafür umso bekanntere Stimme in seinem Rücken.

»Wurster, ich gehe doch recht in der Annahme, dass du unserem Gast gegenüber Manieren gezeigt hast und ihn nach seiner anstrengenden Reise nicht mit neugierigen Fragen löcherst?«

Mangelhardt stand, den schwarzen Schnurrbart zwirbelnd, am Kamin, er musste wohl wie ein Geist vollkommen geräuschlos durch die Tür geglitten sein. Dann fuhr er an den Schriftsteller gewandt fort:

»Heil Hitler, mein guter Herr Schattenbach. Ich hoffe, der Junge hat Sie nicht belästigt.«

Der Schriftsteller schüttelte lächelnd den Kopf und hob beschwichtigend die Hand, erwiderte jedoch nichts. Mangelhardt, der einen nicht minder vornehmen Anzug trug und nicht wie sonst seine braune Uniform, stolzierte ihm mit ausgestreckter Hand entgegen.

»Doktor Theodor Mangelhardt, ich leite den Unterricht an der hiesigen Schule. Wir haben korrespondiert.«

Schattenbach erhob sich und schenkte auch dem Dorflehrer sein warmes Lächeln, wobei Alfred glaubte, in seinen Zügen den Anflug eines Zwinkerns zu erkennen, das zweifellos ihm galt. Der Schriftsteller war einen Kopf größer als Mangelhardt und wirkte neben diesem wie ein junger Adonis. Man vergaß über dem Anblick die Tatsache, dass der Lehrer kaum älter war.

»Doktor Mangelhardt, ich bedanke mich herzlich für die Einladung. Ich freue mich schon sehr darauf, Ihre Schüler kennenzulernen. Wenn sie alle so munter sind wie dieser junge Mann, dann werden wir eine fabelhafte Zeit haben.«

»Oh, ich befürchte, Sie erhoffen sich zu viel. Es ist ja nun nicht gerade eine Napola«, erwiderte Mangelhardt lachend und schlug Alfred dabei auf die Schulter.

»Das macht gar nichts. Ich traue jedem Menschen nur das Beste zu.«

»Sehen Sie, genau darin unterscheiden wir beiden uns. Ich unterschätze die Menschen gerne und lasse mich dann positiv überraschen. Es ist angenehmer, als sie zu bewundern und am Ende enttäuscht zu werden.«

Während er das sagte, schob er Alfred mit Nachdruck in Richtung Tür.

»Was ist los, Wurster, sind die Hausaufgaben etwa schon erledigt? Na also, dann ans Werk, es schadet dir nichts.«

Mit entschuldigender Miene, an Schattenbach gerichtet, nicht an Alfred, schloss er hinter seinem Schüler die schwere Tür aus Eichenholz. Alfred verharrte noch einen Moment davor und verstand nicht, wie Mangelhardt sie so geräuschlos hatte öffnen können. Dann schlenderte er lustlos aus dem Hotel, um seinem Vater zur Hand zu gehen.

In den folgenden Tagen beobachtete er mehrfach, wie Mangelhardt vergnügt pfeifend den *Schippen* betrat und ihn kurz darauf gemeinsam mit dem Schriftsteller Eugen Schattenbach wieder verließ. Alfred konnte sich nicht erinnern, seinen Lehrer jemals zuvor in solch einer blendenden Laune erlebt zu haben. Üblicherweise genoss Mangelhardt still, nur seine Augen offenbarten in manchen Momenten eine gefräßige Lust.

Die Männer traten, das Sakko über die Schulter gehängt, auf die Straße hinaus und blinzelten in den grellen Sommerhimmel. Der Geruch von Heu und heißem Blech, ins Dorf getragen von den ächzenden Traktoren auf den Feldern, wirbelte ihnen um die Nase, und Schattenbach atmete tief durch. Sie standen vor dem Hotel und unterhielten sich noch einige Augenblicke lang über Belanglosigkeiten, die eigentlich auch hätten warten können, ehe sie dann gemächlichen Schrittes den Erlenweg hinunter flanierten. Alfred wagte nicht, ihnen zu folgen, vermutete aber, dass ihr Ziel der Rillingsweiher war.

Tatsächlich hängt im *Schippen* ein Foto von Schattenbach und Mangelhardt. Sie sitzen gemeinsam auf einer Bank am Ufer des Sees und stecken vertraut die Köpfe zusammen. Der Lehrer hat seinen rechten Arm um den Hals des Schriftstellers gelegt, während der andere Arm, die Hand vielmehr, in die Ferne deutet. Ihre Gesichter sind nicht zu sehen, der Fotograf hatte sich hinter ihrem Rücken postiert, aber Alfred erkennt sie problemlos. Schattenbach, mit achtlos hochgekrempelten Ärmeln, an seinem rebellischen Scheitel, Mangelhardt an seiner sorgsam biederen Haltung. Aufgenommen wurde das Foto von Gottlob, der die beiden an jenem sonnigen Tag mit seiner nagelneuen Leica begleitete.

Der Chronist hat sich erhoben und schiebt sein Gesicht ganz nah an die Fotografie heran. Er begutachtet sie so genau, als gäbe es darin einen Fehler zu entdecken, und er erschrickt geräuschvoll, als sich plötzlich Alfreds warme Wange an der seinen reibt.

»Was für ein Bild, und was für ein Sommer, findest du nicht?«

Mit verträumt geneigtem Kopf steht er lächelnd davor, bis Frieder ihn mit einem Schnauben aus seiner Trance weckt.

»Gerade du, Alfred!«, ruft er mit einem höhnischen Singsang in der Stimme. »Dass von all den obergerechten Schwätzern gerade du dir was auf den Schattenbach einbildest, ist der Gipfel der Scheinheiligkeit. Da war mir ja der

Mangelhardt lieber, der war wenigstens konsequent bis zuletzt«. Der Chronist bemerkt, dass selbst Martha an dieser Stelle wortlos nickt und Alfred geringschätzig ansieht.

»Natürlich«, erwidert Alfred unbeeindruckt mit nicht weniger Hohn in der Stimme. »Da seid ihr jetzt wieder schnell bei der Hand, nicht wahr? Einen verurteilen, der in der falschen Zeit seine Größe gefunden hat, auf den geht ihr gleich alle zusammen los. Weil für den braucht sich ja keiner zu schämen. Aber hat ihn einer von euch gekannt oder sich mit ihm darüber unterhalten, was er über die Welt und alles denkt? Wisst ihr überhaupt, was er damals immer gesagt hat, wenn man ihn auf die Politik angesprochen hat?«, fragt Alfred ungewohnt angriffslustig.

Frieder, jünger als Alfred, ist zum Schweigen verdammt, denn er ist ohne Erinnerung, und Martha sowieso. Und Hilde, irgendwo auf halbem Wege von Alfreds Geschichte aus ihrem Schlummer erwacht und noch immer etwas neben sich, war damals nur ein wilder Ausdruck in Erwins stierenden Augen, irgendwo in den Wäldern oder an den Weihern, wo immer man Tiere töten konnte, aber noch nicht an der Front, denn es war einer der letzten Sommer vor dem großen Krieg. Allein Alfred war im richtigen Alter, am richtigen Platz, um den Moment zu erleben, den andere nur von Fotos kennen, wieder einmal.

Ja, was das für ein Sommer gewesen sei, wiederholt Alfred stolz, jetzt, da diese Erinnerung wieder ihm allein gehört, als habe er damals höchstpersönlich das Land mit Trockenheit überzogen und die Felder verbrannt.

»Politik ist nichts für Menschen mit harmonischem Gemüt«, fügt er gedankenverloren hinzu, in seinem kleinen Triumph badend.

Schattenbach verweilte fast zwei Wochen im *Schippen* und besuchte, zwischen diversen anderen öffentlichen Auftritten, auch die Schützlinge seines neu gewonnenen Freundes in der kleinen Grundschule von Rillingsbach. Sämtliche Kinder des Dorfes drängten sich zu diesem Anlass in ihren besten Sonntagskleidern zwischen den knarzenden Holzbänken. Alfred war bemüht, sich die Haare so lässig zu frisieren, wie Schattenbach es immer tat, erinnerte dabei aber eher an einen Landstreicher. Mangelhardt trug auch an diesem Tag einen eleganten, dunklen Zweireiher und zeigte sich bereits peinlich berührt, noch ehe einer seiner Schüler überhaupt die Gelegenheit hatte, eine Dummheit zu begehen oder von sich zu geben. Mit pathetischen Worten stellte er seinen berühmten Gast vor. Schattenbach erhob sich würdevoll und präsentierte sein gewinnendes Lächeln. Er begrüßte seinerseits die Gesellschaft und hob Alfred dabei mit einem verschwörerischen Zwinkern namentlich hervor. Der Junge platzte beinahe vor Stolz und kostete die bewundernden Blicke seiner Kameraden aus, die ihm sonst nur selten zuteilwurden.

Als im Klassenzimmer endlich wieder Ruhe einkehrte, begann der Schriftsteller damit, eine Passage aus seinem neuen Werk *Vier Stunden im Feld* vorzulesen. Im Anschluss daran rezitierte er einige ausgewählte Gedichte, die er als seine Paradedisziplin verstand. In fast allen ging es um den Mut und den Kampf und das Opfer und natürlich um das Vaterland. Alfred wollte sie mögen, das wünschte er sich von ganzem Herzen, doch nach dem fünften oder sechsten Gedicht musste er sich eingestehen, dass sie sich alle gleich anhörten. Auch unter seinen Kameraden wuchs die Unruhe, was Alfred fast schon persönlich nahm, und nur Mangelhardt schien ehrlich ergriffen. Alfred meldete sich, erstaunt über die eigene Courage, und bat Schattenbach, noch einmal das Gedicht von Micky Maus aufzusagen. Mangelhardt schüttelte ärgerlich den Kopf.

»Wurster, du bist ein Banause.« Schattenbach hingegen hob amüsiert die Hand.

»Es ist schon in Ordnung, Theodor. Eigentlich war dieses Gedicht nur eine kleine Spielerei, und es steht in keinem meiner Bücher. Aber wer weiß, vielleicht ist ja gerade dies mein großes Vermächtnis. Die Kunst ist durchaus empfänglich für die Ironie. In jedem Fall möchte ich meine jüngsten Bewunderer nicht enttäuschen.«

Augenblicklich wurde es still in dem muffigen Klassenzimmer, an dessen Fenster sich die Hitze des warmen Vormittags zu stauen begann. Schattenbach legte sein Buch auf dem Lehrerpult ab und schloss für einige Sekunden konzentriert die Augen, ehe er die Stimme wie bei einer Predigt hob und langsam den Mittelgang hinabschritt. Der alte Holzboden ächzte unter seinen Stiefeln, mit denen er bewusst schnell und kraftvoll aufstampfte. An jeder Bankreihe wendete er den Kopf nach links und rechts, wobei er die Kinder anstarrte und Grimassen schnitt wie ein verrückt gewordener Marktschreier. Die Verse betonte er so gekonnt, als sei er nicht nur Schriftsteller, sondern auch Schauspieler, mal geheimnisvoll flüsternd, dann wieder energisch die Stimme hebend, woraufhin das Kind, dem er gerade in die Augen blickte, in ein heiteres Gekreische verfiel. Alfred verspürte indessen zum zweiten Mal diesen wohligen Schauer, nach dem er später in seinem Leben eine lange Zeit vergeblich jagte.

Mangelhardt verfolgte das Schauspiel mit einem nachsichtigen Lächeln. Seine Beziehung zu Schattenbach lag irgendwo zwischen aufblickender Bewunderung, Freundschaft auf Augenhöhe und dem Gefühl höherer Verwandtschaft im Geiste. Solange es die Verhältnisse zuließen, hielten sie den Kontakt aufrecht und trafen sich wenigstens einmal im Jahr, zuletzt im Spätsommer 1944 auf der Geburtstagsfeier von Georg Schmückle, dem Direktor des Schiller-Nationalmuseums in Marbach.

Sowohl Schattenbach als auch Mangelhardt überlebten den Krieg und, wichtiger noch, dessen Ende. Ihr Ruf dagegen tat es nicht. Der eine fiel der Entnazifizierung des Lehrapparates zum Opfer, der andere stand auf der Black List der Information Control Division. Offiziell am Morgen des neunten Mai, faktisch aber schon früher, erwachten sie als andere Männer, denn Mangelhardt war kein Lehrer mehr und Schattenbach kein Schriftsteller. Welchen Sinn hätte da noch ein Wiedersehen gehabt? Vielleicht hätte es Trost spenden können, aber daran schien keinem von beiden gelegen.

Obwohl Alfred den Absturz seines ehemaligen Lehrers zunächst mit Wohlwollen verfolgte und ihn für seine Sturheit verabscheute – von Überzeugung konnte doch wohl nicht mehr die Rede sein –, hatte er Mitleid mit ihm.

Das sei nun einmal die schwäbische Seele, meint er. Sie stehe im Ruf, geizig und spießig und kleinlich zu sein, und wahrscheinlich stimme das sogar. Das sei sie aber nur aus einem tief empfundenen Pflichtgefühl gegenüber der Ordnung aller Dinge heraus und dem Bewusstsein, dass für jeden Menschen ein Platz in dieser Ordnung gefunden werden müsse. Dieses oftmals lästige Gefühl könne man unmöglich abschalten, und deshalb lasse er als Schwabe ungern jemanden zurück, bei allen Fehlern.

Also bat er Gottlob um die ausgebleichte Fotografie von jenem sonnigen Nachmittag am Rillingsweiher, um sie Mangelhardt in seine kleine Dachgeschosswohnung hinaufzubringen. Was er damit bezweckte, kann er nicht so genau erklären. Es schien ihm wohl einfach selbstverständlich, dass sich die Menschen gerne an bessere Zeiten erinnern.

Zögerlich klopfte er gegen die schwere Tür aus Eichenholz, doch sie blieb zunächst verschlossen. Natürlich musste Mangelhardt sich in der Wohnung befinden, wo sollte er auch hingegangen sein, und so klopfte Alfred weiter kräftig und ausdauernd an die Tür, bis er auf der anderen Seite eine dünne Stimme vernahm, die krächzende Flüche ausstieß.

Endlich öffnete sich die Tür einen Spaltbreit, und ein wässriges Auge linste dazwischen hervor. Alfred erschrak über die fleckige, von blauen Linien durchzogene Haut und die schlohweißen Strähnen, die über das Auge herabhingen. Unwillkürlich fragte er sich, wie Schattenbach wohl mittlerweile aussah, und plötzlich kam ihm sein Vorhaben sinnlos und dumm vor.

»Wurster, was in Teufels Namen hast du hier verloren?«

»Grüß Gott, Herr Doktor Mangelhardt«, begann Alfred vorsichtig, doch dieser unterbrach ihn sogleich.

»Doktor! Du bist wohl gekommen, weil du nicht mehr weißt, wie sich ein paar ordentliche Tatzen anfühlen, was? Na, ich kann dir gerne noch einmal auf die Sprünge helfen!«

Verständnislos blickte Alfred ihn an. Mangelhardt sah ein, dass er zu weit gegangen war, und verstummte. Er löste die Sicherungskette und öffnete die Tür, woraufhin sein dürrer, fast weißer Leib zum Vorschein kam, der in einem neongrünen, speckigen Trainingsanzug steckte.

»Ich bin kein Doktor mehr, Wurster. Um ganz ehrlich zu

sein, war ich nie einer, und ich wäre dir dankbar, wenn du auf diese Anrede zukünftig verzichten würdest. Sofern du mir nichts Wichtiges mitzuteilen hast, möchte ich dich außerdem bitten, mich nun in Frieden zu lassen, ich fühle mich schon seit geraumer Zeit nicht besonders.«

Er war bereits dabei, die Tür vor dem verdutzten Alfred so unvermittelt zu schließen wie vor vielen Jahren im *Schippen*, als diesem wieder einfiel, wieso er das dunkle Treppenhaus zum Dachbodengespenst Mangelhardt hinaufgestiegen war.

»Ich habe hier ein Foto von Ihnen, Herr Mangelhardt. Vielleicht mögen Sie es haben?«

Mangelhardt hielt inne und nahm das vergilbte Foto, das Alfred ihm entgegenstreckte, in seine zittrigen Hände. Eine ganze Weile sah er es mit glasigen Augen an. Alfred wurde klar, dass er diesen Kauz so wenig verstand wie eh und je, und auch sympathischer war er ihm nicht geworden. Dann gab Mangelhardt ihm das Bild zurück und wendete sich ab.

»Ich verstehe nicht, wieso du mir das zeigst, Wurster. Ich kann mich an einen solchen Moment nicht erinnern, das muss jemand anderes gewesen sein. Finde ihn, wenn du willst, und ansonsten lebe wohl.«

Es war das letzte Mal, dass Alfred ihn eine Tür schließen sah.

KAPITEL 6

Freilich, man kann seinen Waiblinger zähmen. Man muss es, sofern »man etwas werden« will, wie sich der bürgerliche Ehrgeiz mit fataler Undurchsichtigkeit und Allgemeinheit ausdrückt. Man braucht ihn nicht notwendig um die Ecke zu bringen, in der Registratur oder im Kassenschrank ersticken zu lassen. Man kann ihn als lebenslangen Gefährten akzeptieren, als brüderlichen Schatten, heimlichen Doppelgänger, mit dem man am späten Abend beim schweren Wein Zwiesprache hält.

Klaus Harpprecht – Skizzen zu einem Porträt

Niemand hat Interesse daran, das Thema Mangelhardt und alles, was damit zusammenhängt, zu vertiefen. Der Chronist spürt es überdeutlich, es wartet dort noch weit Ekelhafteres als der alte, fleckige Jogginganzug des Dorflehrers, und er würde nur zu gerne alles erfahren. Gleichzeitig geriete man damit aber sehr ins Private, also schlägt er stattdessen als Stichwort die Literatur vor. Von Schattenbach abgesehen, weiß Alfred natürlich nichts darüber, er hält sich lieber an die Verfilmungen, und auch Hilde schert sich nicht darum. Der Chronist solle sich an Martha wenden, gerade dann, wenn er mehr über das Amerikahaus wissen wolle. Hilde betont, dass sie sich kaum daran erinnern könne, selbst wenn ihre Mutter sie als Kind regelmäßig dort hingeschleift habe.

Schließlich sei die Einrichtung bereits Ende der Fünfzigerjahre geschlossen worden.

Aber irgendetwas müsse doch haften geblieben sein, beharrt der Chronist, immerhin habe Hilde dort sehr viel Zeit verbracht, und das gehe ja wohl nicht spurlos an einem vorüber. Gerade mit ihrer Kindheit, verhagelt vom frühen Tod des Vaters und gezeichnet von Spott und Gerüchten, müsse sie sich doch an die friedlichen Erinnerungen klammern. Hilde seufzt und verflucht diesen verdammten Chronisten innerlich, dann gibt sie nach.

Was sie noch vor sich sehe, das seien die Zeitschriften, durch die sie sich stundenlang geblättert habe und deren kurze und prägnante Titel wie *Life* und *Time* ihr imponierten. Vier Buchstaben, die ein Versprechen enthielten. Wovon die Artikel handelten, verstand sie nicht, doch die Bilder allein vermittelten ihr eine Welt, die sich nicht um Ackerfurchen und Deutsche Riesen drehte.

»Mehr gibt es dazu aber wirklich nicht zu sagen«, schließt Hilde mit Nachdruck.

Der Chronist kann das nicht ganz glauben, kennt aber mittlerweile Hildes Entschlossenheit und wendet sich daher seufzend an Martha, die den Tag nie vergessen wird, an dem sie das Amerikahaus zum ersten Mal betrat. Sie pflegt die Erinnerung täglich, nimmt sie aus dem Regal, blättert sie Seite für Seite durch, nur darin zu lesen braucht sie nicht mehr, sie kennt sie bereits auswendig. Dann legt sie die Erinnerung vorsichtig zurück an ihren Platz, damit sie nicht verloren gehen kann.

Erst dort, in dem unauffälligen grauen Anbau des Rathauses, wurde ihr klar, dass ihr Heftchen von Ernst Heimweg keineswegs das einzige seiner Art war. Die Regale standen voll von ähnlich bunten Exemplaren, verfasst von einer schier endlosen Zahl wortgewandter amerikanischer Männer und Frauen.

Elisabeth begann im Sommer 1950, ein von Vorurteilen behaftetes und von Gerüchten verhangenes Jahr nach Erwins Tod und Hildes Geburt, im Amerikahaus zu arbeiten. Bereits nach wenigen Monaten übernahm sie die Leitung von Lieutenant Glenn F. Pescara, der seinen Dienst in Deutschland abgeleistet hatte und nach Amerika zurückkehrte. Pescara war ein missmutiger kleiner Mann aus Milwaukee, mit tief liegenden Augen und schütterem Haar, ein Physiklehrer, der für die Literatur und die Kunst im Allgemeinen nur wenig übrig hatte. Er erinnerte Elisabeth an einen traurigen Postkartenmaler, der nicht mehr aus Leidenschaft, sondern nur noch zum Broterwerb malt. Sein erstes und einziges Ziel war es, die »Reeducation« voranzutreiben und die ihm übertragene Aufgabe möglichst schnell zu erfüllen. Debatten um die literarische Qualität eines Titels waren bei ihm fehl am Platz. Obwohl sie keinen persönlichen Groll gegen ihn hegte, freute sich Elisabeth deshalb, die Buch- und Zeitschriftenbestände zukünftig selbständig verwalten zu dürfen. Die kleine Hilde stellte sie in ihrem Körbchen einfach neben sich auf den Tisch, sie sollte die Literatur gewissermaßen vom ersten Tag an einatmen.

Auch Martha nahm sie eines Tages kurzentschlossen mit ins Amerikahaus, als sie das Mädchen wieder einmal allein auf den Treppenstufen des *Schippen* sitzen und zum hundertsten oder tausendsten Mal die Kurzgeschichten Hemingways durchblättern sah. Martha nahm das Angebot nach kurzem Zögern an und stellte sicher, dass Gottlob nichts einzuwenden hatte. Der war zwar nicht unbedingt begeistert von der Idee, dass Martha ihre Freizeit auf diese Weise totschlug, doch ein wirklich guter Grund, es ihr zu verbieten, fiel ihm auch nicht ein, zumal das Hotel wieder einmal wie ausgestorben war.

Martha traute ihren Augen nicht. Waren die Regalreihen in diesem unscheinbaren Gebäude wirklich gefüllt mit der großen amerikanischen Literatur, mitten in Deutschland, mitten in Murrhardt? Wo war sie so plötzlich hergekommen, und wo all die Jahre gewesen? Wissenschaftliche Titel, Bücher zur Medizin, Psychologie, Politik und Pädagogik, dann natürlich all die Romane mit den klangvollen Namen, *For Whom the Bell tolls* oder *The Grapes of Wrath,* übrigens nicht nur in den bekannten bunten Heftchen, sondern auch wunderschön gebunden und aufwendig illustriert, dazu stapelweise moderne Zeitschriften, thematisch sortiert und die Tische unter sich begrabend. Martha war beinahe geschockt. Vollkommen unerwartet hatte sie die verborgene Abzweigung gefunden, die sie sich nur an besonders farbenfrohen Tagen vorzustellen gewagt und selbst dann an einem unerreichbar fernen Ort gewähnt hatte. Ein Refugium für jene ungeheuerlichen Ideen, die im *Schippen* nie einen Platz gefunden hatten.

Was für Ideen das denn gewesen seien, will der Chronist wissen, oder anders gefragt, wohin sie Martha in der Folge geführt hätten?

»Jedenfalls nicht aus dem *Schippen* hinaus«, kichert Hilde.

Martha verzieht keine Miene und widerspricht, denn tatsächlich sei sie niemals weiter gereist als in jenen Tagen.

»Wie kryptisch«, kommentiert Hilde unbeeindruckt. Der Chronist, der ein weiteres fruchtloses Scharmützel fürchtet, lenkt Martha wieder in sichere Bahnen.

Bald half sie Elisabeth bereitwillig in jeder freien Minute. Das Amerikahaus war durchaus gut besucht, und es gab eine Menge zu tun. Bücher mussten verräumt, Register geführt, Unterlagen abgelegt und Regale abgestaubt werden. Wann immer sie aber Gelegenheit fand, steckte sie die Nase selbst in einen amerikanischen Klassiker und las um ihr Leben, als könnten die Bücher am nächsten Tag so plötzlich wieder verschwunden sein, wie sie gekommen waren.

Sie freute sich über jeden Besucher, der in den gut beheizten Lesesaal eintrat, sich die frierenden Hände rieb und mit großen Augen umsah. Im Winter war es manchmal nur die Wärme, welche die Leute hereinlockte, doch gerade dann labte sich Martha an ihren fast ehrfürchtigen Blicken.

Obwohl sie dieselben Namen trugen, waren sie hier andere Menschen, nicht mehr die Nachbarn oder die Stammgäste aus dem *Schippen*. Sie verhielten sich anders, allein schon die Stille veränderte alles. Die Menschen suchten nach etwas, und manchmal, an besonders guten Tagen, glaubte Martha zu sehen, wie sie einen Glimmer davon erhaschten, und ihre Bewunderung für die Literatur wuchs ins Unermessliche.

Der alte Max beispielsweise war missgelaunt und grimmig, wenn man das Pech hatte, ihm vor seiner Scheune oder in der Kneipe zu begegnen. In der Bücherei aber wurde er still und beinahe zugänglich, und dabei las er noch nicht einmal, sondern stöberte bloß durch die Regale. Etwas veränderte sein gesamtes Wesen, und Martha wollte herausfinden, was das war und, falls möglich, wie man es erschuf.

»Der alte Max!«, prustet Frieder. »Ich kann dir sagen, was ihn zugänglich gemacht und sein ganzes Wesen verändert hat: Schnaps! Wahrscheinlich hat er ihn zwischen deinen

Schinken versteckt, weil ihm seine Emma zu Hause die Hölle heißgemacht hat, wenn er im Schippen versackt ist.«

Diesmal ignoriert Martha den Einwand und fährt ungerührt fort.

»Natürlich war nicht jede neue Erfahrung auch eine schöne«, sagt sie, und der Chronist beginnt eine neue Seite.

Bei der Eröffnung einer Ausstellung zur Schulbildung in den Vereinigten Staaten kam ein Stein durch die Fensterscheibe geflogen und traf die entsetzte Martha am Steiß. Jemand schrie: »Ami, go home!«

Dabei war Lieutenant Pescara doch längst zu Hause.

Als hätte das nicht gereicht, ereignete sich der Vorfall ausgerechnet im Frühjahr der Marienkäferplage. Heinz und Erhardt trieben zwar schnell und günstig eine neue Scheibe auf und setzten sie ein, doch die roten Käfer waren bereits in das Gebäude eingedrungen. Noch tagelang flogen sie durch die Regalreihen, krabbelten über die Rücken der großen Klassiker und landeten auf den aufgeschlagenen weißen Buchseiten zwischen all den großen Worten.

In den folgenden Wochen stellte Martha eine Veränderung in ihren Prioritäten fest, denn ein ungeheuerlicher Gedanke reifte in ihr. Man kann nicht so viel Zeit zwischen schönen Sätzen und Gedanken verbringen, ohne den Wunsch zu entwickeln, selbst welche zu schreiben. Es ist unvermeidlich. Leider bedeutet das nicht, dass man auch die Fähigkeiten dazu besitzt. Meistens sind es nicht die Menschen mit den großen Landkarten an der Wand, die die Welt bereist haben.

Wenn Martha aber ein schönes Lied hörte, einen Kirchenchoral beispielsweise, dann überfiel sie der brennende Wunsch, ihrerseits etwas Einzigartiges und Bleibendes zu erschaffen. Sie wollte diese Schönheit auf ebenbürtige Weise beantworten und ihre Wahrnehmung dessen, was etwas wert ist auf dieser Welt, in Worte kleiden, die die Menschen fühlen konnten, anstatt sie nur zu verstehen. Die Erkenntnis, dass ihr dies nicht gegeben war, traf sie tief und machte sie beinahe verrückt. Die Gefühle waren doch da, warum nur kamen dann die Worte nicht? Ihre schriftstellerischen Versuche waren unbeholfen und hölzern. Sie war so enttäuscht von sich selbst, dass sie die Blätter, die sie mit ihrer winzigen Handschrift vollgekritzelt hatte, nie wiedersehen und erst recht niemandem zeigen wollte.

In den ehrlichsten Stunden gestand sie sich ein, dass es nicht nur an den Worten hakte. Es waren vor allem die Geschichten, die ihr fehlten. In ihrem Leben gab es nichts, worüber sie hätte schreiben können, und zum Fantasieren hatte man sie nicht erzogen. Sie hatte natürlich Erinnerungen an den Krieg, doch an diesen wagte sie sich nicht heran. Es war schon so viel Besseres darüber geschrieben worden, Erzählungen aus dem hoffnungslosen Zentrum des großen Strudels, wen interessierte da eine Jugend in Rillingsbach? Einer guten Geschichte verzeiht man banale Worte. Andersherum sieht die Sache schon schwieriger aus.

Elisabeth fiel durchaus auf, dass Martha nicht länger in der euphorischen Aufbruchsstimmung im Amerikahaus erschien wie noch zu Anfang. Das Mädchen war hektischer und unaufmerksamer bei der Erledigung ihrer Aufgaben geworden und verbiss sich stattdessen immer öfter in einzelne Buchseiten verschiedener Klassiker, als müsste sie die darauf stehenden Worte auswendig lernen. In Elisabeth reifte das traurige Bewusstsein, ihr eine lästige Pflicht auferlegt und nicht etwa ein Geschenk bereitet zu haben. Als die Veränderung in Marthas Wesen auch den Besuchern des Amerikahauses nicht mehr verborgen blieb, sprach Elisabeth sie darauf an. Martha hatte das kommen sehen und war in gewisser Weise erleichtert. Sie hielt sich nicht lange mit Ausflüchten auf, zu brennend lastete der Kummer auf ihrer Seele, und so schilderte sie schließlich unter Tränen ihr ureigenes Dilemma mit der Literatur.

Viel gutes Zureden war notwendig, ehe sich Martha einverstanden erklärte, Elisabeth ihre ersten Gehversuche als Schriftstellerin zu zeigen. Natürlich musste diese sich zur strengsten Geheimhaltung verpflichten, denn Martha konnte nur ahnen, wie ihr Vater auf diese Art der Träumerei reagieren würde.

An einem regnerischen Wochenende lud Elisabeth ihren Zögling zu sich nach Hause ein, um gemeinsam an den Manuskripten zu arbeiten. Sie hatte Kaffee und Eierlikörkuchen vorbereitet und Hilde mit einigen neuen Malbüchern beschäftigt. Die Aussicht, in aller Ernsthaftigkeit an einem literarischen Projekt zu arbeiten, bereitete auch ihr Vergnügen, und sie verspürte eine freudige Erregung. Wenn dies der Beginn einer Karriere war, dann würde sie ein Teil davon sein. Vielleicht würde man eines Tages die Briefwechsel und frühen Manuskripte von Martha veröffentlichen, und Elisabeths Handschrift würde sich darin mit der des Mädchens vermischen. Auch Martha war plötzlich froh, Elisabeth von ihrem geheimen Lebensprojekt erzählt zu haben. Dadurch war die Idee plötzlich real geworden, ein Plan, den sie tatsächlich verfolgte.

All die hoffnungsfrohen Gedanken verflogen jedoch, als Elisabeth einige Seiten aus dem riesigen Stapel an Manuskripten las, die Martha verfasst hatte. Die Situation drohte sehr unangenehm zu werden, denn zu Elisabeths Bedauern schrieb das Mädchen wie ein Mähdrescher, grob und ohne Zwischentöne. Gerne hätte sie Martha geholfen, doch die Sache war vollkommen aussichtslos. Sie konnte ihr nur freundlich zunicken, anstandshalber noch ein paar weitere Seiten lesen und ihr abschließend einige halbherzige Verbesserungsvorschläge erteilen. Als Martha am Abend das Haus verließ und im Regen mit tippelnden Schritten die Straße überquerte, wussten sie dennoch beide, dass diese Geschichte zu Ende war und sie nie wieder darüber sprechen würden.

Es folgte eine Zeit, in der Martha ohnehin kaum noch Gelegenheit zum Schreiben fand, oder dies zumindest vorgab. Aus dem Dreisternehotel war ein Zweisternehotel geworden und Gottlob musste die meisten seiner Angestellten entlassen. Der *Schippen* wurde zu einem reinen Familienbetrieb, was für Martha noch weniger Freizeit bedeutete. Sie versuchte zwar weiterhin, so oft wie möglich in die Bücherei zu gehen, doch meistens brachte Elisabeth ihr einfach ein paar neue Bücher mit.

»Du bist meine Rettung, Elisabeth«, pflegte Martha dann zu sagen und meinte es so.

Gottlob war nie besonders glücklich über Marthas Engagement im Amerikahaus gewesen. Nicht nur, weil er ihre Hilfe im Hotel immer dringender benötigte, sondern auch, weil er ein großes Misstrauen gegen die amerikanischen Einrichtungen und die Literatur im Allgemeinen hegte. Die Kunst, die er jahrelang für Hochkultur gehalten hatte, galt mittlerweile als propagandistischer Schund. Wer konnte ihm garantieren, dass das nicht wieder geschehen würde? Er wollte nicht, dass seine Tochter sich einer dermaßen willkürlichen Sache verschrieb. Auch deshalb übertrug er ihr immer mehr

Verantwortung im *Schippen*, überließ an manchen Tagen die Gaststube ihrer Obhut oder trug ihr auf, ein Konfirmationsessen zu organisieren. Sie sollte langsam aus ihren Träumereien heraus und in das richtige Leben hineinwachsen, und Martha ließ es geschehen.

Die Tage, die sie mit Büchern verbrachte, wurden stetig weniger, die hinter dem Tresen stetig mehr und schließlich überwältigend. Jahre später, lange nachdem Hilde abgehauen war, half Martha noch einmal einige Monate in der Bücherei aus. Die Begeisterung war jedoch abgekühlt und der gewöhnlichen Ausübung einer Pflicht gewichen. Ein Stück weit fühlte sie sich Elisabeth gegenüber in der Schuld. Die Engländerin hatte ihr eine andere Welt nahegebracht, und auch wenn Martha nicht die Kraft besessen hatte, in diese einzutreten, so verspürte sie doch eine tiefe Dankbarkeit, dass sie zumindest den Horizont zu sehen bekommen hatte.

Am Ende war es aber das Pflichtgefühl gegenüber ihrem Vater, das sich durchsetzte. Ihre Brüder waren ihm keine große Hilfe, und für neues Personal warf das Hotel nicht genug ab. Der *Schippen* war sein Lebenswerk, und es gehörte zu Rillingsbach wie ein lebenswichtiges Organ. Martha hatte auch dem Dorf gegenüber eine Verantwortung, vor der sie sich nicht ohne Weiteres drücken konnte.

Hilde schüttelt ärgerlich den Kopf, während Alfred und Frieder ihre Boizerin über den Tresen hinweg mit feuchten Augen anschauen und sich für das Bier bedanken, das sie ihnen hinstellt.

Vielleicht wäre es anders gekommen, wenn Martha hätte schreiben können, doch im Grunde ahnte sie, dass das eine mit dem anderen nichts zu tun hatte. Oder vielleicht doch etwas miteinander zu tun hatte, in einem negativen, fatalistischen Sinn. Den Rest erledigte die Gewohnheit.

Bald schon vermisste sie die Literatur nicht mehr.

»Siehst du«, sagte Gottlob einmal, »es war eben doch nur eine Phase. Die Literatur ist einfach nichts Handfestes, du kannst dich nicht auf sie verlassen.«

Martha und Hilde vertreten heute in einer grundsätzlichen Frage zwei sehr unterschiedliche Ansichten, die sich dem Chronisten nun erstmals offenbaren.

»Man kann sein Leben jederzeit ändern«, behauptet Hilde, und sie spricht wie zu einem Plenum, sieht dabei aber nur den Chronisten an, »wenn man zu einem Kurswechsel wirklich bereit ist und keine Angst hat. Oder, besser noch: Wenn man getrieben ist von der Angst, alles könne für immer bleiben, wie es ist.«

Sicherlich reflektiert Hilde mit einer solchen These weniger ihr eigenes Leben als das Marthas, und der Wirtin ist das durchaus bewusst. Sie antwortet mit derselben Überzeugung: »Weißt du, Hilde, Menschen wie uns, die sich ihrer Verantwortung stellen, bieten sich im Leben nur wenige ausgewählte Chancen, eine vollkommen neue Richtung einzuschlagen. Manche verpassen diese Gelegenheiten, und andere lassen sie sogar bewusst vorbeiziehen. Nur wer keine Wurzeln hat, kann sich vom Wind davontragen lassen. Und nur Egoisten haben den traurigen Anspruch, vollkommen frei zu sein.«

Eine merkwürdige Sache, findet der Chronist. Diese Positionen scheinen unvereinbar, und doch sitzen sich die beiden heute wie gestern gegenüber und trinken aus derselben Flasche Korn. Der Chronist stellt die Frage einen Moment zurück, was daraus für eine Lehre zu ziehen ist, oder ob überhaupt, und an wie vielen dieser Abzweigungen er schon stand in seinem kurzen Leben.

Als Gottlob im Jahr 1976 – der *Schippen* war längst nur noch eine Kneipe und kein Hotel mehr – nach einem langen und entbehrungsreichen Abend an der Theke einschlief und nicht mehr erwachte, geriet Martha ein letztes Mal in Versuchung. Sie war noch jung, gerade einmal etwas über vierzig, sie hätte den *Schippen* ohne Weiteres verkaufen und Rillingsbach doch noch den Rücken kehren können. All ihren Plänen und Ideen stellte sich jedoch eine beißende Frage entgegen, die sie nicht ignorieren und noch weniger beantworten konnte: Wer bist du, Martha, wenn nicht die *Schippen*-Wirtin?

KAPITEL 7

Eine besondere Form der Erinnerungsverfälschung sind Pseudoerinnerungen. Hiermit bezeichnet man laut Oskar Berndt Scholz und Johann Endres nicht selbst phantasierte, sondern »erfolgreich eingeredete, aber nicht erlebte Ereignisse«.

Wikipedia (»Erinnerungsverfälschung«)

Dem Chronisten gefällt es, wenn alte Männer mit skeptisch verkniffenen Augen und ernstem Blick in die Luft starren, während sie konzentriert zuhören. Er vermutet, sie tun es, weil sie das Radio noch als vollwertiges Unterhaltungsmedium kennengelernt haben. Wenn diese Theorie stimmt, dann sterben jene Blicke ins Nirgendwo bald aus.

Alfred nimmt die Pose oft ein, versteht es aber durchaus auch selbst, gestenreich zu erzählen. Vorausgesetzt, er schafft es einmal, Frieder auf die Zuhörerposition zu verdrängen. Was nicht etwa bedeuten soll, dass dieser es genießt, wenn Alfred wieder über seine Reise in die Vereinigten Staaten von Amerika schwadroniert, aber es gibt andererseits eben auch Anekdoten, die er noch weniger hören möchte.

Dass Alfred einen Narren an dem Land gefressen hatte, wusste jeder. Unübersehbar war seine oftmals peinlich anmutende Schwärmerei für Countrymusik, Barbecue-Smoker, erschossene amerikanische Politiker und, natürlich,

Hollywood. Ja, ja, eigentlich hätte er auswandern sollen. Aber für den Rest seines Lebens nur noch Toast?

Als wahrscheinlich erster Rillingsbacher überhaupt schaffte er 1981 den Sprung über den großen Teich. Alfred festigte damit im Dorf seinen Ruf als Weltenbummler, der vorwiegend auf einigen Reisen nach Italien in den späten Fünfzigern beruhte. An dieser Legende strickte er, indem er seinen Erlebnissen zugestand, zu wachsen. Die Vespa-Tour durch die Toskana und die Besteigung des Vesuv beispielsweise hatte es, wenn man kleinlich sein wollte, so nicht gegeben. In Wahrheit war er einfach nur im Auto mit seiner Frau Erna und den beiden Mädchen für ein paar Tage Badeurlaub an die Adria gefahren. Aber machte das wirklich einen Unterschied? Für die meisten Rillingsbacher war schon das bloße Überschreiten der Landesgrenze ein unvorstellbares Abenteuer, und ein unnötiges noch dazu. Wieso sollte man überhaupt woandershin gehen, schließlich gab es auch im Schwabenland Hügel im Nebel. Das Konzept Urlaub hatte sich noch nicht durchgesetzt, und außer Alfred besaß zu dieser Zeit auch niemand im Dorf ein Auto, mit dem man es bis nach Italien hätte schaffen können. Die einzige Ausnahme davon waren Heinz und Erhard, doch die hatten andere Dinge im Kopf, als Urlaub zu machen. Schon den Kauf des Alfa Romeo Guilietta quittierten die Nachbarn bestenfalls mit Kopfschütteln und einem nachsichtigen Lächeln.

»Der Wurster wieder«, lachten sie dann, »der Kerl ist verrückt.« Dem Chronisten kommt der kleine Mann mit dem Los Angeles Lakers Cappy gar nicht verrückt vor, obwohl eine gewisse Schrulligkeit nicht zu leugnen ist. Seine Mundwinkel zucken nervös, wenn er endlich das Wort hat, und sein

Enthusiasmus lässt ihn die Geschichten alle gleichzeitig erzählen. Er spult vor und zurück, wirft ein und relativiert. All das macht es für den Chronisten schwierig, den Schilderungen zu folgen und für sich zu ordnen.

You can hear the whistle blow a hundred miles.

Alfred ruft regelmäßig bei SWR1 an und wünscht sich dieses Lied, er ist dort schon bekannt. Dann dreht Martha im *Schippen* das Radio lauter und wartet mit ihm gemeinsam den ganzen Nachmittag, und manchmal wird es sogar gespielt. Die meisten verbinden es mit Heimweh. Auch Alfred verbindet es damit, aber sein Heimweh sei nicht wie das von anderen Menschen, behauptet er. Heimweh bewirke bei ihm letztendlich Fernweh.

Ike Eisenhower. Michael Vronsky. John Wayne. Amerika, das Land der Freiheit und die Heimat der Mutigen. Alfreds Eltern waren gestorben, die Kinder aus dem Haus und ebenjenes mitsamt der Scheune an einen dieser jungen Ingenieure aus Stuttgart verkauft, die mittlerweile in Scharen mit ihren Familien aufs Land zogen, ohne hier jemals heimisch zu werden. Einen Teil des Geldes brauchten Alfred und Erna für die Reise, danach würden sie für die letzten Jahre ihres Lebens in die Dachgeschosswohnung des *Schippen* ziehen und Martha eine bescheidene Miete zahlen. Um Urlaub brauchten sie sich keine Sorgen zu machen. Alfred war wegen seines kaputten Rückens Frührentner, und Erna arbeitete ohnehin nur an zwei Nachmittagen in der Woche auf dem Amt. Alfreds gesundheitliche Verfassung bereitete ihnen angesichts des Fluges und der langen Autofahrten schon eher Kopfzerbrechen, aber er wollte die Zähne zusammenbeißen. Sein Leben lang träumte er von dieser Reise, und sein verfallender Körper würde ihn nicht daran hindern. Trotzdem wünschte er sich manchmal, er wäre Bäcker geworden oder KFZ-Mechaniker, irgendetwas anderes als Estrichleger. Dann wäre sein Rücken vielleicht noch so gesund und stark wie der anderer Männer seines Alters.

Ein angenehm kühler Wind, perfekt zum Segelsetzen, blies in die Erlen vor dem dunklen, leergeräumten Haus in Rillingsbach, als Alfred in einer Aprilnacht seinen amerikanischen Traum zu jagen begann. Nur einen halben Tag später wehte ihnen dann auch auf dem William B. Hartsfield International Airport in Atlanta beim Verlassen des Flugzeugs eine Brise ins Gesicht. Alfreds Haut spannte, sein Rücken schmerzte, Erna schnatterte, aber er schloss einfach die Augen und atmete alles aus wie beim letzten, erlösenden Atemzug. Allen Schmerz und alle Last. Drei Wochen würde er kreuz und quer durch das Land fahren. Kreuz und quer, aber natürlich mit Planung. Alfred wollte keinen liederlichen, von spontanen Empfindungen geleiteten Roadtrip. Den Zahn hatte er auch Erna gleich gezogen, als sie meinte, man könne doch mal beim Grand Canyon vorbeischauen, wenn man schon in der Nähe sei. Natur interessierte Alfred nicht, er wollte die Geschichte dieses Landes sehen und fühlen. Wie viele berühmte Männer waren hier erschossen worden, einfach großartig!

Vor dem ersten Problem standen sie bereits am Mietwagenschalter. Bei aller Amerikanisierung seiner Seele war Alfreds Sprachzentrum immer Schwäbisch geblieben, und Erna verfügte lediglich über ein paar Brocken Englisch, die sie aus Elvis-Songs aufgeschnappt hatte. Nur dem Dirigenten einer Chorgruppe aus Schorndorf auf dem Weg zu einem Friedenskonzert in Tuscaloosa war es zu verdanken, dass die beiden ihre erste Nacht im Land der unbegrenzten Möglichkeiten nicht in einem Flughafenhotel in Atlanta verbringen mussten. Bereits am frühen Abend verließen sie die Geburtsstadt Martin Luther Kings in einem roten Ford Mustang Convertible auf der Interstate 75 in Richtung Norden mit dem Ziel Memphis, Tennessee, dem Ort seines Todes.

Der Stadtverkehr war dichter als in Rillingsbach, und Alfred bekam mehrfach eine Hupe und wütende Beleidigungen zu hören, die er glücklicherweise nicht verstand. Das Radio blieb während der Fahrt aus, das Verdeck oben, er musste sich konzentrieren. Erna machte saure Miene zum bitteren Spiel. Da war sie nun, inmitten der wunderbaren Welt von Danny Zuko mit den Zauberbeinen und der Schmiere im Haar, von Elvis natürlich, und von Humphrey Bogart. *»Spiel unser Lied, Alfred!«*, hätte sie gerne gesagt, wenn sie denn eines gehabt hätten. Sie seufzte schwärmerisch. Der Jazz, der Blues. Sie hielt nicht viel von Negermusik, aber in den Worten allein pulsierte ein Lebensgefühl, Erna sprach sie einfach gerne aus. Auch andere Worte, wie *Highway*, *Speed Limit* oder *Hells Angels*. Ortsnamen und Flüsse. *Las Vegas. Sioux Falls. Rio Grande. Baton Rouge.* In jedem davon steckte ein Funken ihres eigenen Amerikas, und nun war sie wahrhaftig auf diesen Straßen und blickte durch den Rückspiegel auf die Lichter der größten Stadt, in der Alfred sie je auf den Mund geküsst hatte. Es war ein Moment des Überschwangs und der Peinlichkeit gewesen, und es hatte ihr gefallen. Erna hatte die Melodie einer bekannten Serie im Ohr. Der lange Einspieler hatte sie in Deutschland immer geärgert, denn bei den kleinen Freuden war sie nicht so geduldig wie bei den großen. Nun stellte sie sich aber vor, dass dies, genau jener Augenblick im roten Ford Mustang, der Einspieler ihrer eigenen Serie war. *Alfi und Erna*, zwei deutsche Touristen auf ihrer verrückten Odyssee durch Amerika. Sicher wäre es eine sehr lustige Serie gewesen, mit vielen Schrullen und Missverständnissen, und mit netten, hilfsbereiten Gaststars in den Drive-Ins und Wüstendörfern von Arizona und North Dakota. Amüsiert den Kopf schüttelnd, aber herzlich, halfen sie dem sympathischen schwäbischen Ehepaar bei seinen kleinen, stets harmlosen Problemen.

Es waren diese Dinge, deretwegen sie sich immer mehr vom Leben versprochen hatte, als da war, und die sie dennoch hinter jeder Kurve aufs Neue wähnte. Überhaupt Kurven, sie wollte immer hinter der nächsten überrascht werden. Niemand hatte ihr gesagt, dass es durch die Wüste nur geradeaus ging.

Sie blieb genügsam. Es hätte ihr schon gereicht, in Big Sur auf den Klippen sitzen zu können, wo sie den Sonnenuntergang und die vorbeiziehenden Wale beobachtet hätte, und vielleicht sogar Alfred, wie er den größten Barrakuda des Tages fing. Sie waren am aufregendsten Ort, um lebendig zu sein, und sie pilgerten auf direktem Weg zu einer Grabstätte.

Am Abend erreichten sie Memphis. Alfreds erster Eindruck war, dass in dieser Stadt offenbar nur Neger lebten. Aber wie sie lebten! Als er den Wagen mit nervösen Händen unter den Lichtern der Laternen und Leuchtreklamen die Beale Street hinabsteuerte, ahnten sie beide, dass diese Straßen und Gassen ein Leben bereithielten, das sie nicht in dieser Nacht und auch niemals danach kennenlernen oder gar verstehen würden. Dennoch, oder vielleicht gerade deshalb, fuhr Alfred ohne Umwege und Unterbrechungen zum Lorraine Motel, in dem ihnen der junge Mann aus dem Reisebüro ein Zimmer reserviert hatte. Erna legte sich gleich eine halbe Stunde schlafen, um sich von der Reise zu erholen. Alfred dagegen hatte noch etwas zu erledigen. Er verließ das Zimmer und schritt langsam, eine Hand an der Brüstung, den Balkon entlang, bis er vor einer Tür mit der Nummer 306 stand. Dort richtete er seinen Blick hinaus in die schwüle Nacht, über den leeren Parkplatz und die beleuchteten Straßen hinweg und durch die dunklen Gebäudeblocks hindurch geradewegs dorthin, wo er die Ufer des Mississippi River wähnte, als läge in dessen Strömung der Sinn all seines Suchens. *Se old man river!*

Am vierten April 1968 drang ein Projektil aus dem Lauf einer Remington des Typs 760 durch die Wange des Bürgerrechtlers Martin Luther King in seinen Körper ein, weil er etwas besaß, das einige seiner Mitmenschen als gefährlich ansahen. Das Projektil durchschlug seinen Kiefer, weil er über diese Sache nicht schweigen wollte, und blieb schließlich in seiner Schulter stecken. All diese Verletzungen erlitt sein Körper genau an der Stelle, an der Alfred sich jetzt, in diesem Moment, auf die Brüstung stützte. Tödlich verwundet, stürzte King zu Boden und verstarb kurze Zeit später im St. Joseph's Hospital in Memphis, Tennessee, weil zu viele Menschen begonnen hatten, ihm zuzuhören, wenn er über die Sache sprach.

Alfred aktivierte den Selbstauslöser seiner Fujica, stellte sie auf die Brüstung und versicherte sich, dass sie nicht herunterfallen konnte. Dann positionierte er sich vor Zimmer 306 und zog aus seiner Manteltasche den damaligen Artikel aus der Murrhardter Zeitung. Mit traurigem Stolz hielt er ihn wie eine Fahne auf Halbmast in die Kamera. Anschließend faltete er das Stück Papier sorgfältig zusammen und legte es im Hotel zurück zu den anderen Zeitungsausschnitten in ein kleines Notizbuch in seinem Koffer. Erna war aufgewacht, und sie aßen gemeinsam in einer kleinen Pizzeria zu Abend. Die erste Nacht in Amerika war enorm schwül und verlief ohne Sex, aber mit schmerzendem Rücken und Großstadtlärm, der durch das geöffnete Fenster hereindrang.

Den ersten Transvestiten seines Lebens sah Alfred in Jackson, Mississippi. Sie suchten nach dem ehemaligen Haus eines weiteren schwarzen und ebenfalls toten Bürgerrechtlers, Medgar Evers, als ein großer, weißer Mann – selbst wenn man die verstörend hohen Stöckelschuhe wegrechnete – umständlich vor ihnen über die Straße stakste. Es dauerte einen Moment, ehe Alfred verstand, was sich dort vor seinen Augen abspielte. Gehört hatte er davon, aber so richtig glauben konnte er es wohl erst, als er ihn sah. Oder sie? Im *Schippen* würden sie Augen machen, wenn er das erzählte.

In diesem Punkt irrte er sich, die Geschichte erwies sich als Rohrkrepierer.

»Wir haben es für eine seiner Flunkereien gehalten, und davon abgesehen meinte Frieder, er habe sowieso schon ganz andere Dinge gesehen«, erklärt Martha. Frieder nickt eifrig, ohne zu spezifizieren, wen oder was genau er da gesehen haben will, und ergänzt hämisch:

»Selbst Alfreds erfundene Anekdoten können niemanden umhauen.«

Alfred reckt empört den Zeigefinger in die Luft, bereit zu protestieren, aber Frieder klopft ihm beschwichtigend auf die Schulter.

»Wir machen doch bloß Spaß, Alfred.« Dann wendet er sich an den Chronisten und erklärt diesem leise, dass solche Leute heute ja nichts Außergewöhnliches mehr seien, auch wenn er froh sei, dass er ihnen nicht Tag für Tag auf der Straße begegnen müsse. Der Chronist erwidert wortlos seinen Blick, schürzt die Lippen und bittet Alfred, doch fortzufahren.

Evers' Haus, ein kleines Gebäude mit hübschem Vorgarten, gepflegten Hecken und einem überdachten Eingangsbereich, beeindruckte Alfred nicht sonderlich. Trotzdem stellte er sich auf das frisch gemähte Gras, zog einen Zeitungsartikel hervor und ließ Erna das Foto schießen. Die Sonne brannte heiß vom wolkenlosen Himmel, und Erna ächzte missvergnügt, als sie wieder in das Auto stiegen, um die verbliebenen drei Fahrtstunden ins Bienville Parish zurückzulegen.

Dort hielten sie an einem verwitterten Gedenkstein. Die Inschrift erinnerte an den dreiundzwanzigsten Mai 1934, an dem ein junger Mann namens Clyde Barrow und seine noch jüngere Begleiterin, eine gewisse Bonnie Parker, in ihrem Ford V8 im Kugelhagel starben. Bonnie und Clyde. Erna und Alfred. Er hatte keinen Zeitungsartikel dazu, aber in einem Magazin im Wartezimmer seines Orthopäden hatte er einmal einen Bericht darüber gelesen und heimlich herausgerissen. Ein wenig ratlos stand er nun vor dem Gedenkstein, nestelte an seinem schweißnassen Hemdkragen und überlegte, ob sich das Eintrittsgeld für das Museum wohl lohnte. Erna meckerte derweil über die Hitze und, wieder einmal, über den allgemeinen Ablauf ihrer Reise. Alfred gab ihr nur ungern recht, aber wenn er ehrlich war, hatte auch er keine große Lust mehr. Außerdem war er ja bereits am eigentlichen Ort gewesen, das Museum war daher nicht so wichtig. Also fuhren sie stattdessen die letzten fünfundvierzig Meilen bis Shreveport, checkten in ihr Motel ein und gingen früh zu Bett.

Alfred schlief schlecht, und sein Rücken schmerzte. Neidvoll sah er zur schnarchenden Erna hinüber, die sich eine pinkfarbene Schlafmaske über die Augen gezogen hatte. Er erhob sich stöhnend und wartete, bis der stechende Schmerz wieder abklang. Mit kleinen, ängstlichen Schritten ging er durch das dunkle Zimmer und setzte sich vorsichtig auf einen alten Sessel, um aus dem Fenster zu sehen und zu genießen, wo er war. Es regnete. So saß er eine Stunde, zwei Stunden, bis sich schließlich das diffuse Licht der Morgendämmerung langsam über Louisiana legte und die Südstaatenlandschaft in einen goldenen Schimmer tauchte. Schade, dass er nicht rauchte, es hätte gut gepasst.

Nachdem der Wecker geklingelt hatte, saßen sie schweigend vor pappigen Pancakes und dünnem Automatenkaffee. Alfred war guter Laune, denn er blickte dem Highlight seiner Reise entgegen. Er schlang sein Essen hinunter und schüttete den heißen Kaffee hinterher, um vor dem Berufsverkehr auf der Straße und außerhalb Shreveports zu sein. Ernas übliches Gezeter, von wegen »man sei doch im Urlaub« und »die Toten liefen doch nicht weg«, beachtete er nicht.

Etwa dreieinhalb Stunden Fahrt lagen zwischen Shreveport und Dallas, größtenteils durch Wälder, über Prärieboden und vorbei an akkurat hochgezogenen Kleinstädten. Alfred versuchte, sich vorzustellen, wie das Leben in einer solchen amerikanischen Stadt vor sich ging, doch in seinen Gedanken taten die Menschen hier einfach dasselbe wie zu Hause in Rillingsbach.

»Rasen mähen, Hecken schneiden, im Garten grillen ...«, erläutert er dem Chronisten, was ihm sofort wieder einen sarkastischen Kommentar von Frieder beschert, da Alfred weder einen Garten noch einen Rasen und folglich auch keine Hecken besitzt, seitdem er das Haus verkauft hat und in die Wohnung über dem *Schippen* gezogen ist.

In Dallas schwitzten sie sich schon wieder die Klamotten nass, und Erna bettelte darum, doch endlich das Verdeck herunterzulassen. Alfred wehrte sich mit Händen und Füßen. Er wolle keinen Zug, sein Rücken sei bereits jetzt eine Katastrophe, und außerdem seien sie doch schon fast am Ziel. Aber schließlich gab er doch nach. Mit heruntergelassenem Verdeck fuhren sie die Mainstreet hinab zur Dealey Plaza und ließen sich von der warmen Sonne und dem angenehmen Fahrtwind die feuchten Haare trocknen.

»Man kann nicht sagen, dass Dallas uns nicht liebt«, rief Erna über den Straßenlärm hinweg. Da konnte Alfred nur zustimmen. Er parkte den Wagen in einer Seitengasse, und sie schlenderten gemeinsam durch die stark befahrenen Straßen zum Schulbuchdepot, wo Alfred stehen blieb und zu den vielen Fenstern hinaufsah. Aus welchem davon hatte Oswald wohl seinen berühmten Schuss abgefeuert? Er ließ seinen Blick die Elm Street hinabschweifen, bis ihm ein Grashügel ins Auge fiel. Dort hatte Zapruder gestanden, Alfred hatte die Aufnahmen viele Male gesehen. Er stieg den Hügel hinauf und suchte nach der richtigen Perspektive. Vor seinem inneren Auge lief der Schwarzweißfilm ein weiteres Mal ab und legte sich über die modernen Straßen von Dallas. Er beobachtete ehrfürchtig, wie sich die dunkle Limousine auf ihn zubewegte, flankiert von Motorrädern und bejubelt von der Menge. Er sah Jackie Kennedy in ihrem hübschen Kostüm, wie sie sich zu ihrem Mann hinüberbeugte. Und er sah John F. Kennedy, den Präsidenten der Vereinigten Staaten von Amerika und zentralen Akteur der Kubakrise. *Kubakrise, wunderbar.* Dann wandte Alfred sich ab. Anstatt den Film zu Ende zu denken, machte er sich bewusst, dass dieser Fleck Erde, auf dem er nun stand, für ein paar Sekunden der wichtigste Fleck Erde auf der ganzen Welt gewesen war.

Auf Erna hatte die Szenerie eine bescheidenere Wirkung. Sie blickte sich ängstlich nach einer Gruppe Asiaten um, die sie für Taschendiebe hielt.

»Lass uns zum Memorial gehen, Alfred.«

Da Alfred, in Gedanken versunken, nicht reagierte, wiederholte sie die Aufforderung, woraufhin er sich irritiert zu ihr umwandte.

»Memorial? Welches Memorial?«

»Na, das Kennedy Memorial. Es ist nur ein Stück die Straße hinunter.«

»Was sollen wir da? Hier ist es doch passiert.«

Gespräche dieser Art führten die beiden ständig. Der ganze Urlaub schien ein einziges Missverständnis zu sein. Alfred hatte weder an Museen noch an Canyons Interesse und dachte auch keine Sekunde daran, irgendwelche Zugeständnisse dieser Art zu machen. Erna wiederum verstand bis zuletzt nicht, was Alfred auf dieser Reise eigentlich suchte, obwohl sie sich ernsthaft darum bemühte. In einem ruhigen Moment stellte sich Alfred an entsprechender Stelle auf die Straße, und Erna schoss kopfschüttelnd das Foto.

Das nächste allerdings, ein Bild des Ortes, an dem Oswald nur zwei Tage nach dem Attentat auf Kennedy tödlich verwundet worden war, erwies sich als problematisch. Hierfür wäre es notwendig gewesen, in die Tiefgarage des Polizeiquartiers von Dallas zu gelangen, wo man im Allgemeinen keine Touristen empfing. Die Attraktion entwickelte sich für Alfred zum Flop. Er stand einige Minuten vor dem Eingang und spielte mit dem Gedanken, einen Polizisten zu fragen, ob er ihn an die Stelle führen konnte. Erna flehte ihn an, davon abzulassen, und auch Alfred war sich nicht sicher, wie ein patriotischer amerikanischer Polizist auf ein solches Ersuchen reagieren würde. Er begnügte sich schließlich mit einem Foto vor der Zufahrt zur Tiefgarage.

Los Angeles. Zwanzig Stunden durch Staub, Wüste und Einsamkeit auf der Jagd nach dem Geist des zweiten Kennedy-Bruders. Sie verteilten die Strecke auf drei Etappen zu je sieben Stunden, was bedeutete, dass sie zwei Nächte in Motels »on the road« verbringen mussten, wie Alfred es mit einem Gefühl von Verwegenheit nannte. Schon nach dem ersten Teilstück bis Van Horn, Texas, war die Stimmung auf dem Nullpunkt und der Geschmack von Abenteuer dem von Staub und schalem Bier gewichen. Sie saßen in einer billigen Pizzeria und schwiegen sich an. Ein jeder trug schwer an seinem eigenen Kreuz, und die Probleme des Gegenübers schienen vergleichsweise banal. Alfreds Rücken brachte ihn beinahe um, während Erna die Situation vor allem psychisch zu belasten begann. Die dunklen Nächte dort in der Wüste waren eine Sache, aber die Aussicht, einen weiteren Ort zu besuchen, an dem ein Kennedy erschossen worden war ... das war mehr, als sie für den Moment ertragen konnte. Für einen erneuten Versuch, Alfreds Reiseplänen die Morbidität zu nehmen, fehlte ihr aber die Kraft. Alfred war genervt von der stumm leidenden Miene und den kraftlosen Seufzern seiner Frau. Wortlos bezahlte er die beiden Tonnos. Er ahnte, dass er wegen seines Rückens kaum würde schlafen können. Trotzdem war er froh, als er einfach im Dunkeln liegen und still auf den Morgen warten konnte.

Nach dieser furchtbaren Nacht hätte er die Strecke bis Los

Angeles am liebsten in einer Etappe absolviert, doch das ließ sein Rücken nicht zu. Während der Fahrt von Van Horn nach Tucson in Arizona steigerte sich die dumpf-düstere Stimmung des Vortages zur Elegie. Sie drückte sich vor allem in dem kontinuierlichen Wimmern Ernas aus, das sie stündlich weniger artikuliert, aber dafür zunehmend hysterisch hervorstieß. Alfred nahm es kaum noch wahr, seine isolierten Gedanken kreisten nur noch um die vor Schmerz kreischenden Nervenwurzeln in seinem unteren Rücken. Beide schoben ihre miese Laune auf die Hitze, wohl wissend, dass es nichts anderes als ihre altbekannten Dämonen waren, die in dem staubigen Ford Mustang mitfuhren und sie quälten. In was für eine Hölle waren sie da nur hineingeraten.

Kurz vor Lordsburg in New Mexico glaubte Erna, endgültig ihren Verstand zu verlieren, als sie zuerst einen enormen Schatten am Boden, dann hoch oben über der endlosen Ödnis eine riesige blaue Kuh mit weißen Kulleraugen schweben sah. Erst als am Horizont weitere Umrisse am Himmel auftauchten, erkannte sie, dass es sich um Drachen handelte. Schüchtern wies sie Alfred darauf hin. Er dachte einen Moment lang nach, dann fuhr er den Wagen an den Straßenrand und stellte den Motor ab. Sie lagen gut in der Zeit, und was hatten sie schon davon, wenn sie eine Stunde früher in ihrem Motel in Tucson saßen? Außerdem war es tatsächlich ein Spektakel. Tiere und bizarre Fabelwesen in allen Farben standen am Himmel und wirkten in dieser kargen Landschaft wie eine Fata Morgana. Alfred sah eine lustig grinsende Micky Maus zwischen einer gigantischen Eule und einem geschmückten Weihnachtsbaum schweben und war von diesem kindlichen Anblick eigenartig gerührt.

Der Chronist notiert sich diese Anekdote trotz des geringen Informationsgehalts, weil sie vor seinem inneren Auge eine Flut von bunten Bildern auslöst. Er weiß nicht, ob Alfred das klar ist, da dieser wohl nicht die richtigen Filme schaut, aber hier offenbart sich ihm ein Indie-Roadmovie-Moment der Extraklasse. Er versucht, Alfred darauf zu stoßen, aber dieser drängt vorwärts in der Geschichte, er will zum Höhepunkt oder, falls dieser bereits überschritten ist, ans Ende.

Das Motel in Tucson war noch schäbiger als jenes in Van Horn. Der Mann aus dem Reisebüro war seinem Auftrag, die günstigsten Unterkünfte zu buchen, offenbar rigoros nachgekommen. Wenigstens waren sie zurück in der Zivilisation. Tucson war zwar keine besonders schöne, dafür aber eine große Stadt, und obwohl dort niemand von Bedeutung gestorben war, freute sich Alfred, da zu sein. Die vielen Fahrspuren machten ihm mittlerweile nichts mehr aus, er hupte sogar selbst hin und wieder, wenn ihn der Übermut packte. Was ihm in Anbetracht seines Rückenleidens und der zwischenzeitlichen Stimmung im Wagen aber den Schweiß auf die Stirn trieb, war die Aussicht auf die längste Etappe ihrer Reise, von Los Angeles nach Saint Joseph.

Am Abend wagten sie sich hinaus auf die Straßen Tucsons, da sie die Stille des Motelzimmers nicht mehr ertrugen. Alfred hatte all seine Wertsachen in einem Brustbeutel unter seinem Hemd versteckt, das dadurch ungünstig ausbeulte. Der Chronist kann sich das deutsche Touristenpaar bildlich vorstellen, und er findet seine Vermutung zu einem späteren Zeitpunkt bestätigt.

Es dauerte knapp drei Minuten, ehe ein breit lächelnder Mexikaner mit sehr wenigen Zähnen, aus denen er aber das Beste machte, den Wursters Kokain anbot. Alfred lehnte dankend ab und ahnte gleichzeitig, dass er schon im Motel welches hätte bekommen können, wenn er es darauf angelegt hätte. Die Bude stank nach Kriminalität und Rauschgift. Kein Wunder, dass hier so viele Präsidenten erschossen wurden. Er fragte sich, wie einfach er in Arizona wohl eine Waffe würde beschaffen können. Dann dachte er an die Stimmung der letzten Tage und die bald anstehende Fahrt nach Saint Joseph und begrub den Gedanken wieder. Es gab Momente in seinem Leben, wo ihm eine Waffe gelegen gekommen wäre. Dies war keiner davon. Und dass er sich selbst erschießen könnte, war dabei noch seine geringste Sorge.

Los Angeles stellte sich als Glücksfall für den weiteren Reiseverlauf heraus. In Sichtweite der Hollywood Hills stieg Ernas Laune merklich, und Alfred fand in dem überraschend gut ausgestatteten Hotel sogar ein Massagestudio. Nachdem er sich mehrfach versichert hatte, dass die Leistung im Hotelpreis enthalten war, stellte eine tätowierte Asiatin dort Dinge mit ihm an, die er nicht für heilsam gehalten hätte, doch es tat ihm wohl. Die Stadt rettete den beiden die Weiterreise, und auf die eine oder andere Weise womöglich sogar noch mehr.

Vor der Abfahrt besuchten sie das Ambassador Hotel, den Tatort Sirhan Sirhans. Es war das einzige Mal, dass auch Erna ehrliches Interesse an einer von Alfreds Sehenswürdigkeiten zeigte, und sie verspürte dabei eine würdevolle Verbitterung, wie sie es nannte. Sie mochte Bobby gerne, viel lieber als seinen arroganten Bruder. Was nicht bedeuten soll, dass sie Johns Ermordung gutgeheißen hätte, keineswegs. Aber sie nahm sie hin, wie sie alles hinnahm, was in der Weltpolitik geschah. Es machte doch keinen Sinn, auf dieser Bühne mitmischen zu wollen, die selbst für die Hauptdarsteller zu groß war. Ihre Gefühle angesichts von Bobbys Ermordung glichen vielmehr einer persönlichen Betroffenheit. Wenn sie so darüber nachdachte, wurde ihr klar, dass er sie an ihren älteren Bruder Helmut erinnerte, der aus dem Russlandfeldzug nicht zurückgekehrt war. Sie erzählte es Alfred, der nachdenklich nickte und bemerkte, sie solle doch einmal ein Foto von ihm schießen.

Los Angeles war für Erna der erste Ort, der sich nach Urlaub anfühlte. Einen Moment lang träumte sie davon, Alfred allein weiterfahren zu lassen und ein paar Tage später mit dem Flugzeug nach Atlanta zu reisen. Natürlich kam das nicht infrage, und sie sprach Alfred gar nicht erst darauf an. Der Rücken und das Geld, sie wusste es selbst, es waren immer der Rücken und das Geld.

Die Reise ging weiter wie bisher, und all das wäre vielleicht Stoff für ein eigenes Buch, nur begannen die Ereignisse, sich nun zu wiederholen. Die langen Fahrten, die schlechte Laune, der kaputte Rücken, die Zeitungsartikel und die Fotos. James, Lincoln, Lennon.

Unterm Strich besuchten Alfred und seine Erna in diesen drei Wochen nicht weniger als elf Orte, an denen einer oder mehrere Menschen durch Kugeln aus dem Leben gerissen worden waren. Einen zwölften Ort, ein kleines Städtchen in der Mojave-Wüste namens Pacem, suchte Alfred auf der Landkarte vergebens.

Der Chronist will gerne wissen, ob diese Reise ihn verändert hat, in der einen oder anderen Weise, wie man es aus den Filmen kennt. Alfred ist unsicher. Auch er hatte im Stillen erwartet, dass etwas mit ihm geschehen würde, dass er an diesen Orten noch die Geister dieser außergewöhnlichen Menschen antreffen und die Geschichte, die sie in sich trugen, einatmen könne. Als er sich aber in Atlanta wieder in seinem Flugzeugsitz wand und die bereits eingenickte Erna neben ihm leise zu schnarchen begann, und als das Flugzeug sich langsam über den amerikanischen Boden erhob, und als die Abendsonne in seinem Fenster glitzerte, dass ihm die Augen schmerzten, da wurde ihm klar, dass er selbst sich kein Stück verändert hatte. Aber es gab ein paar neue Fotos zum Aufhängen und ein paar Geschichten mehr zu erzählen, und etwas anderes hatte er im Grunde nie verlangt.

Der Chronist möchte gerne eines der Fotos sehen. Alfred erwidert ohne großen Enthusiasmus, sie seien in einem Album unten in der Wohnung, er wisse aber nicht genau, wo. Eines nur trage er in seiner Brieftasche bei sich. Auf Marthas Ermunterung hin durchsucht er die endlosen Fächer seines Geldbeutels, nestelt das zerknitterte Foto endlich hervor und legt es behutsam vor dem Chronisten auf den Tisch, ohne selbst daraufzusehen.

Auf dem Bild hat ein jüngerer Alfred mit rot-blondem Schnurrbart seinen gebräunten Arm um eine pummelige Erna gelegt. Sie hat ein hübsches Gesicht, blaue Augen und einen Sonnenbrand auf den Wangen, sein dichtes blondes Haar ist im Ansatz unter einem Cappy mit dem Logo der Los Angeles Lakers zu erkennen.

»Was für ein Sommer, nicht wahr, Alfred?«, dröhnt Hilde, die hinter dem Chronisten auf den Zehenspitzen steht, um das Bild zu sehen. Sie streichelt Alfreds Oberarm, dann seinen Rücken, eine ungewohnte Zärtlichkeit geht von ihr aus, die nichts Ironisches birgt, und Alfred schaut nun endlich auch selbst auf das Bild. Es ist noch alles da, aber er nimmt das Cappy ab und kratzt sich am Kopf, die Mundwinkel hängen tief, die Lider und die Brauen ebenso, er scheint unzufrieden mit dem, was er sieht. Der Chronist glaubt nicht, dass er sein Fotoalbum bald wiederfinden wird.

»Das war euer Sommer, und Erna hat bis zu ihrem Tod davon geschwärmt.« Martha hat sich um den Tresen geschlichen und zu ihren Gästen gestellt, nur Frieder zeigt keine Regung.

Einen Moment lang scheint es einen Konsens zu geben im *Schippen*, schon wieder wird eine Wahrheit verschenkt. Vielleicht, weil Erna bald darauf krank wurde und niemals herausfand, was hinter der Kurve wirklich wartete. Und Alfred weiß es vermutlich bis heute nicht. Dann aber tut Frieder, was er am besten kann, er legt Holz nach, denn hier brennt ein Feuer, das er ungern ausgehen lassen möchte. Nein, so leicht lässt er Alfred mit diesem Quatsch nicht davonkommen, schon gar nicht in Anwesenheit eines Chronisten.

»Hast du ihre Todesanzeige eigentlich auch ausgeschnitten, Alfred?«

»Halt den Mund, Frieder«, zischt Hilde. Der Chronist weiß, sie hat etwas übrig für Frieder, wahrscheinlich sogar mehr als für Alfred, aber auf manchen Geschichten sollte man auch ihrer Meinung nach nicht länger herumreiten.

»Warum denn, das hab ich mich halt schon immer gefragt«, fährt Frieder fort. »Wenn einer so an den Toten hängt wie unser Alfred, dann muss er doch einen Tempel zu Hause haben, oder wenigstens ein paar Bilder. Dann muss er doch eigentlich einen Schönheitspreis gewinnen wollen für das Grab seiner Frau. Ich war lang nicht mehr an ihrem Grab, Alfred, ist es immer noch zugewuchert? Oder hat Martha sich drum gekümmert? Ich meine, wenn sie schon Elisabeths Grab pflegt, warum soll sie nicht auch gleich deine Erna verarzten, ist es nicht so?«

»Frieder!«, fährt ihn nun auch Martha an.

Der Sohn des Oberscharführers verzichtet darauf, seinen Standpunkt weiter zu verdeutlichen, das letzte Wort zu haben reicht ihm vollkommen. Alfred befühlt wieder die Kerben und scheint nicht zuzuhören.

Es kehrt Stille ein, und der Chronist betrachtet das Foto. Zwei gut gelaunte deutsche Touristen registriert er darauf, die niedergedrückte Atmosphäre scheint überwunden. Ihre Gesichter glänzen vor Schweiß, wie sie beide breit in die Kamera grinsen, in Konkurrenz mit einer riesigen Micky Maus, die weit hinter ihnen am blauen Sommerhimmel schwebt.

KAPITEL 8

We are all alone, born alone, die alone, and – in spite of True Romance magazines – we shall all someday look back on our lives and see that, in spite of our company, we were alone the whole way. I do not say lonely – at least, not all the time – but essentially, and finally, alone.

Hunter S. Thompson – The Proud Highway

Der Chronist schiebt das Foto über den Tresen zu Alfred, der es wortlos einsteckt. Im Gegenzug legt Martha ihm ein weiteres Bild vor die Nase, das zwei identisch aussehende Jungs im Alter des Chronisten zeigt, die sich lässig gegen einen VW Käfer lehnen.

Über ihre Brüder spricht Martha gerne, weil sie »so gewitzte Lumpen« waren. Die Zwillinge Heinz und Erhard, fast auf den Tag genau drei Jahre älter als ihre kleine Schwester, waren schon als Kinder öfter auf Trampelpfaden und im Unterholz zu finden als auf den wenigen Hauptstraßen ihrer kleinen Welt. Was immer sie taten, sie taten es gemeinsam und im Gleichschritt, und Martha hatte bisweilen das Gefühl, dass sie sogar in ihrer Gedankenwelt eine Einheit bildeten und im Plural dachten. Dieses Bündnis machte ihr das Leben oft schwer. Heinz und Erhard ließen sie spüren, dass sie kein Teil des Paktes war, und zeigten ihr immer wieder auf, wo die Grenze verlief. Sie spielten Streiche und versuchten hinterher, ihr die Schuld dafür in die Schuhe zu schieben. Einmal stahlen sie bei Mangelhardt Kirschen und schmierten danach rote Flecken auf Marthas Kleid. Der Lehrer fiel auf die List herein, oder vielleicht war es ihm auch einfach egal, und prügelte Martha vor der versammelten Klasse. Gottlob hingegen wusste stets genau, wer einen Streit verursacht hatte, besonders schwierig war das auch nicht herauszufinden, und zog Heinz und Erhard regelmäßig die Ohren dafür lang. Für Martha bedeutete das natürlich keinesfalls Befriedigung, denn am Ende musste doch wieder sie für alles büßen. Trotzdem, das betont Martha immer wieder, stets eingeleitet von ebendiesem Adverb, *trotzdem*, liebte sie ihre Brüder, und es gab auch freundschaftliche Momente zwischen ihnen.

Nach dem Krieg bildeten Heinz und Erhard eine Art Kleinganovenduo, das über die Ortsgrenzen Rillingsbachs hinaus berüchtigt war. Anfangs klauten sie Eier und Äpfel, später dann Benzin, Papier, und was sonst in der Besatzungszone knapp war und nachgefragt wurde. Was immer die Nachbarn benötigten, versuchten sie zu beschaffen, um Profit damit zu erwirtschaften. Natürlich missbilligte Gottlob diese Aktivitäten auf der einen Seite, andererseits lautete die Alternative zu einem geklauten Gut in der Regel gar kein Gut, weshalb er während der Besatzungsjahre einfach nicht weiter nachfragte, woher dieser Sack Kohle oder jener Kanister Petroleum stammte. Die Brennmittelzuteilung der Amerikaner reichte nicht einmal aus, um die wenigen Hotelzimmer zu beheizen, die bewohnt waren, folglich verspürte Gottlob den Besatzern gegenüber zumindest keine moralische Verpflichtung. Außerdem verfolgte er den ausgeprägten Geschäftssinn der Brüder, zumal im Hinblick auf die Zukunft des Hotels, durchaus mit einem gewissen Stolz. Obwohl er es nicht gerne sah, dass sich seine Söhne schon in jungem Alter in krumme Geschäfte verwickelten, behielten die pragmatischen Überlegungen am Ende die Oberhand, zumal es für Heinz und Erhard keine vernünftige Alternative gab. Der Bedarf an Kopfschlächtern war in Rillingsbach mehr als gedeckt, und im Hotel selbst war seit dem Krieg nicht mehr genug zu tun. Außerdem war es ja auch nicht so, dass sie *nur* klauten. Sie schoben auch. Die Brüder waren gut vernetzt und die Bedürfnisse der Menschen vielfältig. Es gab nichts, was sie nicht hätten losschlagen können.

Nach der Währungsreform wurde es zunehmend schwieriger, Geld mit alltäglichen Gütern zu verdienen, also begannen sie, mit den nicht ganz so alltäglichen zu handeln. Dazu zählten Klappmesser, Büchsen und Schrotflinten, Erotikheftchen, Naziliteratur, Zuchthunde, Knallkörper mit unerlaubt hoher Sprengkraft sowie besondere Tabaksorten und Opium. Für alles gab es Abnehmer, auch in Rillingsbach, und Gott allein weiß, woher sie ihre Waren bezogen. Sie führten zudem eine große Bandbreite bizarrer Kultobjekte, darunter die Hirnschale eines britischen Generals und ein beinahe vollständiges Originalservice aus dem Besitz von Richard Drauz, lediglich eine Tasse und zwei Teelöffel aus Messing wurden vermisst. Auf Echtheitszertifikate wurde in Rillingsbach noch kein Wert gelegt, man vertraute sich, und andernfalls hätten die Brüder diese eben gefälscht. Den meisten Kunden genügte aber ein Makel, um an die Echtheit der Ware glauben zu können.

Frieder bietet dem Chronisten eine Wette an. In jedem Haus in Rillingsbach, sein eigenes eingeschlossen, könne der Chronist einen Gegenstand finden, der aus dem Sortiment der Brüder stamme. Und wenn er an einem Samstagnachmittag vor Frieders Haus stünde, fügt dieser zwinkernd hinzu, könne er auch einen hören. Der Chronist versteht, dass er von einer Schusswaffe spricht, lehnt die Wette aber ab. Als Chronist zu wetten, wäre unanständig.

In den Fünfzigerjahren liefen die Geschäfte der Zwillinge so einträglich, dass sie sich problemlos einen leerstehenden Verkaufsraum in Murrhardt einschließlich der Wohnung im darüber liegenden Stockwerk anmieten konnten. Über die Eingangstür des Geschäfts hängten sie ein Blechschild mit der nüchternen Aufschrift »Gebrauchtwaren H. & E. Bäuerle« und stellten einige Stücke aus dem legalen Angebot, unter anderem einen kaputten Volksempfänger und ein weitverbreitetes pietistisches Gemälde über die Sündhaftigkeit des weltlichen Lebens, in das Schaufenster, also Dinge, von denen sie annahmen, dass sie niemand jemals wieder würde besitzen wollen.

Darüber hinaus leisteten sie sich, im Vertrauen auf die Beständigkeit des Lasters, eine dekadente Ungeheuerlichkeit. Der brandneue grüne Export-Käfer rauschte unter lautem Gehupe und interessierten Blicken, die von Argwohn bis Bewunderung alles verrieten, den Rillingsweg hinab, dass das Herbstlaub nur so durch die Straßen stob, wo es von den jubelnden Kindern begeistert gejagt und gefangen wurde wie frisch gedruckte Geldscheine.

In der Folge vergrößerte sich ihr Geschäftsradius erheblich. Zunächst erschlossen die Brüder Backnang und Schwäbisch-Hall, danach knüpften sie die ersten einträglichen Kontakte in Heilbronn. Zu ihrer Begeisterung boten die größeren Städte nahezu unbegrenzte Möglichkeiten für tüchtige junge Männer mit gefestigten Wertvorstellungen.

Längst hatten sie verstanden, dass das beste Geschäft dort zu machen war, wo das Gesetz es zu unterdrücken versuchte. Rauschgift, Waffen, Trophäen. Das Portfolio stellte sich von selbst zusammen, wenn man die richtigen Listen kannte.

Natürlich ging es beim Kauf des Wagens nicht nur um das Geschäft, wie es zu keinem Zeitpunkt nur um das Geschäft ging. Heinz und Erhard genossen vor allem die Freiheit, die ihnen ihr Beruf bot. Nicht auf die Abwesenheit von Grenzen und Hürden kam es ihnen an, sondern auf die Chance, diese zu ignorieren. Der Wagen verschaffte ihnen zusätzliche Mobilität, wie sie in Rillingsbach keine Selbstverständlichkeit war. Nur wenige sahen damals eine Notwendigkeit darin, um der bloßen Ferne willen die Heimat zu verlassen, und diejenigen, die es doch taten, verschwiegen es. Nicht aus Angst oder gar Rücksicht, sondern weil man hier gegenüber seinen Hoffnungen noch eine gesunde Skepsis pflegte. Ein Instinkt, meint Martha, den man schnell verliert, wenn sich diese allzu oft erfüllen.

Die Zeiten, in denen Gottlob und auch Martha versuchten, die Brüder zum Eintritt in das Hotel oder wenigstens zu einer legalen Arbeit zu überreden, gehörten längst der Vergangenheit an, denn auch in Rillingsbach hatte die Welt einen Satz getan, den nicht jeder nachvollziehen konnte. Im Wesentlichen war es der finanziellen und materiellen Unterstützung der Zwillinge zu verdanken, dass aus dem Hotel *Zum Schippen* noch keine marode Kneipe geworden war.

»Im Stillen beneidete Martha die beiden sogar ein wenig«, behauptet Hilde. Sie flüstert es dem Chronisten zu, als befänden sie sich im Kino oder einem Theater und als erklärte sie ihm die Handlungsweise einer bestimmten Figur. Der Chronist nickt ungeduldig, das ist unschwer zu erkennen, wie er findet. Er kann sich gut vorstellen, was für einen schalen Geschmack von Verbitterung das ihren Vorwürfen verliehen haben muss, und so ist es kein Wunder, dass sie schließlich verstummte. Wenn sie an einem Samstagmorgen im Gastraum für die Gäste deckte und das Frühstück zubereitete, dabei durch das Fenster blickte und dem Wind zusah, wie er die dichten Schneeflocken durch die Straßen trieb, dann schweiften ihre Gedanken hinunter nach Murrhardt. Sie stellte sich vor, wie Heinz und Erhard schläfrig in ihren Schaukelstühlen wippten und das Schneetreiben beobachteten, während sie darauf warteten, ob möglicherweise das Telefon klingelte und einer ihrer Lieferanten anrief.

Wie alle Branchen unterlag auch die der Hehlerei und des Drogenhandels einem stetigen Wandel und Innovationsdruck. Womöglich hatten die Brüder in den trägen und verschneiten Nachmittagen am Ladenfenster ja ein wenig von ihrem Instinkt oder ihrer Wachsamkeit eingebüßt, denn sie versäumten zu ihrem Erstaunen eine elementare Entwicklung im Rauschgiftsegment. Während der Sechzigerjahre wurde es für sie immer schwieriger, mit den gewohnten Geschäften noch genügend Geld zu verdienen, um ihren Lebensstandard zu halten. Vor allem aber wurde es gefährlicher, denn plötzlich traten Akteure auf den Markt, die wenig Spaß verstanden, wenn es um finanzielle Belange ging. Man konnte nicht länger voller Zuversicht in die Scheunen und Werkstätten und Drehereien des Schwäbischen Waldes hineinmarschieren und fragen, wer etwas Nützliches zu verkaufen hatte. Auch konnte man nicht mehr einen beliebigen Preis nennen und dann frei über diesen verhandeln. Die Warenströme konzentrierten sich mittlerweile auf Zwischenhändler, man könnte auch sagen, Großhändler, die nicht zu umgehen waren und eine entsprechende Spanne verlangten. Eine Welle der Professionalisierung auf dem Schwarzmarkt hatte die Brüder erfasst und drohte, sie wegzuspülen.

Die wirtschaftliche Bedeutung Heilbronns war für Heinz und Erhard über die Jahre gewachsen, bis hin zur vollständigen Abhängigkeit, und schließlich wandelte sich die Stadt zu ihrem Schicksalsort, denn sie machte die Zwillinge in den Fünfzigern reich und in den Sechzigern fertig. Eine zentrale Rolle bei beiden Entwicklungen spielten die Wharton Barracks, in denen die Soldaten der amerikanischen Besatzungsmacht stationiert waren. Sowohl für den Ankauf wie auch für den Verkauf bildeten die Baracken im Südosten der Stadt ein profitables Pflaster. Soldaten, das war bekannt, hatten vorhersehbare Bedürfnisse, und die Brüder bauten sich unter ihnen einen treuen Kundenstamm und einige verlässliche Lieferantenbeziehungen auf.

Als sich in den Sechzigerjahren der Charakter des Marktes veränderte und er seine einstige Vielseitigkeit an eine neue unheilvolle Struktur und Ordnung verlor, bemerkten Heinz und Erhard viel zu spät, dass sie darin keinen Platz mehr hatten. Über Nacht, so zumindest erschien es ihnen, war die Welt von breiten asphaltierten Straßen überzogen worden, welche die amerikanischen Soldaten mit neuen Beschaffungsmärkten verbanden und die Brüder ins Abseits stellten. Schließlich drehte sich der Wind, und anstatt mit den Amerikanern in den Wharton Barracks Geld zu verdienen, gaben Heinz und Erhard es bei ihnen aus.

Die abflauenden Geschäfte spannten nicht zuletzt auch das Klima innerhalb der Familie Bäuerle empfindlich an. Vor allem zwischen den Zwillingen und Gottlob kam es immer häufiger zum Streit. Er hatte über die Umtriebe seiner Söhne hinwegsehen können, solange sie dabei Geld oder andere nützliche Dinge nach Hause brachten und so zum Fortbestehen des Familienbetriebs beitrugen. Nun, da hinter der Wirtschaftlichkeit ihres Imperiums ein Fragezeichen stand, forderte Gottlob, der sich dem eigenen Wortlaut nach im Hotel zu Tode schuftete, ein sofortiges Ende dieses Unfugs. Die beiden sollten sich endlich eine vernünftige Frau suchen, anstatt ewig herumzuhuren, sesshaft werden und in den Familienbetrieb einsteigen. Martha versuchte, sich diplomatisch zu verhalten, obwohl auch sie die Entwicklung mit Sorge betrachtete. Im Gegensatz zu Gottlob erkannte sie aber den eigentlichen Zweck des brüderlichen Geschäftsmodells, und ihr war klar, dass Heinz und Erhard ihre Freiheit niemals aufgeben würden. Von der Tatsache, dass es im *Schippen* schlicht nicht genug Arbeit für sie alle gab, geschweige denn die notwendigen Erträge, einmal ganz abgesehen. Dennoch war sie beunruhigt. Sie verstand nicht viel von den Geschäften ihrer Brüder, aber sie ahnte, dass Heinz und Erhard sich auf einem gefährlichen Weg befanden. Die beiden waren hingegen der Ansicht, dass sie ihr Geschäft nur neu auszurichten brauchten, um wieder profitabel arbeiten zu können. Sie würden ihren Gemischtwarenladen aufgeben und sich auf das Wirtschaftsgut der Stunde spezialisieren: Heroin. Man musste mit der Zeit gehen.

Es trotzdem noch immer mit der Gewohnheit haltend, suchten sie abermals ihr Heil in den einstmals mit Gold gepflasterten Gassen Heilbronns, in den Wharton Barracks, deren uniforme Gebäudeblöcke ihnen mittlerweile eine melancholische Vertrautheit bedeuteten. Die mächtigen Buchen, welche die Herbert-Hoover-Straße säumten, warfen schon wieder ihre Blätter ab, bereits die fünfte oder sechste

Garnitur, seit es die Brüder erstmals hierher verschlagen hatte. Selbstsicher und ohne Eile parkten sie den Wagen am Straßenrand.

Zur Anspannung gab es keinen Grund, denn bei ihren Akquise-Besuchen in der Baracke führten sie grundsätzlich keine illegalen Substanzen mit sich. Zwar wurde die Kasernenzufahrt seit einigen Monaten nicht mehr kontrolliert, doch das allgemeine Risiko, mit Rauschgift erwischt zu werden, war angesichts der drohenden Konsequenzen einfach zu groß geworden. An jenem Tag war das freilich unerheblich, schließlich ging es nicht darum, in den Baracken etwas zu verkaufen.

Ein eisiger Wind pfiff durch die Straßen rund um die tristen Baracken, während das Gras und der Himmel, gleichermaßen grau und stumpf, ineinander überzugehen schienen. Die Brüder vergruben ihre Hände tief in den Manteltaschen, zogen das Genick ein und eilten mit verkniffenen Gesichtern über die Anlage, ohne dabei irgendeiner Seele zu begegnen. Erst nachdem sie das gesamte Areal einmal umrundet hatten, stießen sie auf Nick, der, eine schnelle Zigarette rauchend, frierend vor seiner Kaserne von einem Bein auf das andere trat. Nick war ein junger Soldat aus Portland und keiner ihrer Geschäftspartner im eigentlichen Sinn, sprach dafür aber fließend Deutsch. Als aufgeschlossener Mensch, der sich offenbar für das Fremde oder das Vertraute im Fremden interessierte, hatte er sie in einer Kneipe auf ein Bier eingeladen. Trotz anfänglicher Zurückhaltung der Brüder war daraus ein überraschend flüssiges und zwangloses Gespräch über nationale und kulturelle Eigenheiten entstanden, das sie alle aufgrund der bedeutungslosen Vergleiche und der unverfänglichen Unterschiede zwischen ihnen als angenehm und erinnernswert empfunden hatten. Nick gehörte zu jenen Menschen, die man sehr schnell und beinahe instinktiv als Freund bezeichnete. Diese eigentümliche Aura, sowie seine Angewohnheit, das Verhalten eines Mitmenschen ohne Urteil zur Kenntnis zu nehmen und zu registrieren, machten ihn zu einem sehr nützlichen Kontakt in den Wharton Barracks. Mit Rauschgift hatte er nichts am Hut, aber er verstand, dass manche daraus ein Geschäft machten, und respektierte das. Er respektierte im Allgemeinen alles, womit die Menschen über die Runden kamen, und den Brüdern gefiel, wie moralisch gefestigt dieser Kerl in seinen jungen Jahren bereits war. Fröhlich nickte er ihnen zu.

Sie unterhielten sich zunächst über das Wetter und andere Belanglosigkeiten, ehe Heinz sich vorsichtig nach dem Markt für Heroin innerhalb der Baracken erkundigte.

»Gibt es«, antwortete Nick knapp und pustete den Zigarettenqualm über ihre Köpfe in die kalte Herbstluft. Schweigsam betrachteten die drei Männer das diffuse Rauchgebilde, bis es sich aufgelöst hatte.

Das sei ihnen klar, erwiderte Erhard dann. Sie seien aber eher daran interessiert, woher das Zeug komme.

Nick blieb stumm und kratzte sich am geschorenen Kopf, dabei ein schabendes Geräusch verursachend. Sein jugendliches Gesicht, er besaß bei aller positiven Ausstrahlung nicht die Gabe, Gefühlsregungen zu verbergen, verriet unverhohlenes Misstrauen.

»Warum fragt ihr mich danach?«

»Nur so«, antwortete Erhard betont beiläufig. »Wie du weißt, sind unsere Interessen vielseitig.«

»Interessen«, schnaubte Nick höhnisch. »Eure Interessen sind, wenn ich mich recht erinnere, alles andere als vielfältig. Am Ende hat es sich nämlich bisher noch immer um Geld gedreht, in der einen Form oder in der anderen. Wenn ihr etwas von mir wissen wollt, dann sagt mir verdammt noch mal, worum es dabei geht!«

Die Zwillinge sahen ihren Fehler ein und erklärten Nick die Absicht hinter ihrem Besuch in der Kaserne. Der Soldat schüttelte den Kopf, während er sich eine weitere Zigarette anzündete.

»Das verstehe ich nicht. Ihr macht hier doch einen guten Schnitt, oder nicht?«

»Wir kommen durch. Aber es war schon einmal besser.«

»Und ihr meint, auf diese Weise wird es wieder so wie früher?«

»Es geht nicht darum, dass es wieder wie früher ist. Aber in der Zukunft sollte es einem doch besser gehen als im Augenblick.«

Nick dachte nach und schien vollständig vom Ausatmen des Rauches beansprucht, der Wind hatte zugelegt und zerriss die Schwaden im Nu. Erhard richtete sich den Kragen auf, die Haut spannte ihm auf den Wangenknochen.

»Ich kannte einen Soldaten, seinen Namen habe ich leider vergessen, der tagein und tagaus geplagt war von dem, was er hinter sich gelassen hatte, und von dem, worauf er hinarbeitete. Das Land, das Militär … all das hat er im Grunde gehasst, und er fragte sich oft, weswegen er überhaupt hier war.

Zu Hause in den Staaten hatte man ihn als aktiven, fröhlichen Kerl gekannt. Sonntags, er war nicht besonders religiös, war er oft in die Rockies gefahren, um zu jagen oder um auf einen Berg zu klettern. Weil ich das wusste, lud ich ihn im Winter einmal ein, mit mir und ein paar Kameraden in den Rätikon zu fahren, um Ski zu laufen. Er hatte keine Lust.

Er liebte auch die Weite des Pazifiks und vor allem das Surfen. Als wir aber einen Segelausflug an den Bodensee organisierten, lehnte er ab und verbrachte das Wochenende alleine zu Hause in der Kaserne.

Es war, als könnte er hier nicht derselbe Mensch sein, hat nie seinen Geburtstag gefeiert, sich nie ein Mädchen gesucht. Er hat sich damit abgefunden, vorläufig in einer Lücke festzustecken, die es einfach auszusitzen galt. Scheinbar kannte er nur einen natürlichen Zustand seiner Welt, und dies war er nicht. Es muss sehr schwierig für ihn gewesen sein.«

»Was ist aus ihm geworden?«

»Natürlich ist er eines Tages nach Hause gefahren, überschäumend vor Erleichterung und Vorfreude. Die Rockies waren nicht abgetragen, der Pazifik nicht ausgetrocknet, und trotzdem stand er, soweit ich weiß, nie wieder auf einem Berg oder einem Brett. Ich hätte gerne sein Gesicht gesehen, als ihm klar wurde, dass es im Leben keine Unterbrechungen gibt.«

Heinz zögerte einen Moment und wollte dann wissen, ob dies der Versuch einer Metapher sei, was Nick bestätigte.

»Ihr seid zwar nicht wie dieser Soldat, aber auch bei euch habe ich den Eindruck, dass ihr auf etwas wartet, das in Wirklichkeit bereits vorüber ist, als säßet ihr in einem Karussell auf dem immer gleichen goldenen Pferd. Aber vielleicht liegt das ja in eurer Natur. Vielleicht ist es dieses Land, in dem man den Horizont immer nur durch einen dichten Nebelschleier oder einen finsteren Nadelwald hindurch erahnen kann.«

Nick entzündete eine dritte Zigarette, er rauchte wie ein Schlot, und fuhr fort.

»Ihr solltet in Zukunft etwas vorsichtiger sein, wenn ihr nach dieser Art von Information sucht. Scheiße, ihr könnt hier doch nicht einfach die Leute anquatschen und fragen, woher sie ihr verfluchtes Heroin beziehen. Überhaupt würde ich an eurer Stelle die Finger davon lassen. Ich kenne ein paar Jungs, die auf solche Fragen sehr nervös reagieren. Ich selbst weiß nichts darüber und will, ehrlich gesagt, auch gar nichts wissen. Ihr könntet euch aber an Douglas und McPhillips wenden. Die sind, was das betrifft, äußerst engagiert.«

Heinz und Erhard bedankten sich eifrig, woraufhin Nick nur abwinkte und sie ein weiteres Mal ermahnte, vorsichtig zu sein. Dann verabschiedeten sie sich voneinander.

Die Namen der Männer, die er ihnen genannt hatte, waren ihnen vage bekannt. Mit McPhillips hatten sie sich bereits einige Monate zuvor getroffen, um ihm Marihuana abzukaufen, aufgrund seiner überzogenen Preisvorstellungen allerdings ohne Erfolg. Douglas, einen einschüchternd großen Afroamerikaner, sahen sie zum ersten Mal.

»Ich kannte auch mal einen McPhillips in Heilbronn«, sagt Hilde, woraufhin Martha sie überrascht ansieht. Über den schwarzen Gläsern ihrer Sonnenbrille wirft Hildes Stirn nachdenkliche Falten, der Mund zieht eine Schnute. »Ob es wohl derselbe war?«

Das führt den Chronisten zu der naheliegenden Frage, ob sich die Brüder und Hilde in Heilbronn womöglich begegnet sind.

Die Sogwirkung der Weinstadt offenbart sich nicht jedem. Der Chronist kennt sie als Industriestadt und ist vollkommen resistent, aber wen sie erfasst, den reißt sie offenbar mit sich, wie Soge in aller Welt es zu tun pflegen, ganz gleich, ob lieblich schillernd oder trüb und toxisch. Er würde gerne in seine Chronik schreiben, wie Hilde und die Zwillinge eine seltene Vorliebe für eine Stadt teilten, für ihre dubiosen Kneipen, für zukunftslose Stunden am Ufer des schmutzigen Neckars, für ein flüchtiges, gegenseitiges Erkennen und das einvernehmliche Totschweigen der gemeinsamen Herkunft, weil der Strom nur eine Richtung kennt.

»Nein«, erwidert Hilde knapp.

»Meine Brüder sind ein gutes Jahr vor Hildes Aufbruch gestorben«, erklärt Martha, und ergänzt mit einem Seitenblick auf Hilde: »Sie war nicht einmal bei der Beerdigung.«

»Soldat, Soldat ...«, singt Hilde leise vor sich hin. »McPhillips, das war vielleicht ein Kerl«, kichert sie dann.

Die Brüder verabredeten sich mit den beiden Männern in einer Kneipe unter dem Vorwand, Heroin kaufen zu wollen. Die Informationen, nach denen sie suchten, wollten sie dann im Laufe des Gesprächs auf möglichst subtile Weise herauskitzeln.

Als sie am Abend in das verrauchte Hinterzimmer traten, saßen die beiden Amerikaner bereits an einem Tisch in der Ecke und tranken Bier. Gut, dachten sich die Brüder, vielleicht würde der Alkohol ihnen ja die Zunge lockern. Auf einer kleinen Bühne spielte ein ungepflegtes Mädchen mit fettigem Haar Gitarre und sang dazu *Like a Rolling Stone*.

Das Gespräch verlief wie erwartet recht zäh. McPhillips, eine dürre Gestalt mit langen, knochigen Fingern, die Erhard an eine Spinne erinnerten, war nur widerwillig auf die Verabredung eingegangen und strahlte vom ersten Moment an Feindseligkeit aus. Erhard verlor schnell die Geduld.

»Woher habt ihr das Zeug überhaupt?«, platzte er mit rotem Kopf hervor. Douglas, der mit verschränkten Armen auf seinem Stuhl saß, erwiderte gelassen: »Frankreich.«

»Aus Marseille«, fügte McPhillips hinzu, wobei er sich mit vielsagendem Blick nach vorne lehnte, als müsste diese Information ausreichen, damit die Brüder jeden Preis akzeptierten. »Wie genau es zu uns kommt, braucht ihr nicht zu wissen.«

Heinz und Erhard wollten es aber wissen. Sie waren es leid, dass ihnen die internationalen Banden nur die Krümel zuwarfen. Irgendwie mussten sie an die Quelle gelangen, um wieder einen Fuß in die Tür zu bekommen. Mehr war von den beiden Soldaten aber nicht zu erfahren, und dass sie diese Informationen überhaupt erhalten hatten, hätte sie bereits misstrauisch machen müssen. Tat es aber nicht, denn Marseille war für die Brüder einfach nur der Name einer Stadt in Frankreich.

Sie ließen das Geschäft also erneut platzen, woraufhin der fassungslose McPhillips sie mit Bier überschüttete und hysterisch beschimpfte. Das sei das letzte Mal gewesen, dass er seine Zeit mit Nazis verschwendet habe, in Zukunft sollten sich die beiden ihren Scheiß gefälligst woanders besorgen. Heinz und Erhard waren ganz seiner Meinung.

Sie waren sich einig, was auch sonst, dass der einzige Weg zurück in das große Geschäft über Marseille führte. Vor Ort würden sie sich gründlich umhören und versuchen, fruchtbare Kontakte zu den Laboren herzustellen, um künftig den Zwischenhandel umgehen zu können. Mehr noch als das, sie würden selbst als Zwischenhändler agieren und die kleineren Händler im süddeutschen Raum beliefern. Allein die Aussicht darauf beflügelte die Brüder und setzte neue Energie frei, die nach den Monaten des Niedergangs bereits erloschen schien und wohltat. Bald schon würden sie genug Geld verdienen, um aus dem *Schippen* wieder ein Dreisternehotel zu machen. Eilig packten sie alles Notwendige zusammen und beluden das Auto. Sie wollten noch in der Nacht aufbrechen.

Lediglich Martha weihten sie in ihr Vorhaben ein. Diese war entsetzt über so viel Dummheit. Da sei ja nicht nur das Problem mit der Sprache, versuchte sie, ihre Brüder zu überzeugen, sondern auch die Gefahr durch kriminelle Banden. Die würden sich das Geschäft doch nicht einfach von zwei Landeiern wegnehmen lassen. Die Brüder wiegelten lachend all ihre Argumente ab und zeigten Martha die beiden frisch polierten Repetierbüchsen, die sie im Fußbodenraum verstaut hatten. Ihre einzige Sorge, so meinten sie, sei die französische Grenze, und da würde ihnen schon noch etwas einfallen. Martha war keineswegs überzeugt, aber was konnte sie schon tun? Ihre Brüder liebten sie, wie man einen dreibeinigen Hund liebt, doch sie hatten keinerlei Respekt vor ihrer Meinung. Auch nach zwanzig Jahren hatte sich daran nichts geändert. Martha verabschiedete sich von ihnen und bat sie ein letztes Mal, vorsichtig zu sein.

Was die französische Grenze betraf, so waren sämtliche Sorgen unnötig, denn die beiden erreichten sie nie. Der grüne Export-Käfer der Brüder wurde zwei Tage nach ihrem Aufbruch in der Nähe von Hartheim am Rhein in einem Weiher gefunden. Heinz' und Erhards tote Körper saßen noch immer auf den Sitzen, als wollten sie die Fahrt nach Marseille jeden Moment fortsetzen. Der genaue Unfallhergang blieb ungeklärt, denn warum die Zwillinge die Bundesautobahn 5 überhaupt verlassen hatten, vermochte niemand zu sagen. Ansonsten wurde in dem Autowrack nichts entdeckt, was ungewöhnlich gewesen wäre oder ein Verbrechen nahegelegt hätte. Über den Verbleib der beiden Repetierbüchsen im Fußbodenraum verlor keiner ein Wort, und auch im Unfallbericht wurden sie nicht erwähnt. Wahrscheinlich, meint Frieder, habe sie einer der Taucher heimlich als Trophäe mitgehen lassen, er hätte dasselbe getan.

Ansonsten war man sich in Rillingsbach zu diesem Thema weitgehend einig. »Ein bisschen komisch ist es schon«, urteilten die Leute, und meinten damit, dass es kein Unfall gewesen sein konnte. Das macht daraus, so vermerkt es der Chronist und schämt sich sogleich ein wenig für seinen Sarkasmus, gleich mehrere Todesfälle mit Tradition.

Das Ereignis erweist sich ansonsten als recht unverfänglich, da es keine Beziehung zu den Antagonisten gibt, jedenfalls nahm man das bis zu Hildes überraschender Bemerkung an, und auch die Brüder selbst standen, von Martha abgesehen, niemandem im Dorf besonders nahe. Dass Hilde einem der Männer begegnet war, die möglicherweise mit dem Tod der Brüder in Zusammenhang standen, facht das Thema nun aber doch noch einmal an.

»Du kanntest also diesen McPhillips?«, will Martha wissen.

»Ich weiß nicht, ob ich *diesen* McPhillips kannte, aber ich kannte *einen* McPhillips. Und zugegeben, die Beschreibung klingt nicht ganz verkehrt.«

»Und das fällt dir erst jetzt ein? Ich habe das schon so oft erzählt, und nie konntest du dich plötzlich an einen Soldaten aus Heilbronn namens McPhillips erinnern. Dir muss doch klar gewesen sein, was für eine Bedeutung das für mich gehabt hätte.«

Hilde zuckt mit den Schultern.

«Es ist ja nicht so, dass dieser Kerl eine große Rolle in meinem Leben gespielt hätte, es war eine Nacht, wie es danach noch so viele andere gab. Außerdem«, sagt sie und schaut vielsagend in die Runde, »wurden hier im Dorf ja auch schon andere umgebracht, und da hat sich auch keiner an irgendwelche Namen oder alten Freunde erinnert.«

Martha will etwas erwidern, verkneift es sich aber und beißt sich auf die Lippe. Sie will dieses Fass nicht noch einmal aufmachen. Dessen ungeachtet, ist es im Grunde einerlei, ob die Brüder nun bei einem Unfall ums Leben kamen oder nicht. Natürlich wüsste sie es gerne, aber der Punkt ist ein anderer. Die Sache wäre nie passiert, hätten sich die Brüder rechtzeitig aus diesem unglückseligen Geschäft zurückgezogen, und allein darauf kommt es an. Was hatte es ihnen letzten Endes gebracht, ein solches Leben? Sie hatten nichts hinterlassen als einen Raum voll skurrilem Krempel, zusammengetragen, um einen Schein aufrechtzuerhalten. Und sie hatten ihre kleine Schwester zurückgelassen, als einzige Erbin des Hotels *Zum Schippen* im abgelegenen Rillingsbach.

Man könne die Verantwortung zwar ignorieren, bedrängt sie den Chronisten, aber davon verschwinde sie doch nicht, oder?

Der Chronist bemerkt, ihm wird eine Wertung aufgezwungen, und er tut sich wieder einmal schwer damit, sie zu verweigern.

KAPITEL 9

And if you ever become devout pray for me if I am dead. I am asking several friends to do that. I had expected to become devout myself but it has not come.

Count Greffi – A Farewell to Arms
(Ernest Hemingway)

Man konnte über Pfarrer Holzknecht vieles sagen, und ohne Zweifel wurde auch eine ganze Menge über ihn gesagt. Tatsache ist aber, dass er ein geradezu teuflisch guter Kartenspieler war. Das ärgerte viele Stammkunden im *Schippen*, denn als Kopfschlächter verlor man nicht gerne gegen einen Mann Gottes. Das Geld wandere natürlich in den Opferstock, behauptete er stets, aber das glaubte wohl nicht einmal Marthas Tante Rosine, und die kaufte ihm sonst alles ab.

Davon abgesehen, hielt er sich aus den Belangen seiner Schäfchen überwiegend heraus, sofern er nicht ausdrücklich konsultiert wurde. Seiner Berufung folgte der gealterte Glaubensmann mit einem gesunden Maß an Pragmatismus. Er beging gar nicht erst den Fehler, gegen den Teufel und dessen Versuchungen zu kämpfen. Stattdessen spielte er das Spiel so gut mit, dass alle anderen die Lust daran verloren. Damit passte er als Priester nach Rillingsbach wie ein Mann mit einem dicken Prügel und Anosmie in einen Schweinestall.

Elisabeth suchte seine kleine, verwinkelte Kirche täglich auf, obwohl sie zumindest anfangs nicht im Ruf stand, besonders religiös zu sein. Man war sich im Dorf ohnehin einig, dass ihr Mann Erwin sehr viel mehr Grund gehabt hätte, plötzlich an einen gütigen Gott zu glauben. Trotzdem war es Elisabeth, welche die Nachbarn jeden Vormittag zur ungefähr selben Zeit in ihrer schwirrenden Art über die Straße huschen und hinter der schweren Holztür in der kühlen, düsteren Einsamkeit des gekalkten Gemäuers verschwinden sahen. Natürlich wunderte man sich darüber und stellte Vermutungen an. Elisabeth wirkte eigentlich nicht wie eine Frau, die auf der Suche nach einem Gott war. Ihre Suche schien vielmehr physischer Natur zu sein, eine Suche nach Zuflucht. Als könnte etwas, das immerzu gierig nach ihrem ganzen Dasein griff und es zu ersticken drohte, ihr dort hinein nicht folgen, sodass sie zumindest für ein paar Minuten am Tag Rast und Frieden fand. Ob sich noch jemand anderer im Gebäude aufhielt, beispielsweise Gott, war ihr, vermutete man, gar nicht so wichtig.

Dass dabei aber eine andere Kraft die Finger nach ihr ausstreckte und sie mit jedem Tag mehr in eine eiserne Umarmung schloss, entging ihr. Und nicht nur nach ihr griff diese Macht, sondern auch nach ihrer kleinen Tochter Hilde.

Elisabeth entwickelte eine Obsession. Pfarrer Holzknecht war ein großer Freund von Obsessionen, bei aller offensichtlichen Ironie, denn sie machten einen Menschen durchsichtig wie dünnes Papier. Das gefiel ihm, denn wo Geheimnisse waren, da war meist auch die Sünde nicht weit. Der Mensch war für Geheimnisse einfach nicht geschaffen. In diesem Fall lagen die Dinge allerdings anders, denn Elisabeths Obsession betraf die Themen Sünde und Verdammnis.

Anfangs freute sich Pfarrer Holzknecht darüber, dass jemand in seiner sonst eher zurückhaltenden Gemeinde solch ein lebhaftes Interesse an biblischen Fragen zeigte. Nach Erwins Tod begannen ihn Elisabeths Gedanken allerdings allmählich zu beunruhigen. Sie nahmen zunehmend finstere und bisweilen fast manische Züge an. Sie wollte von ihm wissen, welche Qualen den Sünder in der Hölle erwarteten. Dabei genügte ihr keine vage, allgemeine Antwort, sondern sie forderte konkrete Angaben zu jeder Form der Marter, geschildert im Einzelnen und detailliert. Sie fragte, ob die Strafe auch nach dem Tod noch verhandelbar sei und ob ein Lebender einen Toten durch bestimmte Handlungen oder Opfer noch aus der Hölle retten oder ihn gegebenenfalls auch in diese hineinstoßen könne.

Dabei machte es übrigens gar keinen Unterschied, ob der Pfarrer wie anfangs versuchte, ihr die Angst zu nehmen, oder ob er aus einem mulmigen Gefühl der Resignation heraus ihre Fragen gemäß älterer Auslegungen der Bibel vorsichtig beantwortete. Ihr schien es beinahe wichtiger, die Fragen zu stellen, als eine Antwort darauf zu erhalten. Manchmal hatte Pfarrer Holzknecht das Gefühl, es sei einfach ihre Art zu beten und er stünde nur zufällig vor ihr.

Allmählich drang sie in Bereiche vor, auf die er selbst nicht mehr antworten konnte, ohne zuvor die entsprechende, tendenziell zweifelhafte Literatur zurate zu ziehen. Nach langem Zögern lehnte er es schließlich ab, sich für Elisabeth in diese Materie einzuarbeiten. Er sorgte sich um das zerbrechliche, junge Ding und fürchtete, ohne seine Führung würde sie im finsteren Tal verloren gehen, doch ihm war nun einmal auch an seinem eigenen Seelenheil gelegen. Möglichst rücksichtsvoll gab er ihr zu verstehen, dass sie ihre Antworten auf der falschen Seite zu suchen begann und umkehren musste. Elisabeth erschrak, entschuldigte sich steif und ward daraufhin in der Kirche nicht mehr gesehen.

Hilde wuchs in der Gewissheit auf, mit jedem lauten Lachen und mit jedem müßigen Gedanken der Hölle ein Stück weiter entgegenzutanzen. Elisabeths Mahnungen machten auf sie verständlicherweise gewaltigen Eindruck und hinterließen Widersprüche in dem jungen Mädchen. Hilde war eigentlich ein aufgewecktes Kind, das mit offenen Augen durch die Welt sprang, und bisweilen kamen ihr Zweifel an den düsteren Warnungen, die sie zu Hause empfing. Außer ihrer Mutter schien die Aussicht auf die Hölle nämlich niemandem in Rillingsbach sonderlich den Tag zu verleiden. Die Welt, wie ihre Mutter sie sah, unterschied sich offenkundig erheblich von jener, die Hilde tagtäglich erlebte, wenn sie zur Schule ging. Elisabeth war dieses Problem bewusst, und sie beobachtete die Verwirrung ihrer Tochter mit Sorge. Am liebsten hätte sie Hilde selbst unterrichtet, doch ihren Antrag auf Hausunterricht lehnte das Schulamt mangels einer gesundheitlichen Begründung ab.

Je mehr Hilde von der Welt sah, selbst wenn es nur Wiesen und Traktoren und Bauern und ganz selten einmal ein junger Fuchs oder hoch am Himmel der Rote Milan waren, desto unzureichender erschien ihr Elisabeths Blick auf die Dinge. Und interessanter fand sie es dort draußen allemal. An einem warmen Frühlingstag nahmen Heinz und Erhard sie einmal mit nach Tripsdrill, einen Vergnügungspark in der Nähe von Heilbronn. Dort fuhr sie stundenlang in einer kleinen Lokomotive, erfreute sich am Gebimmel des Glöckchens und lachte dabei wie von Sinnen, bis sie nur noch ein heiseres Krächzen ausstieß. Sie spürte den Fahrtwind auf ihrem jungen Gesicht, den ersten Fahrtwind ihres Lebens, und sie hoffte, die Lokomotive würde nie wieder stillstehen und sie bis nach China tragen. Bei Parkschließung musste Heinz sie beinahe gewaltsam aus dem kleinen Fahrgerät zerren. Am Abend überschlug sich ihre Stimme vor Begeisterung, als sie Elisabeth von all den bunten Erlebnissen des Tages berichtete. Elisabeth hörte ihr ruhig zu, dann verließ sie wortlos das Haus und stampfte wütend nach Murrhardt hinunter, wo sie die Brüder in ihrer elenden Rumpelkammer beinahe erwürgte hätte. Ab diesem Tag behielt Hilde die schönen Momente in ihrem Leben lieber für sich.

Hilde windet sich auf ihrem Barhocker.

»Du sollst nicht denken, dass sie kalt gewesen wäre. Das war sie nämlich keineswegs. Von ihrer Paranoia und dem Kontrollwahn abgesehen, war sie eine sehr liebevolle Frau. Und auch eine verantwortungsbewusste Mutter, nehme ich an. Solange ich mich fügte, harmonierten wir gut.«

Abschreckung ist eine verderbliche Ware. Mit den Jahren verloren Elisabeths wortgewaltige Unterweltvisionen ihre Wirkung, und Hilde wählte immer öfter den Weg der Konfrontation. Als sie, gerade fünfzehn Jahre alt geworden, voller Kampfeslust ankündigte, nicht länger den Gottesdienst zu besuchen, trieb es Elisabeth beinahe zur Verzweiflung und das bis dahin stabile Verhältnis zwischen den beiden begann zu bröckeln. Mit der Zeit stellte sich immer deutlicher heraus, wie wenig sie tatsächlich gemeinsam hatten. Fast ungläubig nahm Hilde zur Kenntnis, dass es im Grunde ganz einfach nichts gab, was die Trümmer hätte zusammenhalten können.

Solange Hilde nicht zu viel darüber nachdachte, fürchtete sie sich nicht vor der Hölle. Wenn aber ein Mensch, den man grundsätzlich für zurechnungsfähig hält, so hingebungsvoll von einer Sache überzeugt ist, fällt es schwer, sie einfach als Unsinn abzustempeln. Pfarrer Holzknecht erbot sich einmal, ihr ein paar Takte dazu zu erklären, doch sie lehnte ab. Sie zog es vor, sich so wenig wie möglich mit diesen Gedanken zu beschäftigen.

Manchmal hatte sie das Gefühl, Elisabeth versuche auf subtile Weise, ihr eine Buße aufzuerlegen, ohne dass sie etwas davon bemerkte. Beispielsweise, indem sie zu wenig kochte oder ihr züchtige Klamotten nähte. Dabei hätte ihr doch klar sein müssen, dass eine Buße, von der man nichts spürt, wertlos ist.

Der Chronist wirft ein, dass es sich vielleicht gar nicht um eine Buße, sondern lediglich um die Bereitschaft zu einem entbehrungsreichen Leben gehandelt habe. Hildes Gesicht bleibt ausdruckslos, und sie fragt, wo denn da der Unterschied sei. Der Chronist zuckt mit den Schultern, und Hilde fährt fort.

Der Nebel hing noch dicht über Rillingsbach, als Hilde, es war der Tag vor ihrem Aufbruch hinaus in die Welt, ihre Mutter dabei beobachtete, wie sie auf der Terrasse stand und langsam begann, ihre Bluse aufzuknöpfen. Es war früh am Morgen, die Dämmerung hatte erst eingesetzt, und Hilde war wegen eines Geräuschs aufgewacht. Elisabeth knotete sich den Dutt aus dem Haar und streifte dann die Bluse ab, die hinter ihr auf die dunklen, vom Morgentau feuchten Granitplatten fiel. Hilde erschrak, als sie den schneeweißen Rücken ihrer Mutter sah, und die dunklen Male, die sich auf der bleichen Haut abzeichneten. Elisabeth verschlang die Arme vor der Brust und wiegte ihren Körper langsam im aufziehenden Wind, wobei sich die dunklen Male auf ihrem

Rücken ausdehnten und zusammenzogen. Hilde verstand, dass es Schatten waren. Es gruselte sie, doch sie sorgte sich um ihre Mutter und trat mit tastenden Schritten zu ihr hinaus, sie wollte sie nicht erschrecken. Laub wehte über die Terrasse, wirbelte um ihre Beine und Füße und stob wieder davon in die kalte Herbstluft. Über ihnen trieben dunkle Wolkenfetzen über das Land, zerrissen und vorangepeitscht vom Wind. Auf den Dächern saßen aber schon wieder die Raben und lachten über die Melodramatik des aufziehenden Tages.

»Mama?«

Elisabeth reagierte nicht. Hilde hörte nun, dass sie leise ein Lied summte, das ihr dem Klang nach vertraut war. Es war eine Kantate von Bach, die Elisabeth oft auf dem Plattenspieler hörte, doch ihr wollte der Name nicht einfallen. Vorsichtig fasste sie ihrer Mutter an die Schulter. Elisabeth blieb ungerührt und ließ ihren Blick weiterhin über die Dächer Rillingsbachs und die dahinter liegenden Wälder schweifen.

»Isn't our coast lovely? Why did you make me wait?«

Hilde war nicht überrascht, sie erlebte das nicht zum ersten Mal.

»Mama, möchtest du dich nicht noch einmal schlafen legen?«

Nun wendete Elisabeth Hilde ihr hübsches, noch immer jugendliches Gesicht zu und lächelte sie an.

»Du hast so wenig von mir.«

»Ich weiß, Mama.«

Hilde hob die weiße Bluse vom Boden auf. Das Kleidungsstück war etwas feucht, trotzdem hängte sie es ihrer Mutter wieder um die Schultern.

»Lass uns hineingehen, Mama. Du schlafwandelst.«

Sanft schob sie Elisabeth, die es mit sich geschehen ließ, ins Haus.

»Wohin bringst du mich? An einen sicheren Ort?«

»Natürlich, Mama. An den sichersten Ort, den es gibt. Dort ist es warm und gemütlich.«

»Das ist gut. Warm und gemütlich ist gut. Und ist dein Vater auch dort?«

»Nein, Mama. Nicht mehr.«

Elisabeth schwieg, als Hilde ihr zurück ins Bett half. Sie kuschelte sich in die Laken und drehte sich mit einem tiefen Seufzen auf die Seite. Beim Hinausgehen hörte Hilde sie noch etwas murmeln. »Das ist gut ...«

Wie üblich erinnerte sich Elisabeth nach dem Aufwachen nicht an den Vorfall. Es war Sonntag, und sie kniete betend vor ihrem Bett. Die Hoffnung, Hilde zum Gottesdienst überreden zu können, hatte sie längst aufgegeben. Sie hatte gekämpft, sie hatte verloren, und nun überließ sie ihre Tochter, wenn auch schweren Herzens, dem ungezügelten Leben. Sie dachte an ihre eigene Jugend und klammerte sich an den Gedanken, dass es vielleicht einfach nur Zeit brauchte, um gläubig zu werden. Es führten auch später noch Brücken hinüber zum richtigen Pfad, das wusste sie schließlich aus eigener Erfahrung.

Sich selbst kasteite sie weiterhin mit umso größerer Hingabe, versagte sich Vergnügungen und Ausschweifungen und gönnte sich nur mehr ein einziges Laster. Es war die Literatur, von der sie nicht lassen konnte, und das schien ihr doch verzeihlich. Sie hatte sich bemüht, auch Hilde diesem Ventil zugänglich zu machen, es zuletzt aber aufgegeben.

Am Tag von Hildes Verschwinden arbeitete Elisabeth wie

gewöhnlich in der Bücherei. Als sie am späten Nachmittag nach Hause kam, ahnte sie bereits, dass etwas nicht stimmte. Ein Kunde hatte beobachtet, wie Hilde im Café Riethmüller einem unbekannten jungen Mann gegenübergesessen hatte, und er sprach Elisabeth mit Genuss und wider besseres Wissen darauf an, ob es sich dabei wohl um ihren Freund gehandelt habe. Elisabeth bejahte dies, ebenfalls wider besseres Wissen, befürchtete aber das Schlimmste und sehnte den Moment herbei, in dem sie die Bücherei abschließen und nach Hause eilen konnte. Mit einem bitteren Geschmack auf den Lippen und furchtbaren Kopfschmerzen öffnete sie die Haustür und rief Hildes Namen.

Das Schlimmste zu erwarten, hatte wieder einmal nicht ausgereicht. Als sie den Brief ihrer Tochter auf dem Nachttisch fand, erlitt sie einen Nervenzusammenbruch. Mit wackeligen Knien alarmierte sie die Polizei, doch der Beamte am Telefon wies sie darauf hin, dass ihre Tochter zwar noch nicht volljährig sei, allerdings auch kein kleines Kind mehr und sie ihre Abwesenheit zudem angekündigt habe. Bei der Fahndung sei deshalb nicht mit einer hohen Dringlichkeit zu rechnen. Wahrscheinlich sei sie sowieso nur bei einer Freundin und käme in ein paar Tagen von alleine wieder nach Hause, Fälle dieser Art erlebten sie im Übrigen ständig. Natürlich, fügte der Polizist schließlich nach einigem Zögern vorsichtig hinzu, kenne er Elisabeths Tochter und könne ihre Sorgen durchaus nachvollziehen. Er werde versuchen, die Sache zu beschleunigen, verspreche aber nichts.

Der Mann war klug, denn er hätte damit sein Seelenheil aufs Spiel gesetzt. Falls die Polizei überhaupt nach Hilde suchte, dann alarmierend erfolglos. Glücklicherweise hatte Hilde den Anstand, Elisabeths Leid regelmäßig durch Briefe zu lindern, in denen sie ihr Wohlbefinden versicherte. Anfangs brachte Elisabeth jeden einzelnen Brief zur Polizei, den entnervten Blicken von Hauptmeister Kühn zum Trotz, doch auch die Poststempel brachten die Fahndung offenbar nicht entscheidend voran. In einem Brief, den sie an ihrem einundzwanzigsten Geburtstag abschickte, gab Hilde erstmals eine Absenderadresse in Stuttgart an. Sie war nun volljährig. Am liebsten wäre Elisabeth sofort hingefahren, besann sich jedoch eines Besseren. Es schien ihr zweckmäßiger, ebenfalls einen Brief zu schreiben, in dem sie sich bemühte, Hilde nicht zu sehr anzugreifen und stattdessen auf ein schlechtes Gewissen zu setzen. Wenige Tage später erhielt sie eine Antwort, allerdings nicht von ihrer Tochter, sondern von einem Mann namens Holger Lipinski. Die kleine Schlampe habe ihn verlassen, schrieb dieser, und er habe keine Ahnung, wo sie sei, hoffe aber, in der Hölle. Dort sei für solche Frauen nämlich ein warmes Plätzchen reserviert.

Einige Wochen später kam erneut ein Brief, diesmal aus Freiburg. Elisabeth gab nicht auf und beantwortete in aller Ausführlichkeit auch diesen, ebenso wie alle darauffolgenden. Meistens erhielt sie keine Antwort, und falls doch, dann von einem ihr unbekannten Menschen und mit dem Inhalt, dass Hilde weitergezogen sei. Elisabeth wurde klar, dass ihre Tochter die Briefe offenbar grundsätzlich erst dann verschickte, wenn der nächste Aufbruch unmittelbar bevorstand.

»Das waren unbeschwerte Gespräche«, kichert Hilde. Dann verstummt sie und sieht den Chronisten über ihre Sonnenbrille hinweg mitleidig an. In den schwarzen Gläsern spiegelt sich eine ganze Welt, und noch eine und noch eine und zwei Krüge Bier.

»Nach vierzig Jahren fragst du mich, ob ich kein schlechtes Gewissen habe. Du bist vielleicht ein Herzchen. Das ist alles längst abgehakt, lange schon, bevor du überhaupt geboren warst. Warum glaubt deine Generation eigentlich immer, sie sei die erste, die Fragen stellt? Ehrlich gesagt, habe ich es genossen, ihr Briefe zu schreiben und zu wissen, dass sie nicht darauf antworten konnte. Einige ihrer Briefe habe ich ja später noch gelesen, und es war gut, dass es so gelaufen ist. Ich hatte mich nicht verändert, und sie offenbar auch nicht.«

Der Chronist sieht auf sein Papier und runzelt die Stirn. Ihm ist das alles durchaus klar, jedenfalls in der Sache. Was ihn irritiert, ist etwas anderes. Er kann nachvollziehen, dass Hilde nicht von Elisabeth gefunden werden wollte. Er kann sogar verstehen, dass sie trotzdem ein Bedürfnis danach hatte, in Kontakt mit ihrer Mutter zu treten. Was ihn verstört, und was keinen rechten Sinn ergeben will, das sind die Absenderadressen. Wozu dort Spuren hinterlassen, wohin sie niemals zurückkehren würde? Verirrte Fäden hat sie damit gesponnen, zwischen ihrem alten Leben und dem nicht ganz so alten.

Hilde, notiert er sich, spinnt Fäden wie eine Spinne. Dann macht er einen Strich und ergänzt. Wie eine *verirrte* Spinne.

KAPITEL 10

Der Rückschaufehler (englisch hindsight bias) beschreibt in der Psychologie das Phänomen, dass Menschen sich, nachdem sie den Ausgang von Ereignissen erfahren, systematisch falsch an ihre früheren Vorhersagen erinnern.

Wikipedia (»Rückschaufehler«)

Alfred erwähnt oft und gerne, dass er dabei war, als im Gasthof *Sonne-Post* Geschichte geschrieben wurde. Regionale Geschichte, wohlgemerkt, vielleicht sogar nationale. Und auch wenn sich sein persönlicher Anteil daran bescheiden ausnimmt, kann er seinen Stolz nicht verbergen. Kein Rillingsbacher sei jemals näher dran gewesen an der großen Politik, meint Alfred, und wahrscheinlich hat er damit sogar recht.

»Das waren Männer …«, schwelgt er dann und bläst die Backen auf, dass sich rote Äderchen auf der Haut abzeichnen. »Männer mit Format!«

Er spricht vom zwanzigsten Juni 1945, an dem er im Gasthof *Sonne-Post* in Murrhardt als Schankwirt aushalf. Obwohl Alfred nicht genau weiß, was auf dieser Landrätekonferenz eigentlich besprochen und beschlossen wurde, gelingt es ihm dennoch irgendwie, stundenlang darüber zu referieren.

Zu ihrem Bedauern kann Martha als Boizerin nicht einfach flüchten, wenn Alfred zu seiner Geschichtsstunde ansetzt. Dabei würde sie am liebsten ihre Hände um seinen kleinen, spärlich behaarten, runzeligen Schädel legen und ihn schütteln wie einen dieser Cocktail Shaker, um ihm dann direkt ins Gesicht zu schleudern, dass er endlich seinen verdammten Mund halten solle. Stattdessen wütet sie durch die Küche, schafft Ordnung in den Geschirrschubladen und enteist das Gefrierfach. Ihr fällt auf, dass sie das Gefrierfach eigentlich noch nie aus einem anderen Grund enteist hat, und auch daran wird deutlich, wie oft Alfred sie mit dieser alten Geschichte quält.

Martha plagen ungute Erinnerungen an jene Zeit. Zwar war Gottlob zu ihrer großen Erleichterung wohlbehalten und ohne lange Gefangenschaft aus dem Krieg zurückgekehrt, doch er hatte den Weg nach Hause offenbar nicht mehr allein gefunden. Er trug noch etwas in sich, das ihn anleitete, einen unberechenbaren Zorn, der sich, oftmals wegen Nichtigkeiten, unverhältnismäßig heftig entlud. Es war schwierig, ihn um sich zu haben und zu wissen, dass er unablässig nach einem Ventil für seinen Frust suchte. Neben zahlreichen Sorgen, über die er gar nicht erst sprach, widerstrebte ihm auch die Tatsache, dass die Landrätekonferenz nicht im Hotel *Zum Schippen* abgehalten wurde. Der Grund dafür war ihm natürlich sehr wohl bewusst, ein Schattenbach hatte sich vor dem Krieg schließlich nicht aus Versehen bei ihm einquartiert, und er musste dankbar sein, überhaupt noch ein Hotel führen zu dürfen. Was für eine Ironie, dachte sich Gottlob, wo er doch stets sein gesamtes Handeln einzig und allein auf das Wohle des Hotels ausgerichtet hatte.

Der Gastraum des *Schippen* hätte dessen ungeachtet auch gar nicht genug Platz für einen solchen Anlass geboten. Die *Sonne-Post* hingegen genoss weit über die Grenzen des Schwäbischen Waldes hinaus einen fabelhaften Ruf und war die naheliegende Wahl, das musste insgeheim selbst Gottlob zugeben. Und dennoch ... der *Schippen* hätte die Werbung, und selbstverständlich auch den Umsatz, weiß Gott dringender gebraucht. Die Menschen hatten andere Sorgen, als Urlaub in Rillingsbach zu machen, und es würden noch viele schwere Jahre kommen. Im Grunde wusste jeder im Ort, wahrscheinlich sogar Gottlob selbst, dass das Hotel keine Zukunft hatte. Und dabei war er sich noch nicht einmal sicher, ob er es auf den Krieg schieben konnte.

Alfred stand an jenem geschichtsträchtigen Tag hinter dem Tresen im Gasthof *Sonne-Post* und saugte begierig sämtliche Eindrücke auf, die sich ihm boten. Er hatte nicht erwartet, dass es noch immer deutsche Männer in Anzügen gab. Und doch versammelten sich nun, nur wenige Wochen nach Kriegsende, unter dem heimelig knarzenden Gebälk des Fachwerkgebäudes in Murrhardt Entscheidungsträger mit den Namen Maier und Rienhardt, um über die Zukunft der Schwaben zu beraten. Das jedenfalls, so glaubte Alfred, war letzten Endes der Zweck der Versammlung. Es erschien ihm wie ein Wunder und zugleich als ein gutes Omen. Wir sind mit einem blauen Auge davongekommen, dachte er sich und verspürte ein schmerzhaftes Gefühl der Demut. Mehr noch als die Landräte und ihr Anhang weckte allerdings ein Vertreter der amerikanischen Besatzungsmacht sein Interesse. Captain Bingham war ein großer, ausgezehrt wirkender Mann mit braunem Haar und sorgenvollem Gesicht, dem die Aufgabe zufiel, die Konferenz der Landräte, welche aus der gesamten amerikanischen Zone angereist waren, zu überwachen. Er sprach ein charmantes Deutsch und stellte Alfred vor Beginn der Tagung in legerer Art und Weise einige persönliche Fragen, die dieser nervös und knapp beantwortete. Captain Bingham wollte wissen, wie alt Alfred war, ob er aus der Gegend kam und ob er im Krieg hatte kämpfen müssen. Auch, ob sie anständig behandelt wurden, und noch einige andere, weniger schwerwiegende Dinge, etwa, ob es in der näheren Umgebung Sportvereine gab. Dann begann die Konferenz. Fünf Stunden lang tagten fünfundzwanzig Männer aus fünfzehn verschiedenen Landkreisen in einem schmucklosen, verschlossenen Raum. Alfred konnte nur einen kurzen Blick in diesen erhaschen und erinnert sich vor allem an endlose Stapel von Akten und Ordnern, welche die Männer auf den Tischen wälzten und diskutierten.

Als sich die Tür wieder öffnete und darin ein haarloser Kopf mit einem dicken Hals darunter erschien, um das Ende der Konferenz zu melden, trug Alfred ein Tablett *Viertele* in den Saal. Die Luft darin stand, obwohl sämtliche Fenster aufgerissen waren. Er stellte die Gläser auf den Tischen ab, die noch immer unter dem Gewicht der Aktenberge ächzten. Über den Stuhllehnen hingen Jacketts und Krawatten, die Kragen ihrer Hemden hatten sich die Männer aufgeknöpft. Alfred blickte ihnen beiläufig in die verschwitzten Gesichter. Sie wirkten abgekämpft, aber zufrieden.

Die Versammlung löste sich zügig auf, denn die Landräte reisten noch am Abend zurück. Alfred spülte die Gläser und dachte einen Moment lang darüber nach, ob er eines davon als Andenken mitgehen lassen sollte, als plötzlich Captain Bingham vor ihm stand. Auch er wirkte erleichtert, wahrscheinlich über das Ergebnis der Konferenz, möglicherweise aber auch einfach über die Tatsache, dass sie vorüber war.

»Sir, Sie sehen mir aber geschafft aus. Möchten Sie noch etwas trinken? Ich habe bereits die Gläser gespült, aber nass werden sie irgendwann ja doch wieder.«

Der groß gewachsene Amerikaner lächelte ein wenig gequält, aber freundlich. Er wies Alfred an, ihm noch ein halbes Glas Riesling einzufüllen. Alfred, der sich nun etwas selbstsicherer fühlte, hantierte zügig und stellte dabei weitere Fragen.

»Sind Sie zufrieden mit unseren Landräten, Sir?«

»Es verlief sehr demokratisch, in der Tat. Unter Ihnen gibt es gute Männer.«

»Dann nahm alles den rechten Gang? Keine Schwierigkeiten?«

»Anstrengend ist es wohl gewesen, junger Mann, sehr anstrengend. Aber ich glaube, die Sache war es wert. Ich hoffe es zumindest.«

Alfred bot ihm eine Zigarette an, doch Captain Bingham wehrte ab und deutete stattdessen auf sein leeres Glas.

»Kennen Sie die Geschichte vom blinden Zugführer?«

»Nein, Sir.«

»Na, woher auch.«

Bingham zog einen Barhocker heran und machte es sich bequem.

»Am westlichen Ausläufer der tödlichen Mojave-Wüste, einer der staubigsten und einsamsten Gegenden meines Heimatlandes, stand früher einmal ein kleines Städtchen namens Pacem, das über eine Eisenbahnstation verfügte. Ansonsten gab es dort nicht viel, der Ort bestand nur aus einer Kapelle, einem Saloon und ein paar Bauernhäusern. ›Schnaps und Religion‹, hat mein Vater immer gesagt. ›Mehr braucht der Mensch nicht.‹«

Es lebten dort zwei Sorten von Leuten. Die eine war eine hoffnungslose Bande von Säufern, die andere waren Gläubige. Es waren aber keine guten, gottesfürchtigen Männer wie Sie oder ich, sondern Fanatiker und Temperenzler. Wie Sie sich bestimmt denken können, gab es nichts als Ärger zwischen den Gruppen. Die Gläubigen wollten die Säufer bekehren, die Säufer wollten aber weitersaufen, schließlich war es ja das, was sie waren: Säufer eben. Der Streit wurde immer brutaler, Temperenzler wurden im Schnaps ersäuft, Säufer wurden ans Kreuz geschlagen.

Einmal am Tag kam ein Zug in die Stadt, der von einem blinden Mann geführt wurde. Bevor er sein Augenlicht bei einem Unfall verloren hatte, war er die Strecke unzählige Male gefahren und kannte sie vollkommen auswendig. Schon ein bestimmtes Geräusch genügte ihm, und er wusste wieder, wo er war und wann er die Bremse ziehen musste.

In Pacem war er es gewohnt, das Gegröle der Betrunkenen und den Lobgesang der Gläubigen zu hören. Zusammen war das kein sehr schönes Geräusch, aber wenigstens war es ihm vertraut und gab ihm Sicherheit. Er kannte das Städtchen gut und auch die Probleme, die die Menschen dort miteinander hatten. Trotzdem war er zufrieden, denn der Lärm war gewissermaßen sein Leuchtturm. Er wünschte sich nur, dass alles so bleiben möge, wie es war.

Eines Tages saß er in einem Saloon in einer anderen Stadt, und eine junge Frau sprach ihn an. Sie erzählte ihm, dass sie wisse, wie sie den Streit von Pacem befrieden könne. Leider habe sie nicht das Geld für ein Ticket, um dorthin zu gelangen. Sie bat den blinden Mann daher, sinnbildlich ein Auge zuzudrücken und sie umsonst im Führerhaus mitfahren zu lassen.

Dem Zugführer gefiel der Gedanke nicht. Wie sollte er seinen Zug fahren, wenn in Pacem kein Gegröle und Gesang mehr zu hören waren?

»Hör mal, Mädchen«, antwortete er also. »Ich habe meine Vorschriften, ich kann dich nicht einfach einsteigen lassen.«

Die junge Frau traute ihren Ohren nicht.

»Hast du mich nicht verstanden, du dummer alter Mann? Ich kann diesen Streit beenden.«

Doch der Zugführer wollte nichts davon hören.

»Dieser Streit ist älter als du«, sagte er. »Welches Recht hast du überhaupt, ihn zu beenden?«

Dann trank er zufrieden seinen Whisky aus, erhob sich und warf einige Münzen auf den Tisch. Er lauschte dem klimpernden Klang, um herauszufinden, ob es genug war, und ließ die junge Frau alleine im Saloon stehen, um wieder seinen Zug zu fahren.«

Captain Bingham verstummte und hing gedankenverloren über seinem Weinglas.

»So ein Blödsinn«, nörgelt Frieder. »Ein blinder Zugführer, das kann wirklich nur einem Ami einfallen.«

Martha, die den Fehler meistens bei sich selbst sucht, wenn sie eine Pointe oder eine Metapher nicht versteht, hält sich bedeckt, aber auch Hilde ist genervt von Alfreds Bewunderung für redselige Männer. Da ist sie wieder Frieder näher, der Dingen, die er nicht versteht, mit Zorn begegnet anstatt mit Ehrfurcht.

»Ihr müsst das im Zusammenhang mit der damaligen Situation sehen, aber da seid ihr halt zu jung.«

Frieder stöhnt entnervt auf und sieht den Chronisten empört an, als wolle er ihn warnen, das bloß nicht aufzuschreiben. Der Chronist stellt erst jetzt erstaunt fest, dass Frieder offenbar seine Strickjacke verkehrt herum angezogen hat und wie verschmiert seine Brillengläser sind, aber dennoch wirkt er durch seine Größe und die wuchtige Stimme recht bedrohlich.

»Jetzt mach dich doch nicht immer so wichtig, bloß weil du ein paar Jahre älter bist«, dröhnt er und lehnt sich so weit zu Alfred hinüber, dass er fast vom Hocker rutscht und einen Moment um die Balance ringen muss.

»Du warst damals doch auch noch grün hinter den Ohren, was wusstest du denn von der Situation? Du hast Gläser gespült, so wie Martha hier und heute. Weiß sie deshalb, was in uns allen vorgeht?«

Auch wenn Alfred das nicht zugeben kann, wurde er letztlich selbst nicht schlau aus der Geschichte, und dem Chronisten geht es nicht viel anders. Für die Wahrheit erscheint sie ihm jedenfalls zu unglaubwürdig, für ein Gleichnis aber zu banal. Natürlich weiß er, dass Alfred damals auf eine andere Art und Weise jung war als der Chronist heute, und vielleicht war Captain Bingham auch ein charismatischerer Redner als Alfred. Es ist schwer zu sagen, warum etwas den einen prägt und den anderen kaltlässt. Vielleicht wäre es ja die Aufgabe des Chronisten, der Sache auf den Grund zu gehen, aber worum soll er sich nicht noch alles kümmern?

Warum sich Alfred in einer Herbstnacht 1991 viermal hintereinander den Film *Platoon* angesehen hat, und seitdem wieder und wieder, das wäre natürlich interessant zu wissen. Oder weswegen Frieder bereits mit dreißig Jahren nicht mehr in der Lage war, sich neue Namen zu merken, auch nicht die seiner Hunde, weshalb er seitdem den gesamten Wurf grundsätzlich Alfred tauft und auch zum Chronisten manchmal Alfred sagt. Was hofft Martha zu erreichen, wenn sie jeden Samstag fünf Postkarten mit gut gemeinten Worten und literarischen Zitaten an zufällige Adressen in der ganzen Welt verschickt, übrigens ohne Absender, welchen Impuls in die Welt hinaus traut sie sich selbst und Rillingsbach da zu? Und wieso nur schläft Hilde noch immer im alten Bett ihrer Eltern, wo die Kerben in den Pfosten sie daran erinnern müssen, dass Elisabeth immer recht hatte, was die Hölle anging? Aber das ist eben die Sache mit den Kerbengeschichten. Sie kommen nicht nur zuletzt, sondern leben auch gerade davon, dass etwas kaputt gemacht wird.

Es muss für diese Eigenheiten und Verhaltensmuster Gründe geben, aber der Chronist würde ja doch keine Antworten bekommen, also nimmt er sie hin und arbeitet mit dem, was er hat. Auch das zeichnet einen guten Chronisten aus.

»Ich fürchte, ich verstehe nicht, Sir. Ist das ein Witz?«, wollte Alfred von Captain Bingham wissen.

»Keineswegs, Junge. Aber weißt du, was? Ist schon okay, das muss man wohl einfach selbst erlebt haben.«

Der Amerikaner leerte sein Glas in einem schnellen Zug und schob es über den Schanktisch. Dann reichte er Alfred zum Abschied die Hand und wünschte ihm für die Zukunft alles Gute. Der junge Schwabe und der Captain schüttelten sich in warmer Sympathie die Hände, ehe Bingham mit der Andeutung eines Lächelns aus dem Gasthaus *Sonne-Post* verschwand, um sich neuen, nicht minder wichtigen Aufgaben zuzuwenden.

Alfred hält inne und gedenkt dieser großen Geste. Und weil er es auch damals schon für eine große Geste hielt, machte er keinen Hehl daraus. Dass bei Weitem nicht alle im Dorf seine Begeisterung für Captain Bingham und dessen Landsleute teilten, kümmerte ihn nicht. Im Übrigen wurden auch Gottlobs fruchtlose Bemühungen, den *Schip-*

pen als Übernachtungsmöglichkeit ins Spiel zu bringen, von einigen Rillingsbachern nicht gerne gesehen. Der Kuhdung landete wohl auch nicht von alleine auf der Türklinke des Hoteleingangs.

Gottlob empfand Alfreds Schankdienst in der *Sonne-Post* als glatten Verrat. Im *Schippen* hätte er ihn zwar ohnehin nicht einstellen können, doch er war der Meinung, dass er sich dem Jungen gegenüber trotz der alkoholbedingten Eskapaden seines Vaters immer anständig verhalten hatte. Wenn Alfred ihm das nun dankte, indem er für die Konkurrenz arbeitete, wie sonst hätte man das bezeichnen sollen? Als Alfred erfuhr, dass Gottlob so über ihn dachte, war er verletzt, aber auch ein wenig belustigt. Für Gottlob mochte der Schippen vielleicht der Nabel der Welt sein, aber sein Zapfhahn war es, selbst unter günstigster Betrachtung, nicht. Außerdem sah Alfred nicht ganz ein, warum er Gottlob überhaupt irgendetwas schuldete.

Nach seinem Dienst in der *Sonne-Post* schaute Alfred des Öfteren noch auf ein Bier in der Gaststube vom *Schippen* vorbei. Gottlob hieß ihn bei diesen Gelegenheiten nicht gerade herzlich willkommen, aber zahlende Gäste abzuweisen konnte er sich nicht mehr leisten, ganz gleich, aus welchen Gründen. Am zwanzigsten Juni 1945 war die Grundsituation aber eine andere. Schon den ganzen Abend hatte er nervös zur Tür geschaut und gehofft, dass endlich Alfreds sorgloses Bubengesicht darin erscheinen würde. Er versprach sich nützliche Neuigkeiten von der Konferenz. Vielleicht war die *Sonne-Post* überbelegt oder, das wagte er kaum zu hoffen, sie genügte nicht den Ansprüchen der Amerikaner und Landräte. Er selbst hatte die Wand hinter dem Tresen mit der amerikanischen Flagge dekoriert, die ein Offizier beim

Marsch durch Rillingsbach an den Maibaum genagelt hatte. Er wollte damit seine Gastfreundschaft demonstrieren für den Fall, dass die Herren Minister und Militärregenten auf ihrer Flucht den Weg nach Rillingsbach fanden.

Natürlich geschah nichts dergleichen. Als Alfred am späten Abend endlich vergnügt pfeifend die Gaststube betrat, konnte er nur noch die Abreise sämtlicher Konferenzteilnehmer melden, und Gottlobs Laune verfinsterte sich augenblicklich.

Nur wenige Minuten nach Alfred betrat anstelle der Amerikaner oder irgendwelcher Landräte aus Ludwigsburg und Schwäbisch-Gmünd auch Wilhelm den *Schippen*. Er schaute wild um sich und stierte streitlustig in jedes Augenpaar, das ihn auf seinem Weg an den Tresen verfolgte. Zur Landrätekonferenz hatte Wilhelm seine eigene Meinung, und er suchte händeringend nach jemandem, dem er diese auseinandersetzen konnte. Man erkannte es schon an seinen Augen. Es gab einfach diese Tage, da glaubte Wilhelm, es sei noch alles beim Alten. Da glaubte er, die Menschen wichen noch immer seinem Blick aus, weil er Oberscharführer Wilhelm Linzner war. Und damit hatte er auch vollkommen recht. Durch diese Augen hatte er zwölf Jahre lang geschaut, so einfach legte man die nicht ab. Und so einfach wich man ihnen auch nach Kriegsende nicht aus.

Nach seinem Gespräch mit Captain Bingham machte die Aussicht auf Ärger Alfred nicht bange. Oder richtiger, er wollte nicht, dass ihm davon bange wurde. Als Wilhelm endlich seinen bohrenden Blick auf ihn richtete, starrte er so gelassen zurück, wie es seine innere Anspannung zuließ.

»Na, Junge, genug gedienert?«, fragte Wilhelm schließlich. Am Tresen verebbten die Gespräche.

»Nennst du es dienern, wenn dir einer ein Bier einschenkt? Dienert der Gottlob jetzt etwa auch?«

Gottlob stellte in diesem Moment vor jedem von ihnen einen Bierkrug auf die Theke, in der Hoffnung, dass die beiden anstießen und sich dann vertrugen. Es war die einzige Form der Deeskalation, die er beherrschte.

»Komm mir bloß nicht blöd, Junge. Vergiss nicht, wen du vor dir hast. Was schwafeln die überhaupt da unten, haben die nichts Besseres zu tun? Es gibt im Pazifik doch bestimmt noch ein paar Japaner, die noch nicht Jazz hören.«

Kopfschlächter, Schafhirten, Mechaniker, sie alle sahen neugierig vom einen zum anderen. Keiner von ihnen hatte vor, sich mit dem Oberscharführer anzulegen. Gleichzeitig war aber auch niemand besonders wild darauf, sich offen auf seine Seite zu schlagen. Ein bisschen was hatte sich eben doch geändert. Alfred schüttelte mitleidig lächelnd den Kopf, dass ihm die blonden Locken ins Gesicht fielen. Ein gutaussehendes Bürschchen, sagten sie im Dorf, aber ansonsten nicht der Hellste.

»Mir gefallen die Amerikaner, das sind doch vernünftige Menschen. Nicht nur mit Disziplin, Linzner, sondern dazu noch mit Verstand. Das hätte manchem hier auch nicht geschadet.«

Alfred merkte sofort, dass er einen Fehler gemacht hatte. Nicht, weil Wilhelm weiß anlief und sein sehniger Hals offenbar von Krampfanfällen geschüttelt wurde. Diese Konfrontation hatte Alfred von vornherein gesucht und schließlich gefunden. Der Fehler war vielmehr der, dass er mit dieser Aussage auch anderen Rillingsbachern auf den Schlips getreten war. Jeder fragte sich, auf wen er wohl anspielte, und damit hatte jeder einen Grund, beleidigt zu sein.

Wilhelm, der als Einziger definitiv gemeint gewesen war, sagte zunächst einmal gar nichts. Er stellte seinen Bierkrug auf dem Tresen ab, erhob sich von seinem Barhocker und ging langsam, einen Kopfschlächter passierend, einen zweiten passierend, dann um das Eck der Theke, hinüber zu Alfred, wobei die Holzdielen unter seinen schweren, schwarzen Stiefeln knarzten. Das taten sie sonst nie, nur jetzt, unter den Stiefeln und den Augen des Oberscharführers Wilhelm Linzner, da ächzten und wimmerten sie. Er postierte sich direkt vor Alfred, das Gesicht nur wenige Zentimeter von dessen überraschter Miene entfernt, und schnüffelte an ihm wie ein Rottweiler. Alfred rümpfte die Nase, während Wilhelm ihm seinen Bieratem ins Gesicht blies. Diese verdammten Holzdielen, dachte er sich, wenn sie doch nur schwiegen, denn noch immer konnte er ihr Klagelied hören.

»Bürschle, du nennst mich nicht Linzner«, zischte Wilhelm schließlich und spie dabei jede Silbe einzeln vor Alfred aus wie ein Maul voll trockener Sägespäne.

Alfred wischte sich die kleinen Speicheltröpfchen von der Nase.

»Heißt du etwa nicht so? Wie nenne ich dich denn sonst?«, fragte Alfred noch immer herausfordernd. Aber jeder im *Schippen* vernahm nun das unsichere Zittern in seiner Stimme, er konnte die Angst einfach nicht länger unterdrücken. Auge in Auge mit diesem Kerl, dessen stierenden Blick so dicht vor dem eigenen Gesicht, dass er die Bartstoppeln hätte zählen oder die rauen Zahnflächen hätte ablecken können.

Vielleicht, weil er sich zu sehr auf diese Kleinigkeiten konzentrierte, sah Alfred nicht kommen, dass Wilhelm den vor ihm stehenden halb vollen Bierkrug packen und ihn mit einer schnellen Hakenbewegung gegen seine Nase schmettern würde. Umnebelt von einer Wolke aus Bier und Glassplittern fiel er von seinem Barhocker und landete unter dem Raunen der Männer und dem Ächzen der Dielen auf dem Rücken. Ein jeder im *Schippen* war aufgestanden, und sie alle versammelten sich nun um das am Boden in Bier und Scherben liegende Häuflein Elend. Einer der Alten klopfte Wilhelm auf die Schulter, ein zahnloser, aber fetter Kopfschlächter am hinteren Ende des Tresens kicherte nervös. Gottlob blickte ausdruckslos auf den ohnmächtigen Alfred und die kleinen Glassplitter, die in dessen Nase steckten und im flackernden Lampenlicht fast erhaben funkelten. Wilhelm beugte sich zu dem Jungen hinab und brüllte ihm ins Gesicht:

»Du bist doch ein nutzloses, hündisches Balg! Was sagt denn der Fritz zu deinen Ideen? Na, wahrscheinlich nicht viel, das muss wohl in der Familie liegen. Erst verlieren sie den Krieg und dann das Rückgrat. Aber eines merkst du dir besser: Ich bin noch immer Oberscharführer Wilhelm Linzner! Heute wie gestern.«

»Wilhelm«, mahnte Gottlob schließlich mit leidender Miene und fasste seinem Freund an die Schulter.

»Das reicht jetzt, ich bitte dich.«

Der Oberscharführer schnaufte angestrengt und laut, zerkaute sich nachdenklich die spröden Lippen und wog offenbar das wünschenswerteste Ende dieser Situation ab. Dann spuckte er dem armen Alfred geräuschvoll ins Gesicht und nahm, schon sichtlich ruhiger, wieder auf seinem Barhocker Platz.

»Den Krug zahl ich dir, Gottlob«, meinte er beiläufig und leerte dann den seinen in einem einzigen, gierigen Zug. Gottlob nickte zufrieden und bat zwei der umstehenden

Männer, den Versehrten nach Hause zu tragen und sich um ihn zu kümmern. Die beiden Männer in Alfreds Alter hoben ihn widerwillig auf, schleppten ihn unter Mühen aus dem Schankraum hinaus und schmissen ihn vor der Eingangstür ins Gras. Ein paar der übrigen Gäste verließen den *Schippen* und eilten mit mitleidigem Blick an Alfred vorbei, aber die meisten, und das hätte vielleicht einige Herren in der *Sonne-Post* interessiert, rückten ihre Stühle näher hin zu dem Mann mit den willensstarken Augen und den guten Argumenten, zum Oberscharführer Wilhelm Linzner, und der Zahnlose gab ihm einen aus.

Dinge nehmen ihren Gang, wie die Blätter im Herbst von den Buchen und den Birken schweben. Auf und ab, in Schwingen und im Kreise, aber letzten Endes stets abwärts, zum Boden hin. Niemandem erschien das Geschehene ungewöhnlich oder besonders überraschend, wenn auch nicht gerade vorhersehbar. Vielleicht war es nicht erfreulich, das wohl nicht, aber was dann?

Martha kann gar nicht so genau sagen, was sie an dieser Geschichte eigentlich stört. Vielleicht der zarte Ansatz eines Vorwurfes, der darin mitschwingt. Andererseits, der war ja durchaus berechtigt. Und überhaupt, was bedeutet heute noch ein alter Vorwurf, da das Karussell sich seitdem so viele Male gedreht hat. Vielleicht ist es ja auch einfach nur die Tatsache, dass Alfreds Rolle bei der Landrätekonferenz mit jedem Mal wächst, fast wie der Vesuv, wenn Alfred mal wieder von dessen Besteigung schwadroniert.

Frieder hat sich die gesamte Zeit über nicht gerührt, es ist schwer auszumachen, ob sich in seinen vom Zigarettenqualm verkniffenen Augen Stolz oder Gleichmut spiegelt, oder ob vielleicht sein Geduldsfaden gleich reißt, aber der

Chronist ist sich zumindest sicher, dass es keine Scham ist. Niemand schert sich weniger um alte Vorwürfe als Frieder, aber er kann es nicht leiden, wenn ein anderer als er selbst zu wissen meint, wie sein Vater gewesen ist.

»Warum redest du eigentlich so gerne über die Väter anderer und so ungern über deinen eigenen, Alfred?«

Jetzt, da Frieder es sagt, fällt es auch dem Chronisten auf. Wilhelm, Gottlob, Erwin ... über sie alle weiß Alfred eine Menge zu erzählen, aber Fritz taucht nur selten in seinen Anekdoten auf.

»Man könnte meinen, du schämst dich für ihn.«

»Wieso fängst du jetzt damit an?«, fragt Alfred sichtlich gereizt. »Er hat mit dieser Sache einfach nichts zu tun gehabt, das ist alles.«

Aber das lassen sie alle nicht gelten, das ist natürlich Quatsch. Da zeigt sich Alfreds recht willkürlicher Umgang mit den Rollen, die er den jeweiligen Personen zuteilt, ahnt der Chronist.

»Dein Vater war doch Stammgast bei uns«, wirft Martha entrüstet ein, pikiert angesichts dieser fadenscheinigen Ausflucht, sie lässt sich nicht länger für dumm verkaufen.

»Das ist nämlich eine saugute Frage, wo er ausgerechnet an diesem Abend gewesen sein soll, das würde mich also nun wirklich auch mal interessieren«, setzt Frieder nach.

»Na, jetzt bitte, nur weil er gerne mal einen gehoben hat, muss er doch nicht jeden Abend hier gewesen sein.«

»War er aber, daran kann selbst ich mich noch erinnern«, beharrt Martha. »Hast du ihn im *Schippen* an jenem Abend gesehen oder nicht?«

Alfred blickt hilfesuchend zu Hilde, die aber schweigt, was soll sie auch dazu sagen, die Jüngste. Außerdem amüsiert es sie, wie der kleine Mann in Bedrängnis gerät und hektisch an seinen Hosenträgern herumzufummeln beginnt, und sie bewundert auch Frieder ein Stück weit dafür, wie er wieder einmal den wunden Punkt gefunden und getroffen hat.

»Ja, ich hab ihn gesehen, was soll's? Mein Vater ist aber gegangen, bevor Wilhelm hereingepoltert kam. Er konnte mir also gar nicht helfen, und ich hab ihm nie Vorwürfe gemacht.«

»Auch nicht, als er am nächsten Abend hier stand und sich von meinem Vater einen hat ausgeben lassen, als Entschädigung für deine zerschnittene Nase?«, bohrt Frieder weiter, wahrscheinlich ins Blaue hinein, denn wissen kann er es ja nicht. Aber plausibel klingen tut es, das weiß auch Alfred.

»Weißt du, was? Red du doch über deinen Alten, und ich rede über meinen«, zischt er ungewohnt barsch und erhebt sich, um auf die Toilette zu gehen.

Frieder sieht ihm hämisch nach, dafür muss er seinen ganzen wirbelsteifen Oberkörper drehen, aber das gönnt er sich, und raunt ihm hinterher: »Genau so machen wir das, Alfred. So und nicht anders.«

KAPITEL 11

Das vorige Jahr war immer besser.
Schwäbisches Sprichwort

Es gibt viele Metaphern für das Leben. Einen Boxring, eine Achterbahn, ein Spiel – einig ist man sich, dass das Leben nicht immer gleich verläuft, und manchmal ist eine Spanne von zehn Jahren so schnell erzählt wie ein einziger Nachmittag.

»Als junger Mann, als junger Mann! Was wollt ihr denn immer darüber reden, was die Menschen früher gemacht haben? Zählt es denn nichts mehr, was man im Alter macht?«

Der Chronist kann förmlich spüren, wie Frieders Genörgel die anderen erfasst und hier und da ein zustimmendes Nicken auslöst, weil einfach mal wieder etwas dran ist an dem, was dieser streitbare alte Hund sagt.

Frieder ist heute jemand im Dorf, obwohl ihn niemand im eigentlichen Sinne zu mögen scheint. Niemand sucht ohne Grund seine Nähe, es gibt keinen, der nicht heimlich die Augen verdreht angesichts seiner ausschweifenden Monologe. Sein Desinteresse am Gegenüber ist offensiv, sein ewiges Schimpfen und Lästern füllt viele Fässer zugleich. Und doch ist der eine oder andere insgeheim stolz darauf, mit ihm gesehen zu werden. Man erkennt es an ihren Gesichtern, wenn sie energisch den Blick der Nachbarn suchen, und wenn sie dann mit zufriedener Miene feststellen, dass jemand neidisch, aber um Heimlichkeit bemüht, zu ihnen herüberlinst. Frieder ist ein unangenehmer und lauter Kerl, aber vielleicht, weil er die Augen von Wilhelm hat, schadet ihm das nicht. Von seinem Vater hat er außerdem etwas Wichtiges gelernt, nämlich dass die Menschen dich nicht zu mögen brauchen, damit sie zu deiner Beerdigung kommen.

Wer legt fest, ob einer ein Jemand ist oder ein Niemand? Perspektiven sind eine tückische Sache. Der Chronist weiß genau, warum er nicht bewertet, auch wenn es ihn bisweilen reizt. Die Macht, die er damit über seine Protagonisten gewinnt, gerade in einem Dorf wie Rillingsbach, das einem jeden seinen Platz nur einmal zuordnet, macht scheu. Diese Scheu ist allerdings nicht allen gegeben.

Wilhelm hatte seine Perspektive stets als wichtig genug empfunden, um sie wie eine Tatsache zu behandeln. Das galt besonders für die Beurteilung seines Sohnes, die nicht gerade wohlwollend ausfiel. Frieder hatte einfach nicht denselben Biss wie er selbst. Schon dessen Großvater, Wilhelms Vater, hatte nichts zustande gebracht und nur mit Müh und Not den Hof erhalten, dabei aber mehr Wert vernichtet als geschaffen, oder wenigstens erworben. Der Oberscharführer hingegen hatte diesen Hof ausgebaut, hatte Streuobstwiesen, Weideland und Ackerflächen gekauft, den angrenzenden Schuppen von den Wursters übernommen und darin einen Pferdestall eingerichtet, die Geräte modernisiert und somit nach und nach das Hofgut Linzner, neben dem *Schippen* natürlich, zum heimlichen Zentrum Rillingsbachs erhoben. Die Bilanz eines Jemands. Und Frieder, sein Sohn? Was hatte er beizusteuern?

Er war folgsam, beinahe sklavisch, und erfüllte alles, was

sein Vater ihm auftrug – die Ziehharmonika, den Hundertmeterlauf, die Feldarbeit –, mit hastiger Begeisterung. Darüber hinaus allerdings akzeptierte er keine Autoritäten und verhielt sich rebellisch sowohl gegen Lehrer wie auch gegen seinen Ausbilder bei der Firma *Kettele* und überhaupt jeden, der nicht Wilhelm war.

Der Chronist bemerkt an dieser Stelle die schelmischen Blicke, die Hilde und Frieder austauschen. Ein wenig schmeichelhaft ist ein solcher Ruf eben doch, der Ruf des Rebellen, und auch diese Gemeinsamkeit verbindet.

Groß zu sein, ist von Vorteil, wenn man etwas darstellen möchte, auch wenn es nicht notwendigerweise eine Bedingung ist. Frieder jedenfalls ist ein großer Mann, groß und breit wie ein Kontrabasskoffer. Alles, was man über große Männer sagt, hat auch Frieder schon zu hören bekommen. Pranken habe er, breit wie Schaufeln, und Stiefel so mächtig wie Panzerkreuzer. Und tatsächlich: Wenn er das Tabakdöschen und das Flachspapier vor sich ausbreitet, um Zigaretten zu drehen, wirkt er wie ein Riese, der ein Zirkuszelt faltet.

Der Chronist registriert, nicht ohne Süffisanz, dass Frieder sich bei all seiner Verachtung für Alfreds Amerika-Enthusiasmus gewissermaßen zu einem schwäbischen Cowboy entwickelt hat, mitsamt Hut und Hank Häberle. Er hat Land, er hat Vieh, er hat verdammt bissige Köter, und er hat ein Arsenal an Revolvern und Jagdbüchsen, manches davon ist geerbt, das meiste aber über verschlungene Pfade erstanden.

Einer, der etwas darstellt, weiß immer, wen er anrufen oder aufsuchen muss, um eine Sache zu besorgen oder ein Problem loszuwerden. Einer, der etwas darstellt, sitzt beim

Maifest auch nicht am Ende der Bierbank, sondern genau in der Mitte. Einer, der etwas darstellt, lädt noch einmal die Gabel voll und schiebt sich Kartoffelsalat in den Mund, obwohl alle bereits darauf warten, dass er seine gewichtige Meinung kundgibt. Und gerade, weil er etwas darstellt, ist es mühsam, ein Gespräch mit Frieder zu führen.

Nach Wilhelms Tod kündigte er seine Stelle als Mechaniker bei der Firma *Kettele*, in der er ohnehin nie wirklich Fuß fassen konnte, weil er überall aneckte, und baute mithilfe des Erbes seines Vaters den landwirtschaftlichen Betrieb wieder auf, der während des Krieges schleichend verfallen war. Diese Entscheidung war nur folgerichtig. Mit Wilhelm starb die einzige Person, deren Meinung in seinem Leben irgendeinen Stellenwert besessen hätte, und zu einem Dasein als austauschbares Glied in einer hierarchischen Struktur, wie zum Beispiel in einer Firma, war er schlicht außerstande. Man kann Frieder vieles vorwerfen, aber er versteht etwas von seiner Natur.

Später heiratete er eine Frau, die er schon seit der Schulzeit kannte. Das graue Geschöpf mit dem Namen Friederike hatte er ebenfalls aus einem sicheren Gespür für den menschlichen Charakter heraus erwählt, denn sie zweifelte seine unangefochtene Position niemals an und erlag zu gegebener Zeit klaglos ihrer Leberzirrhose. Eine typische, wenn auch vielleicht nicht gerade klassische Liebesgeschichte. Und wahrscheinlich, gerade weil sie so verflucht typisch ist, spricht Frieder nur selten davon. Wenn er seine tote Frau doch einmal erwähnt, dann meist, um eine andere Geschichte einzuleiten. Er sagt zum Beispiel:

»Als meine Frau noch lebte, hätte ich ja noch nicht in den Puff gemusst, obwohl ich auch schon damals ...«, oder: »Zum

Vierzigsten von Friederike sind wir über das Wochenende nach Prag gefahren, und dort, das kann ich euch sagen ...«

Es ist eine sachliche Melancholie. Oder eine melancholische Sachlichkeit?

Zuvor hatte sie pflichtbewusst zwei Söhne zur Welt gebracht, für die Frieder die Namen Wilhelm und Hermann bestimmte. Das allerdings sollte sein einziger konstruktiver Beitrag zum Leben der beiden bleiben. Mehr Einfluss als bei dieser Entscheidung gewann er nie wieder, und nach den ersten Enttäuschungen verlor er auch das Interesse daran. Seine Rolle war beendet. Wenn überhaupt, dann prägte er ihre Entwicklung auf eine abschreckende Weise. Es wurde eine hoffnungslose Beziehung, ein ewiges Missverständnis. In einem kleinen Dorf ist der gemeinsame Takt alles, denn Interferenzen machen ein Scheitern unausweichlich. Und für eine Familie mit dieser Vergangenheit gilt das erst recht.

Störfeuer und Vergeltungsaktionen prägten die Tage. Frieder zwang seine Söhne zur Feldarbeit, doch sie erledigten ihre Aufgaben berechnend langsam und verkehrt, jedenfalls vermutete er, dass sie das taten. Beim Heuen rechten sie krumme Schwaden oder verstreuten die ganze Mahd, anstatt sie sauber aufzuladen. Selbst die Rechen machten sie einen nach dem anderen kaputt, indem sie an ihnen zogen wie die Ochsen, wenn sie sich im Gras verhakt hatten. Sie pflügten den Acker und verloren dabei die Spur, und sie sortierten beim Äpfelauflesen die Fauligen nicht heraus. Es war für Frieder vollkommen unverständlich, wie man sich so dumm anstellen konnte, es sei denn, derjenige tat es mit Absicht. In jenen Jahren, den Kindheitsjahren seiner Söhne, eignete sich Frieder eine allgegenwärtige Wut an, die er nie mehr loswurde. Wenn diese später, als er längst wieder allein lebte, doch einmal abklang, dann vermisste er sie sogar. Eine plötzliche Unruhe überfiel ihn in solchen Momenten, und er wandelte durch die Tage wie durch einen wirren Traum. Seinem Leben fehlte die Schärfe, die Kontur, wenn er nicht wüten konnte. Es zermürbte ihn, wenn er keine neuen Reize mehr fand, denn nichts schien mehr irgendeinen Unterschied zu machen, und vom Unterschied lebt ein Mann wie Frieder.

Dabei richtete sich seine Wut gar nicht gegen die Fehler seiner Söhne an sich, sondern vielmehr gegen die Tatsache, dass sie versuchten, ihn lächerlich zu machen. Sie erkannten seine Ordnung der Dinge nicht an. Nur natürlich, meint Frieder, dass er auch vor körperlicher Züchtigung nicht zurückscheute, um dieses Schmierentheater zu beenden. Ebenso natürlich, aber das behält der Chronist lieber für sich, dass er damit nichts erreichte, denn tatsächlich waren die Buben nun einmal Kopfmenschen. Ihre Gedanken kreisten um die ganze Welt, auch wenn ihre Körper noch nicht nachziehen konnten. Was später auf sie wartete, dessen waren sie sich sicher, war so groß, dass es ihnen sinnlos schien, im Kleinen, in Rillingsbach, überhaupt erst anzufangen. Sie interessierten sich nicht für die Arbeit auf dem Feld, aber sehr wohl für alles, was jenseits davon geschah. Die Schule war nicht Frieders Priorität, aber zumindest, was sie betraf, musste er sich nie Sorgen um seine Söhne machen.

Frieder interessiert sich nicht für Ursachenforschung, er sei doch kein Psychologe. Ob Absicht oder nicht, letzten Endes waren die beiden für ihn und die Landwirtschaft unbrauchbar, und er konnte ihnen seine Ideale nicht einprügeln, auch wenn er es mit großer Ausdauer versuchte. Er fand keine Mittel mehr, nicht in der Gewalt und erst recht nicht in der Diplomatie. Was hätte er ihnen auch bieten können, wo er doch zu keinem Zeitpunkt verstand, wonach seine Söhne eigentlich verlangten. Zum Geburtstag schenkte er Hermann einen Werkzeugkasten für Kinder – mit Hammer, Schraubenzieher und Schleifpapier –, und die Tränen des Jungen trockneten nur langsam in Friederikes bleichen, kraftlosen Armen. Es war, als versuchte ein begriffsstutziger Fleischer, einen Vegetarier zu bestechen, indem er sein Angebot wieder und wieder, stetig wütender werdend, um ein weiteres Rückenstück erhöht. So groß war das Ausmaß der Kommunikationsstörung, dass selbst ein dermaßen konstruierter Vergleich die Frustration aller Beteiligten nur unzureichend erklärt. Schließlich gab Frieder seine Söhne auf, und es war eine Erlösung, nicht nur für ihn selbst.

Trotzdem kehrte keine Ruhe ein, denn Frieder verkannte das zugrunde liegende Problem, verkennt es bis heute, und der Krieg verlagerte sich lediglich an neue Schauplätze. An einem langweiligen Vormittag im Herbst verbrannten die Jungs die Ausgabe des *Schwarzen Korps* mit dem viertelseitigen Porträt ihres Großvaters Wilhelm darin. Im Gegenzug verbrannte Frieder die Zeitungsartikel über die RAF, mit denen sie ihre Zimmerwände beklebt hatten. Die Liste derartiger Zusammenstöße ist schier endlos.

So schnell es das Gesetz erlaubte, mittlerweile mit Vollendung des achtzehnten Lebensjahres, kehrten Wilhelm und Hermann Rillingsbach den Rücken. Nichts und niemand hielt sie zurück, abgesehen von einem schlechten Gewissen gegenüber ihrer Mutter, deren geisterhafte Existenz ihnen außerhalb des Dorfes jedoch schnell unwirklich erschien, wodurch dieses Gefühl seine Dringlichkeit verlor. Sie starb kurz nach Hermanns Auszug und erzwang damit ein letztes Wiedersehen im Rahmen einer bescheidenen Trauerfeier im alten Schulgebäude. Ihre latente Radikalität hatten sie weitgehend abgelegt, der eine Sohn war auf dem Weg in die Lokalpolitik, der andere lebte als Journalist irgendwo im Ausland, aber weder das eine noch das andere erfüllte Frieder mit Stolz oder Respekt. Sie waren ihm fremd, er spürte es an diesem Tag deutlicher denn je. Sie hatten nicht einmal seine Augen, und wenn er ihnen in dieselben blickte, erkannte er nichts, was ihm vertraut gewesen wäre.

Es gibt also durchaus Dinge, über die Frieder nicht gerne spricht. Kaum einer kennt etwa seine Angewohnheit, sich jede Nacht, bevor er die Augen schließt, Zeige- und Mittelfinger der rechten Hand in den Mund zu schieben und in Gedanken abzudrücken. Eine Gleichgültigkeit liegt in diesen Worten, beinahe schon eine Sattheit, die nicht so recht zu seinem unreflektierten Wesen passt. Vielleicht hat er es ja einfach dahingesagt, oder es war bloß ein dummer Scherz. Vielleicht sprach er von jemand anderem, und der Chronist hat einen Fehler gemacht. Aber vielleicht wächst dieser Gedanke, vor Generationen gesät, in Rillingsbach auch ganz natürlich mit.

Nein, nein, ein gebrochener alter Mann sei er nicht, versichert Frieder, wieso denn auch? Aber dass es in Rillingsbach bald keine Linzners mehr gäbe, das mache ihn schon betroffen. Der Chronist glaubt es ihm und wird selbst fast traurig dabei, obwohl Frieder über seine Söhne nicht anders spricht als über Friederike oder Galloway-Rinder. Aber etwas wird vergehen, und das birgt für einen Chronisten, der hauptberuflich Schlussstriche zu setzen hat, immer ein delikates Gefühl der Schwermut.

Die Frage, warum er nicht eine richtige Waffe nimmt, mit einem richtigen Abzug und einem richtigen Bumms, ist sicherlich etwas grob, was Hilde aber nicht davon abhält, sie zu stellen. Frieder ist zum Glück Pragmatiker genug, um einzusehen, wie vernünftig diese Frage ist, und Vernunft war ihm schon immer wichtiger als Befindlichkeiten. Der Chronist ahnt ohnehin bereits, dass es einen Punkt gibt, an dem es nicht mehr um die Kugel geht.

»Ich hatte angenommen, das sei offensichtlich. Ich kann es mir nicht leisten zu sterben. Ich habe Verpflichtungen. Ich habe Kinder, wo zum Henker sie auch sein mögen. Es ist noch zu viel übrig, um es zu vererben.« Er kokettiert damit, als genieße er den Verfall. Und wieso auch nicht, er kommt schließlich nur einmal über einen.

»Ist es die Einsamkeit?«, fragt der Chronist vorsichtig.

»Unsinn!«, wehrt Frieder ab. »Die Einsamkeit ist nie das Problem. Es ist nur dieses Gefühl, übrig zu sein.«

»Du hättest nicht einsam bleiben müssen, Frieder«, wirft Hilde ein, ohne dabei aufzusehen.

Der Chronist registriert einen eigentümlichen Ausdruck in Frieders Gesicht, den Hildes Bemerkung offenbar ins Straucheln gebracht hat. Es zeigt Überraschung, das auf jeden Fall, und ein Anteil Ärger ist auch dabei. Ist da aber nicht noch mehr? Der Chronist könnte sich täuschen.

»Ich sage doch, die Einsamkeit ist nicht das Problem.«

»Und überhaupt ist es oben, an der Spitze, sowieso immer einsam, gell, Frieder?«, fügt Alfred zwinkernd hinzu, nicht bemerkend, wie grotesk unpassend diese Anbiederung ist.

»Ihr redet beide einen Mist daher, wenn ihr mir erzählen wollt, dass ihr euch nicht einsam fühlt«, beharrt Hilde. »Ihr könntet gar nicht hier beieinandersitzen, Tag für Tag, wenn es euch nicht noch mehr zuwider wäre, allein zu sein.«

»Ich habe nicht gesagt, dass ich keine Einsamkeit verspüre«, brummt Frieder. »Ich sagte nur, dass sie nicht das Problem ist.«

»Was ist dann das Problem, Frieder, verrate es uns«, faucht Hilde.

»Ob ich allein war oder unter Leuten, hat mich nie gekümmert.«

«Was dann?«

«Der Reiz ist ein bisschen weg, und das fehlt halt, meint ihr nicht? Früher haben die Menschen darüber geredet, was einer getan oder nicht getan hat, und alles hatte Konsequenzen. Heute gleicht jeder Tag dem vorherigen, und nichts macht mehr irgendeinen Unterschied. Nein, der Reiz ist weg, und damit der Spaß. Ich sage es euch ganz ehrlich: Selbst wenn ihr morgen alle unter der Erde liegen würdet, säße ich wieder hier und wäre nicht viel einsamer als heute. Mit Ausnahme von Martha natürlich, jemand müsste ja den *Schippen* aufsperren.«

Es wird quietschend ein Stuhl gerückt, und nur weil der Chronist flinke junge Augen hat, kann er noch sehen, wie Frieder reflexartig versucht, die aus dem Raum stolzierende Hilde zurückzuhalten.

»Hoffnungsloser alter Schwachkopf«, wirft sie ihm mit einem nachsichtigen Lächeln über ihre Schulter zu, und der Chronist muss zugeben, dass ihr das verdammt gut steht. Frieder kratzt sich verlegen den Hals.

»Danke für die Blumen«, meint Martha trocken zu ihm, als er sich wieder umgewandt hat und wortlos den Bierkrug an die Lippen führt.

Frieders Kampf gegen die Selbstaufgabe erscheint dem Chronisten respektabel, doch jeder Kampf wird schwierig, wenn einem niemand mehr dabei zusieht. Es empfiehlt sich daher, die Spannung hochzuhalten.

Jeden Samstagnachmittag, während der Halbzeitpause der Fußballbundesliga, schießt Frieder im Garten hinter der großen Scheune ein Revolvermagazin leer. Er zielt dabei auf nichts Bestimmtes, sondern feuert einfach in schneller Abfolge acht Kugeln in den Wald hinein. Es spielt auch keine Rolle, ob der VfB gewinnt oder verliert, nur anfangs tat Frieder es noch, um die Nerven zu beruhigen. Heute ist es ein Ritual, und niemand stört sich mehr daran. Frieder ist ein Jemand, und die Menschen erwarten von ihm, dass er diesen Status bis zu einem gewissen Grad ausreizt und ihn bei Bedarf verteidigt. Er kann es dem Bernauers Willi deshalb nicht einfach durchgehen lassen, wenn dieser mit seinem Traktor an dem großen Apfelbaum vor dem Haus hängen bleibt und einen Ast abreißt. Er darf nicht akzeptieren, dass sich der Wert seines Grundstücks mindert, weil sein Nachbar Bernd einen Geräteschuppen zu nahe an die Grenze gebaut hat. Am Ende muss die Bilanz immer stimmen. Mehr Wert muss geschaffen werden als vernichtet. In einem solchen Fall schließt Frieder alle Fenster in seinem Haus und führt ein Fass *Soich* auf das Feld neben Bernds Garten, am besten dann, wenn der gerade ein Grillfest feiert. Es ist besser, zu zerstören als zu verlieren. Die Sitten sind rau, aber sie gründen auf einem ausgeprägten und nicht verhandelbaren Sinn für Gerechtigkeit. Auf derartige Vorfälle muss man immer eine Antwort haben, bis die Menschen lernen, wer du bist. Und es bleibt auch dabei, dass ein Mann manche Dinge einfach nicht tut, wenn er etwas darstellt. Dazu zählt auch,

Fehler einzugestehen, die man nicht begangen hat, nur um einen Riss zu kitten. Risse sind zu verkraften, eine Schuld ist es dagegen nicht.

Hilde betritt im Stechschritt wieder den Schippen und lässt sich wortlos auf ihrem Platz nieder. Sie zündet sofort eine Zigarette an und bläst den Rauch zur Decke hinauf, kaut auf ihren roten Fingernägeln und würdigt Frieder keines Blickes.

Die dritte Generation, so heißt es manchmal, richte alles zugrunde. Die erste erschaffe, die zweite bewahre, die dritte zerstöre. Aber nicht alle wissen, wie man bis drei zählt.

KAPITEL 12

A long, long time ago
I can still remember
how that music used to make me smile.
Don McLean – American Pie

»Ach herrje, die Siebziger.« Hilde verdreht genießerisch die Augen und schnippt zu Don McLeans lange nicht gehörter und schmerzhaft vermisster Stimme. Vergessen sind Frieders grobe Worte, vergessen auch Hildes rätselhafte Reaktion, die den Sohn des Oberscharführers für einen Moment ins Wanken brachte. Der Chronist schmunzelt über diesen Gedanken, wer spricht von Vergessen in der Anwesenheit eines Chronisten?

Those were the days my friend. Auch das hält der Chronist fest, so wird es dann wohl gewesen sein. Als Zuhörer tut er sich allerdings schwer damit, zu erkennen, worin sich Hildes Leben in den Siebzigerjahren von jenem in den späten Sechzigern unterschied. Er registriert einen signifikanten Anstieg im Konsum von Rauschgift, aber der Strom riss sie noch immer in dieselbe Richtung wie eh und je, nämlich flussabwärts.

»Man kann diese Zeit nicht beschreiben«, meint Hilde kopfschüttelnd. »Man muss sie ganz einfach erlebt haben.«

Wieder herrscht eine betroffene Stille im *Schippen*, wie

überhaupt auffällig oft, wenn sie ihre fluoreszierenden Erinnerungen ausbreitet und durch die stickige Luft flimmern lässt, zufällig wie die Töne eines verstimmten Windspiels. Etwas schwingt darin mit, das die Menschen auf eine nicht ganz nachvollziehbare Weise anrührt.

Von Heilbronn nach Stuttgart, von Stuttgart nach Heidelberg, von Heidelberg nach Wiesbaden, von Wiesbaden nach Freiburg. Hier ein Job, da eine Liebschaft, Studenten und Ideen, eine goldene Zukunft, am Ende nur versilbert, wenn überhaupt. Aber das Leben war billig und hatte Lautstärke zu bieten. Sie lehnt es ab, hier weiter ins Detail zu gehen, sei es aus einem plötzlichen Anflug von Pietät oder Scham heraus, oder weil ihr schlicht die Erinnerung fehlt. Dem Chronisten jedenfalls mangelt es an Fantasie, um ein solches Leben ohne Hilfe einzufangen und auszufüllen. Alles in allem verursachte sie eine Menge Lärm, so viel ist sicher. Als sie sich aber dem Ende ihres dreißigsten Lebensjahres näherte, wurde ihr klar, dass sie den Antrieb verloren hatte. Vielleicht lag es auch nur daran, dass es mittlerweile jüngere und schönere Frauen gab als sie, und, was sie beinahe am meisten schockierte, auch wildere. Rätselhafte, grünäugige Dinger, ruhig und kraftvoll wie Wanderdünen, mit einer fatalistischen Hingabe an das Rauschen, auf einer rücksichtslosen und selbstvergessenen Jagd, die sie mitten durch den Sturm trieb und dabei meist zerschlug und in alle Windrichtungen davontrug wie Sandkörner. Sie nötigten Hilde Respekt ab. Wäre sie noch einmal zwanzig gewesen, vielleicht wäre auch sie noch weiter gegangen.

Sie schleuderte die Pumps von ihren Füßen, zog die bequemen Joggingschuhe an und beschloss, endlich nach Hause zu gehen. Warum erst jetzt, will der Chronist von Hilde wissen. Worauf wartete sie all die Jahre, warum trieb sie das Spiel, bis es nicht mehr ging? Hilde nickt gelangweilt, wahrscheinlich hat sie sich diese Frage selbst oft gestellt und schließlich mit resoluter Endgültigkeit beantwortet.

Welchen Wert hat eine Sache, bei der du dir selbst versprechen musst, es sei das letzte Mal, wieder und wieder, aber stets vergeblich? Es muss wohl der Gegenwert einer Zukunft sein, nicht mehr und nicht weniger. Entweder das, oder es ist alles ohne Sinn.

Sie ging aber nicht nach Hause, sondern tat etwas anderes. Wie das Eingeständnis einer Niederlage fühlte es sich an, als sie dem inneren Drang nachgab und begann, alles aufzuschreiben. Widerwillig, misstrauisch und stolz öffnete sie sich dem Papier, denn noch immer waren Texte für sie die langweiligste und kraftloseste aller Ausdrucksformen. Gleichzeitig waren sie für ihre Gedanken aber auch die zweckmäßigste, und nebenbei die einzige, die ihr offenstand, denn was brauchte man schon dafür? Keine Kamera und keine Staffelei, nur einen Stift und ein Stück Papier und jede Menge Zeit, und wie sie feststellte, stand ihr all das zur Verfügung.

An einem grauen Septembertag, so grau wie die Hafenanlagen Heilbronns, setzte sie sich ohne besonderen Grund in das Auto ihres Freundes und folgte ziellos dem Neckar auf seiner Reise nach Norden und Westen, bis sie Schloss Heidelberg erreichte und den Motor abstellte. Der Regen trommelte auf das Dach des Wagens, und Hildes Welt, die nunmehr aus nichts als einem leeren Parkplatz bestand, verschwamm vor ihren Augen. Aus dem Handschuhfach zog sie ein kleines Notizbuch und einen Bleistift, sie selbst hatte beides hineingelegt, und fing an, Worte aneinanderzureihen. Sie wusste einen Anfang und kannte bereits das Ende. Dann schrieb sie etwas anderes, das dazwischen gehörte. Sie fügte hier und dort etwas hinzu, ehe ihr wieder neue Erinnerungen einfielen, die auch auf das Papier wollten. Noch mehr Worte setzte Hilde hintereinander, und bald begann ihr Unterbewusstsein, sie alle zu verknüpfen. Es entwickelten sich ohne ihr Zutun, scheinbar mühelos, Symbole und Rückbezüge, die unterschiedlichen Passagen vernetzten sich unter ihren schweigenden Blicken zu einem Ganzen, die Worte bildeten ein immer dichter werdendes Gewebe, bis zuletzt ein schweres und kompaktes Etwas aus ihnen wurde. Sie spann und webte zwischen den Wörtern und Sätzen, zwischen den Passagen, sie spann und spann und spann und fühlte sich wie eine Spinne, eine Wörterspinne. Nackte Körper, riskierte Achtung, geopferte Unschuld, ein Drang nach unten zum Grund und eine vielfältige Bandbreite von kleinen Helfern, liquid, oral und intravenös, eine schier unerschöpfliche Quelle. Dazu kamen die Träume; und die unvermeidliche Frage, ob wahr oder nicht, wurde plötzlich zweitrangig. Sie ahnte, dass sie gut war, und empfand eine kühle Verachtung dabei. Es war so einfach, man setzte sich einfach vor ein Blatt Papier und begann zu bluten.

Ganze Nächte hindurch konnte Hilde schreiben, die Ideen schienen ihr niemals auszugehen. Sie spielte mit dem Gedanken, einige besonders gelungene Passagen an ihre Mutter zu schicken, zu welchem Zweck auch immer. Als gute Geste, als Lebenszeichen, vielleicht als Entschädigung. Mit Sicherheit als Provokation.

Sie hatte geglaubt zu verstehen, wie man den Leser belügt. Über die Jahre war ihr immer daran gelegen, dass Elisabeth sich keine Sorgen machte, und dementsprechend hatte sie die Briefe verfasst. Dabei, das wusste sie selbst am besten, gab es zur Sorge doch so viel Anlass. Am Ende waren ihre Bemühungen vergebens. Hätte Hilde doch nur gewusst, wie viele Sorgen ihre Mutter sich trotz allem um sie machte.

»Konntest du dir das nicht denken, Hilde?«, sagt Martha scharf. »Hast du wirklich geglaubt, du verschwindest einfach und niemand würde es bemerken? Erzähl mir nicht, du hättest es nicht geahnt.«

Hilde wirft den Kopf herum, ihre Augen funkeln angriffslustig.

»Aber ich habe ihr doch immer geschrieben, du dumme Nuss! Wie hätte ich wissen sollen, was sie umtreibt?«

Martha schmeißt den Lumpen in die Spüle und stützt sich vor Hilde auf den Tresen. Auch sie ist gereizt.

»Vielleicht, indem du ihr deine Adresse verraten hättest.«

»Vielleicht geht dich das aber auch gar nichts an, hast du daran schon gedacht? Immer mischst du dich ein, lässt nicht locker, drückst herein wie die Kälte, und dabei weißt du doch gar nichts besser als wir anderen. Das ist es, was ich an diesem Kaff so hasse. Es gibt einfach keinen Abstand. Es gibt nur das Dorf und die Welt, und was im Dorf passiert, passiert euch allen.«

Hilde nimmt einen tiefen Schluck und fährt dann etwas ruhiger fort.

»Ich war viel unterwegs.«

»Das ist bekannt.«

Das Gelächter der Männer erträgt Hilde mühelos, aber Marthas Vorwürfe ärgern sie. Sie ärgern Hilde, weil hinter ihnen etwas anderes steckt, was mit ihr im Prinzip gar nichts zu tun hat, aber Martha scheint das einfach nicht zu begreifen. Getrennte Lebenswelten, die alte Geschichte.

Anscheinend wird Martha des Schmerzes nicht müde, sie schätzt wohl dessen reinigende Kraft, und wer tut es nicht? So bekommt sie es eben noch einmal zu hören.

»Ich war ruhelos«, erwidert Hilde also. »Ich war ruhelos, verdammt noch mal! Davon verstehst du überhaupt nichts. Man sollte keine Briefe lesen, wenn die Ruhe fehlt. Beim Schreiben ist es allerdings ganz hilfreich.«

Als sie entgegen ihrer Gewohnheit doch einmal den Briefkasten öffnete und vollkommen unerwartet einen Brief aus Rillingsbach darin fand, erschrak Hilde beinahe zu Tode. Unwillkürlich suchte sie die Umgebung nach Elisabeth ab, ließ ihren Blick die Straße hinauf und hinunter schweifen und erwartete, den Kopf ihrer Mutter sogleich an einer Häuserecke oder hinter dem Steuer eines Autos zu entdecken. Nachdem sie den Umschlag hastig aufgerissen und die kurze, in schulbuchmäßiger Schreibschrift verfasste Nachricht überflogen hatte, beruhigte sie sich wieder. Es war zunächst kein unangenehmes Gefühl, doch dann erschien ihr die Ruhe plötzlich bedrohlich. Eine stumpfe Leere legte sich über die Welt, die ihr nicht behagte. Sie wurde noch ruhiger und schließlich sogar so ruhig, dass sie glaubte, ihr Herz höre auf zu schlagen. Niemand würde kommen, um Hilde nach Hause zu holen, denn es war Martha, die ihre Adresse ausfindig gemacht hatte. Sie war frei. Schon wieder.

Am zweiundzwanzigsten Dezember 1979 hörte Elisabeths sorgenvolles Herz einfach auf zu schlagen. Sie hatte sich auch an diesem Tag nichts zuschulden kommen lassen, sich nach dem Nachtgebet reinen Gewissens und in banger Angst in das alte Ehebett im Schlafzimmer des Hauses der Familie Kienle gelegt. Ob sie ihre Seele in dieser Nacht nun aushauchte oder ausseufzte, darüber lässt sich streiten, jedenfalls tat sie es im Alter von gerade einmal zweiundfünfzig Jahren.

Vielsagende Blicke wurden vor der Grube gewechselt, und die Trauergemeinde hielt nur mit Mühe für einige Augenblicke still, während Elisabeth von vier Männern, schwarz wie Krähen gekleidet, zu ihrem Erwin in die gefrorene Erde hinuntergelassen wurde. Der Kirchenchor begleitete die blechern klingende Kantate des Musikvereins, doch Elisabeths zarte Stimme wurde hörbar vermisst. Zuvor hatte Pfarrer Holzknecht einige Worte gesprochen und bei dieser Gelegenheit vor allem ihre Frömmigkeit und Gottesfürchtigkeit lobend hervorgehoben.

Die Widerlichkeit der Symbolik, sie lauert hinter jeder Tür und in jedem Bilderrahmen, und sie zwingt sich erbarmungslos auf. Das ewige Gefühl, dass da noch eine Sache ist, irgendetwas, das nicht verstanden wurde. Martha wollte nach ihrer Ziehmutter sehen, nachdem sie an zwei Tagen in Folge vor den verschlossenen Türen der Bücherei gestanden hatte.

Elisabeth lag im Ehebett, das Zimmer war eiskalt. Langsam, vorsichtig trat Martha heran, der sich schüchtern abzeichnende zerbrechliche Körper in den weißen Laken unter der weißen Decke erinnerte sie an eine dahinschmelzende Winterlandschaft.

Auf dem Nachttisch lag eine Bibel, darin fand Martha mit Bleistift markierte Verse. Sie befühlte mit spitzen Fingern die Kerben in den Bettpfosten und betrachtete dann ihre Hand, als erwartete sie Stigmata. Wie nur hatte Elisabeth all die Jahre in diesem Bett schlafen können? Darüber hing ein Bild, *Der breite und der schmale Weg*, Martha betrachtete es lange. Sie waren alle da, der Vater, der Sohn und der Heilige Geist. Auf der gegenüberliegenden Seite der Wand einige Fotografien. Es waren die drei Männer, die sie am meisten bewunderte. Hemingway, Fitzgerald, Faulkner.

Unter dem Bett fand Martha einen Schuhkarton voller Briefe.

Der Menschen Leichname sollen liegen wie der Mist auf dem Felde.

Dann rief sie einen Krankenwagen.

Bis zu dem Tag, an dem der Brief sie erreichte, hatte Hilde ihre Erinnerungen nur aufgeschrieben, doch nun beschloss sie, sie zu veröffentlichen. Außerdem war es endgültig an der Zeit, nach Hause zu gehen, zurück nach Rillingsbach. In das Haus ihrer Eltern zu ziehen, erschien ihr dabei nur konsequent, doch bald schon begannen sie Zweifel zu plagen. Sie schlief im Zimmer ihrer Eltern, kochte in ihrer alten Küche und stand auch wieder auf dem Balkon genau wie damals, und all das versetzte sie in einen Zustand nervöser Anspannung. Sie hatte genug Erfahrung mit Dämonen, viele hatten sie über die Jahre heimgesucht, doch vor den ältesten fürchtete sie sich noch immer am meisten.

Nie hätte sie geglaubt, hier noch überrascht werden zu können, und doch waren da plötzlich Dinge, die ihr früher entgangen waren. Es gefiel ihr, im Regen auf der Veranda zu schreiben, denn das Prasseln der Regentropfen auf der Pergola gab ihrer Fantasie einen Takt vor, den sie halten konnte. Mit Verwunderung entdeckte sie eine Seite an sich, die sie nicht gekannt hatte, eine Seite, die nach Ruhe strebte. An warmen Tagen besuchte sie den alten, mittlerweile verfallenen und überwucherten Holzschuppen, wo noch immer die morschen Scheite auf dem Boden lagen. An kalten Tagen suchte sie sich eine ruhige Ecke in der Bücherei, wo Martha ihr eine Tasse heißen Kaffee hinstellte und neugierige Blicke auf ihr Manuskript warf. Sie war ihr darüber hinaus auch bei der Suche nach einem Verlag behilflich, unterstützte sie beim Verfassen eines aussagekräftigen Exposés und formulierte höfliche Anschreiben. Hilde nahm an, dass sie ganz einfach Teil einer bedeutenden Sache sein wollte, einer richtigen Geschichte, zum ersten Mal in ihrem Leben. Möglicherweise, so die Randnotiz des Chronisten, hoffte Martha aber auch, dass die Verlage Hildes Manuskript ebenso abschmetterten wie ihre eigenen Versuche. Ein hässliches Gefühl, und im Grunde wusste sie es besser.

Einmal saß Hilde auf der Veranda und tippte gedankenlos eine monotone Melodie in die Schreibmaschine, da hörte sie von der anderen Seite des Regenvorhangs eine heisere Stimme.

»Hallo, Frieder«, antwortete sie ruhig.

Eine Frau wie Hilde blüht ab in Schönheit und Würde, genau wie die Magnolie in Frieders Garten. Ihr Verfall hat etwas von Poesie. Und wie jedem Menschen steht ihr die Gleichgültigkeit, die damit einhergeht, ausgezeichnet.

Als Frieder, vom Regen durchnässt und geduckt wie ein geprügelter Hund, sie unter der Pergola fragte, ob er ihr die Füße küssen dürfe, war sie nicht schockiert. Über die Jahre hatten die Männer schon sehr viel verrücktere Dinge von ihr verlangt, und sie wusste keinen Grund, warum sie ausgerechnet Frieder eine Bitte hätte abschlagen sollen. Ihre Erinnerung an ihn war nebelig, aber sie glaubte nicht, dass er sich ihr gegenüber jemals herablassend verhalten hatte. Außerdem schätzte sie Leute, die ihrem Fetisch nachgaben. Es verlieh ihnen Tiefe, wenn auch vielleicht nicht gerade

Würde. Ob Frieder das Thema peinlich sei, will der Chronist von ihm wissen. Nicht besonders, erwidert dieser, er habe die Sache beinahe vergessen. Eine Blödelei, mehr nicht, für ihn letztendlich bedeutungslos.

Da ist es wieder, eines dieser kleinen, angeblich bedeutungslosen Geheimnisse zwischen Frieder und Hilde, dem Chronisten fallen sie schon seit geraumer Zeit auf, nur hat er sie lange für Zufälle und weiße Mäuse gehalten, er dachte, er wollte da vielleicht bloß etwas sehen, was gar nicht da war. Nun aber hätte er am liebsten die Hände triumphierend auf den Tresen geschlagen, er hat eben doch richtig hingesehen. Alfred schaut mit hochgezogenen Brauen vom einen zum anderen, Marthas Lippen kräuseln sich leicht amüsiert. Mehr ist dazu aber offenbar nicht zu sagen, und der Chronist nimmt es hin, selbst für eine Dorfchronik sind manche Dinge eben zu privat.

Hilde schrieb nur dieses eine Buch, es war kein sehr großer Erfolg. Zu experimentell für Laien, urteilte das Feuilleton, aber zu banal für Literaten. Für Bürgermeister Sanzenmaier hingegen erwuchsen daraus gewisse Möglichkeiten. Ein willkommenes Gegengewicht, ein positiver Beitrag, und bald bestaunte die interessierte Öffentlichkeit im Bürgerhaus gleich zwei Exponate von überregionaler literarischer Tragweite, noch dazu handsigniert. Das eine trug den Titel *Vier Stunden im Feld,* das andere hieß *Hintergrundrauschen.*

»Elisabeth wäre sehr stolz auf dich gewesen«, sagt Martha nüchtern und wischt gedankenverloren etwas Dreck von ihrer Schürze.

»Hättest du ihr nur eine Chance dazu gegeben.«

Der Chronist muss nicht erst Hildes Gesicht sehen, um zu wissen, dass der Ton gleich rauer werden wird, und er fragt sich, weswegen Martha die junge Hilde nun provoziert, er muss etwas versäumt haben.

»Weißt du, Martha«, setzt Hilde an, und der Chronist horcht auf, weil, was auch immer nun folgt, so explizit an Martha gerichtet ist, dass es sich nur um einen Frontalangriff handeln kann.

»Ich habe immer gewusst, dass Gottlob meinen Vater erschossen hat.«

»Mein Gott, Hilde«, erwidert Martha und verdreht genervt die Augen. »Wie oft müssen wir uns das denn noch anhören? Morgen ist es dann wieder Wilhelm gewesen, und am Dienstag irgendein anderer. Du weißt, dass ich Verständnis für deine Lage habe, ich musste dich aufwachsen sehen mit diesem Kreuz, und glaub mir, du hast mir leidgetan. Aber dein ewiges Sperrfeuer, es wird mir allmählich langweilig.«

Hilde schlägt mit der flachen Hand auf den Tresen und kreischt: »Dein verfluchter Vater war es, und jeder weiß das. Du bist gelangweilt, Martha? Dann bist du endlich auch verrückt geworden, so verrückt, wie es deine ganze selbstverliebte Sippschaft gewesen ist. Ihr seid doch alle verrückt! Ihr sitzt hier, Tag für Tag, seit Jahren schon, kein Stück besser als eure versoffenen Väter vor euch, und ihr redet über denselben Mist wieder und wieder und glaubt tatsächlich daran, dass ihr euch nicht zuwider seid, als ob ihr nicht darauf wartet, endlich allein die Stufen vom Schulhaus hinunterzusteigen. Dein Vater war ein Feigling und ein Mörder, Martha, und genauso feige bist du selbst dein Leben lang gewesen. Feige, langweilig und ohne Richtung.«

»Halt deinen dreckigen Mund und verschwinde«, erwidert Martha leise und stellt ein weiteres Glas Jacky-Cola vor Hilde ab, was natürlich einen Widerspruch birgt, aber der Chronist kann nicht genau sagen, welcher Teil davon nun ernst gemeint ist.

»Warum redest du über Feigheit? Du bist doch abgehauen, nicht ich, und ganz sicher nicht mein Vater.«

Mit einer schnellen Handbewegung wischt Hilde das Glas vom Tresen, das daraufhin an der Wand zerschellt, und der Chronist betrachtet mit Abscheu die zähe schwarze Flüssigkeit, die an der Raufasertapete hinab zum Boden fließt.

»Du weißt es!«, schreit Hilde, und dann noch einmal, noch hysterischer, und wieder und wieder, bis sie nicht mehr kann und alles verstummt bis auf das Kratzen des Kugelschreibers, den der Stenograf hektisch über das Papier sausen lässt.

»Er war es nicht, Hilde.«

Der Chronist hält bestürzt inne und sieht zu Alfred, denn es ist ungewöhnlich, dass dieser offen und direkt widerspricht, noch dazu in solch einer aufgeheizten Situation. Alfreds Blick ruht fest auf Hilde, und sonst regt er sich nicht, das Cappy wirft einen Schatten auf sein unbewegtes Gesicht, die Unterarme ruhen auf dem Tresen, es gibt keine Übersprungshandlung.

Da registriert der Chronist mit Sorge eine Unregelmäßigkeit in der Atmosphäre, die er nicht recht zuordnen kann. Vielleicht schlagen die alten Herzen mit einem Mal wieder schneller, helleres Blut rauscht durch die porösen Arterien, und der Sauerstoff dringt tiefer in die Lungen. Etwas liegt in der Luft, die unter der knarzenden Dielendecke zu stehen scheint, etwas Schweres, wahrscheinlich Altes. Der Chronist kann deutlich spüren, dass sich eine vermeintlich vor langer Zeit verlernte Nervosität unter den Alten breitmacht, ein uralter Instinkt erwacht, nicht länger ein Atavismus. Hildes

Augen sind geweitet, sie starrt Alfred an, wie auch alle anderen im Raum es tun, mit Ausnahme des Chronisten, der eifrig protokolliert. Wildtieren, Rehen im Besonderen, sagt man die Gabe nach, vorauszusehen, wenn eine Katastrophe bevorsteht. Der Chronist hat sich schon oft gefragt, warum diese Viecher dann so oft überfahren werden, aber nun, da er die erstarrte Hilde betrachtet, wird ihm klar, wie groß die Anziehungskraft einer Katastrophe unter den richtigen Umständen sein kann.

»Was soll das heißen?«, will Martha wissen.

»Ja, was zum Teufel soll das bedeuten?«, poltert Frieder. »Woher willst du das plötzlich so genau wissen?«

Es ist verständlich, aber auch ein wenig bizarr, dass Alfred diese Situation genießt. Die Art und Weise, wie er noch einen tiefen Schluck aus dem Bierkrug nimmt, bevor er fortfährt, erinnert den Chronisten an jemanden, und er ist sich sicher, dass es Martha und Hilde genauso geht.

»Ich weiß es, weil ich dort war«, sagt er schließlich.

Martha entfährt ein schrilles Kichern, das sie sofort mit vors Gesicht geschlagenen Händen wieder hinunterwürgt. Frieder indessen starrt diesen sonderbaren kleinen Mann mit dem Lakers-Cappy, dem er längst keine Überraschungen mehr zugetraut hatte, weil er allgemein annahm, in seinem Leben nicht mehr überrascht werden zu können, ausdruckslos an.

»Alfred, was redest du da für einen Mist?«, fragt er.

»Überleg dir gut, was du sagst«, meint auch Martha und greift über den Tresen nach Alfreds Hand, die dieser schnell zurückzieht. Er schüttelt ungeduldig den Kopf.

»Ich war nicht in der Hütte«, beeilt er sich zu erklären, »aber ganz in der Nähe. Damals war ich sehr oft nachts im

Wald. Immer, wenn ich nicht schlafen konnte, was quasi ständig der Fall war. Mir hat die frische Luft gutgetan, und es war immer ein bisschen unheimlich, wenn der Uhu geschrien hat, und dann war es ein gutes Gefühl, wieder ins Bett kriechen zu können. Heute mache ich das nicht mehr, es kommt offensichtlich nichts Gutes dabei heraus. Dafür schlafe ich seitdem fast immer schlecht und sitze die halbe Nacht vorm Fernseher.«

»Und schaust amerikanische Kriegsfilme«, ergänzt Frieder.

»Und schaue Kriegsfilme«, bestätigt Alfred. »Die amerikanischen Kriege haben mich immer interessiert.«

Martha sieht ungeduldig vom einen zum anderen.

»Und da hast du es gesehen?«, will sie wissen.

»Ich hab es nicht direkt gesehen«, erwidert Alfred zögerlich und rutscht auf seinem Hocker hin und her, »aber ich habe beobachtet, dass Erwin allein mit seiner Büchse in den Schuppen gegangen ist. Und den Rest habe ich gehört.«

Der Chronist kritzelt hektisch alles mit, er will wissen, ob Erwin auch ihn sehen konnte, und wie er es denn letzten Endes mit dieser langen Büchse bewerkstelligt habe.

»Wie er es genau gemacht hat, weiß ich auch nicht, schließlich stand ich nicht neben ihm«, antwortet Alfred unwirsch. »Aber ich war immer der Ansicht, dass er es selbst getan haben könnte. Irgendwann hat einer behauptet, er habe zu kurze Arme dafür gehabt, und plötzlich war das eine Tatsache, aber ich habe das schon damals für Unsinn gehalten. Er hatte Arme wie ein Orang Utan.«

Jemand ruft leise Alfreds Namen, doch der Chronist scheint der Einzige zu sein, der die schwache Stimme wahrnimmt.

»Aber gesehen hat er mich. Mein Gott, er hat mich angesehen, und ich war mir sicher, er würde mich erschießen. Er hat nicht auf mich gezielt, aber wie er da stand, im Dunkeln zwischen den Tannen, das Gesicht weiß wie Schnee unter der Kapuze. Ich habe ihn vor dem Krieg ja nicht gekannt, aber er sah aus wie einer, der verlernt hat, Gesichter zu lesen, und mein Vater meinte einmal zu mir, dass das mit den Menschen im Krieg passiere. Er stand dort wie auf einem Podest, und ich glaube sogar, sein Gesicht hat ein bisschen geleuchtet. Dann hat er sich abgewandt und ist in den Schuppen gegangen.«

»Alfred!«

Hilde nestelt in ihrer Handtasche und findet ihr Feuerzeug, macht aber keine Anstalten, es zu benutzen. Die Hand mit der Zigarette lässt sie sinken, das weiße Papierröllchen knistert in der geschlossenen Faust. Der Chronist stellt sich vor, wie ihre Gedanken um einige warme Sommernächte unter freiem Himmel kreisen oder um einen grauen, verregneten Tag an einem namenlosen Fluss. Er wittert einen Gedanken, nur ganz greifen kann er ihn noch nicht.

»Alfred, warum hast du nie etwas davon gesagt?«, fragt Martha.

»Ja, du blöder Hund, warum hast du nichts gesagt?«, will auch Frieder wissen.

Alfred reibt sich das Kinn, als gäbe es dort Bartstoppeln zu befühlen, und antwortet dann: »Ist das nicht logisch? Ich hatte Schiss, ist doch klar.«

»Blödsinn«, dröhnt Frieder und verzieht das Gesicht, als bereiteten ihm diese faulen Ausreden körperliche Schmerzen. »Es hat dir ganz einfach gefallen, hab ich nicht recht?«

»Was soll mir daran gefallen haben? Du hast keine Ahnung von der Angst, wenn du das wirklich glaubst.«

»Ach, hör auf! Du hattest keine Angst, jedenfalls nicht vor der Polizei. Du fandest es bloß aufregend, wie sich das ganze Dorf das Hirn zermartert hat, während du als einziger Mensch auf dieser Welt wusstest, was los war. Das fühlt sich gut an, nicht wahr? Die Gewalt darüber, ob Männer wie mein Vater oder Gottlob, Leute, die dich und deinen Alten nie so richtig ernst genommen haben, mit einem Makel durchs Leben gehen oder nicht.«

Alfred schüttelt den Kopf und rückt sich abermals das Lakers-Cappy zurecht, obwohl es nicht verrutscht ist. Der Chronist, von diesem Anblick merkwürdig gerührt, bemerkt plötzlich aus dem Augenwinkel, wie Frieder sich erhebt. Einen Moment lang befürchtet er eine Handgreiflichkeit und will sich schon aus dem Staub machen, doch Frieder ist zu wackelig auf den Beinen und sinkt gleich wieder auf den Hocker zurück, ohne Alfred aus den Augen zu lassen. »Hast du ein Glück, Freundchen«, scheint er zu denken. »Hast du ein Glück, dass wir nicht dreißig Jahre jünger sind.« Er wartet geduldig, bis Alfred wieder zu ihm hinübersieht, dann fährt er fort.

»Aber hast du dich damit am Ende nicht vielleicht selbst am meisten geschunden, Alfred? Dieses Geheimnis zu tragen und es niemals aussprechen zu dürfen, weil es sonst seinen Reiz verloren hätte. So einen Trumpf kann man ja nur einmal ausspielen, und man muss sich gut überlegen, wann der richtige Zeitpunkt dafür gekommen ist. Und das also ist er nun, Alfred?«

Alfred will etwas erwidern, schluckt es aber zunächst hinunter. Schockierend exakt war diese Beobachtung von Frieder, der Chronist ist beeindruckt. Sie kennen einander wohl wirklich, man könnte sie fast alte Freunde nennen, und er kann spüren, wie es in Alfred arbeitet, wie er einen Hebel sucht.

»Das ist doch alles Quatsch«, meint er dann bloß, aber Frieder lässt nicht locker.

»Es war schon damals so eine fixe Idee von dir, nicht wahr? Dort zu sein, wo Menschen gestorben sind. Nein, du hattest keine Angst, vor wem denn auch? Keiner hätte dir das zugetraut.«

»Das hätte Wilhelm aber nicht daran gehindert, mich kaputt zu machen.«

Anstatt zu antworten, wirft Frieder den Kopf ruckartig in den Nacken und reißt den Mund auf wie ein Karpfen, seine Empörung ist grenzenlos. Erst nachdem er sich wieder gefangen hat, leckt er sich die trockenen Lippen und poltert los.

»Du redest einen Scheiß daher, Alfred. Mein Vater hätte dich mit Sicherheit ein bisschen durch die Mangel gedreht, bis er sicher gewesen wäre, dass du auch wirklich nichts damit zu tun hast. Dann hätte er dich aber in Ruhe gelassen.«

Alfreds Mund entfährt ein verächtliches Grunzen.

»Vergiss nicht, dass dein Vater selbst von vielen im Dorf verdächtigt wurde, Frieder. Und dann willst du mir allen Ernstes erzählen, dass er mich nicht geopfert hätte? Denk doch nur daran, wie er mit Mangelhardt umgegangen ist.«

»Ach was, Mangelhardt! Der hat sich sein Schicksal selbst ausgesucht. Aber was hast du getan, damit man diese Geschichte nicht meinem Vater oder Gottlob in die Schuhe schiebt? Du hättest sie alle entlasten können, stattdessen hast du sie ein Leben lang als halbe Mörder durch das Dorf laufen lassen.«

»Haltet den Mund«, zischt plötzlich Martha, und alle folgen ihrem Blick zu Hilde, die sich an der Theke festkrallt und deren Schnaufer stetig schneller und mühsamer werden, sodass ihr Körper erzittert und der Chronist Sorge hat, dass sie gleich hyperventiliert.

»Warum hast du es mir nicht gesagt, Alfred?«, will sie wissen, ihre Lippen beben, in der dick aufgetragenen roten Farbe zeichnen sich Risse ab.

»Das habe ich doch eben erklärt.«

»Nein, ich meine später. Warum hast du es mir nicht gesagt, nachdem ich zurückgekommen war? Es war doch so viel Zeit vergangen, niemand hätte sich mehr dafür interessiert, aber du hättest es mir sagen müssen. Warum hast du es nicht getan, Alfred?«

Auch der Chronist ist verwirrt. Hildes Frage drängt sich natürlich auf, warum nur hat Alfred es nicht gesagt? Aber weil es dafür eine breite Palette sowohl plausibler Erklärungen als auch möglicher Ausflüchte gibt und der Chronist mit Letzterem rechnet, findet er eine andere Frage eigentlich noch interessanter, nämlich jene, die Frieder angedeutet und Alfred überhört hat. Warum um alles in der Welt spricht Alfred ausgerechnet jetzt darüber, da all das doch längst Vergangenheit und, wenn man einen Moment lang so ehrlich sein will, ohne Bedeutung ist? Der Chronist rätselt, ob dies nun wirklich der bestmögliche Zeitpunkt für diesen Trumpf war, oder ob es vielleicht ganz einfach nur der letzte gewesen ist. Die Stille ist marternd, der Chronist kann sich nicht daran erinnern, wann Martha das Radio ausgeschaltet hat. An den zuckenden Bewegungen auf Alfreds Wangen sieht er, dass der bereits fieberhaft Worte formt und wieder zerschlägt, bevor sie nach außen dringen können, wo er keine Gewalt mehr über sie hat. Und dabei haben die Leute ihn immer dafür gescholten, dass er den Mund nicht halten könne.

»Warum, Alfred?«, kreischt Hilde.

Alfreds Selbstsicherheit schwindet, aber er bleibt dabei, er hat richtig gehandelt.

»Und was dann, Hilde? Was hätte das geändert? Du warst die Hälfte deines Lebens auf der Flucht. Was wäre diese Hälfte noch wert gewesen? Was ist sie nun wert, da du es weißt? Ich wollte dir das nicht nehmen, du bist so stolz darauf gewesen. Kein Mensch sollte auf diese Weise ruiniert werden. Was wäre ich ohne Schattenbach und Bingham, und ohne diesen Sommer, ohne dieses Gedicht?«

Hilde hat den Kopf in die Hände gestützt, das dünne Haar fließt ihr zwischen den Fingern hindurch, und einige Strähnen kräuseln sich in dem Glas, das Martha, einem tief verankerten Automatismus gehorchend, schon wieder vor ihr auf den Tresen gestellt hat.

»Arschloch«, murmelt Hilde.

Alfred ist ehrlich betroffen.

»Ich hätte doch kein Recht dazu gehabt, Hilde«, erwidert er kraftlos.

Hilde hebt wieder den Kopf, sie hat sich etwas beruhigt und nimmt schniefend die Sonnenbrille ab. Der Chronist kann erstmals ihre großen, nassen Augen sehen, die sich aber so gar nicht mehr für ihn interessieren.

»Dass du es wagst, von Recht zu sprechen.« Sie schlürft an ihrem Jacky-Cola, schluchzt dabei aber laut auf, und weißer Schaum sammelt sich auf der Oberfläche des Getränks.

»Dass es hier irgendeiner wagt, von Recht zu sprechen.«

ABSCHIED

How can I heal if I can't feel time?
Leonard Shelby, Memento

Endlich verebben die Worte, wieder einmal, wohl bis zum nächsten Mal, wenigstens für heute. Erinnerungen müsse man stets pflegen, hat einmal ein kluger Mann zum Chronisten gesagt, sie gingen sonst nicht etwa ein, sondern wüchsen einem über den Kopf. Und da wolle sie kein vernünftiger Mensch haben.

Und doch ist sich der Chronist unsicher, ob nicht genau das geschehen ist. Wer hat noch gleich die Kartoffeltriebe erwähnt, war es Martha oder Alfred, er jagt durch seine Notizen. Man kann die Fenster noch so gut vernageln, irgendwann fällt doch wieder ein Lichtstrahl herein, schlimmer noch, jemand hat ihn in den *Schippen* hereingelassen, er hat die Fotografien überbelichtet und die amerikanische Flagge endgültig ausgebleicht.

Ohne Worte gibt es keine Geräusche mehr im *Schippen*, man könnte die von den Wänden hängenden Posterfetzen im Wind rascheln hören, wenn da bloß welcher wäre. Im *Schippen* wird Schweigen nicht zwangsläufig als unangenehm empfunden, man ist daran gewöhnt, doch normalerweise ist die Lautlosigkeit nicht mehr als eine Pause: Ein Ton verklingt, ein anderer baut sich auf. Die Stille, die der

Chronist jedoch in diesem Moment misst, kennzeichnet sich nicht durch die Abwesenheit von Stimmen, sondern durch die Nichtexistenz von Dingen, die zu sagen wären, und selbst der Hintergrund hat aufgehört zu rauschen.

Hilde hat sich gefangen, zieht bloß noch hin und wieder geräuschvoll die Nase hoch, und Alfred sieht ihr mit zur Seite geneigtem Kopf dabei zu. Sein mitleidvoll verkniffenes Gesicht wirft um die Augen kleine Fältchen, die dem Chronisten bislang nicht aufgefallen waren. So wird vielleicht Gottlob ausgesehen haben, stellt er sich vor, bevor er den Fuchs mit dem gebrochenen Lauf erschießen musste. Alfred hat jedoch keine Mittel, das Leiden zu lindern, das er selbst verursacht hat, er kann nur schweigen und hoffen, dass sich die alten Wunden schließen, wie sie es immer getan haben.

Auch wenn die Stille nicht ganz und gar unangenehm ist, stellt Martha beiläufig das Radio wieder an.

You can hear the whistle blow a hundred miles.

Der Chronist schmunzelt und sieht Alfred an, dann die anderen, aber niemand erwidert sein Lächeln. Es mag ein Insider sein, aber ein Witz ist es ganz bestimmt nicht.

Ein Stuhl wird gerückt, Frieder schnellt wuchtig in die Höhe und schmeißt ein paar Münzen auf die Theke.

»Ja, da leck mich doch am Arsch«, brummt er und stolpert davon in Richtung Ausgang.

»Bist du morgen wieder hier?«, ruft Alfred ihm hinterher. »Zum Gaigelabend?«

Ohne zu antworten, schleppt sich Frieder zur Tür, wo er innehält und sich doch noch einmal umdreht.

»Martha, den Krug zahl ich dir.«

Martha schaut ihn fragend an.

»Welchen Krug? Du hast doch heute gar keinen zerbrochen.«

»Richtig«, antwortet Frieder zögerlich. »Richtig.« Und dann hebt er die Hand zum Abschiedsgruß, und der Chronist lässt ihn, verzichtet auf eine persönliche Verabschiedung. Mit Frieder ist er nicht recht warm geworden, zumal ein anderer kluger Mann den Chronisten vor ihm gewarnt hatte.

Der andere kluge Mann war Alfred, und der nickt jetzt im Takt der Musik, oder in dem, was er für den Takt hält. Der Chronist bemerkt, dass er zu langsam ist, als gäbe es unter all dem Getöse und Gesinge noch eine andere Melodie, die ihm genug Zeit lässt für all die Erinnerungen, die dabei aufkommen.

»Kommst du auch zum Gaigelabend?«, will er vom Chronisten wissen. »Wir suchen immer Frischfleisch.«

Der Chronist lehnt ab, er wolle heute noch nach Hause fahren und sein Buch beginnen. Nur aus Interesse wüsste er aber doch ganz gerne, wer sonst noch so käme?

»Bisher sind wir nur zu zweit«, antwortet Alfred unbekümmert, als wäre das jetzt ein ganz dummer Zufall, als stürmte normalerweise sonntags das halbe Dorf in den *Schippen* hinein. Aber daran, dass Frieder auch morgen wieder mit ihm an dem schweren Eichentisch sitzen wird, hat er offenbar keinerlei Zweifel. Was soll auch schon dazwischenkommen?

Dieser sympathische alte Kauz. Alfred hat den Chronisten vielleicht am meisten überrascht, und nicht nur ihn. Auf jedem Berg ist er gewesen, und jedes Meer hat er befahren, und solange er lebt, werden seine Erinnerungen wohl weiterwachsen. Wie oft war Alfred dort, wo Geschichte geschrieben wurde, und wie vieles hat er gesehen, das niemand sonst gesehen hat? Dass ihm manches davon erst Jahre später wieder einfällt, wenn andere schon wieder beginnen, die Dinge zu vergessen ... der Chronist schüttelt nachdenklich den Kopf, ein angenehmer Schauer lässt seinen Blick zu den Fotos schweifen, ihm ist etwas für sein Buch eingefallen. Die Erinnerung, notiert er sich schnell, sei stets wechselhaft, genau wie das Wetter, doch sogleich streicht er den Satz mit Nachdruck wieder durch, das wäre für einen Chronisten doch wohl reichlich diffus.

Dann erhebt sich auch Alfred und meint, dass er nun nach Hause müsse. Der Chronist fragt ihn, weswegen, er wohne doch nur zwei Stockwerke über dem *Schippen*.

Das gibt Alfred zu, bleibt aber bei seinem Entschluss. »Ich kann schließlich nicht den ganzen Tag hier sitzen.« Und diesmal verkneift sich der Chronist die Frage, weswegen das nicht gehe, wahrscheinlich hat es mit den Filmen zu tun, oder möglicherweise auch mit den Fotos. Fast alles hat bei Alfred am Ende in der einen oder anderen Weise mit den Fotos zu tun.

Er gibt dem Chronisten die Hand und fragt, ob dieser ihm nicht später ein signiertes Exemplar zuschicken könne. Der Chronist wehrt eilig ab, er wisse ja noch gar nicht, ob es überhaupt gedruckt werde, aber er tue sein Möglichstes. Alfred verspricht, ihm die Daumen zu drücken, ehe er sich auf seinen kurzen Heimweg macht. Fast gerührt beobachtet der Chronist, wie Alfred beim Vorbeigehen Hilde zögerlich über die Schulter streicht, die keine Reaktion zeigt.

Nachdem der Alte den Raum verlassen hat, sitzt der Chronist noch eine ganze Weile mit den Frauen am Tresen. Sie erscheinen ihm, jetzt kann er es ja sagen, in gewisser Hinsicht gefestigter als die beiden Männer, anpassungsfähiger, robuster. Das Hadern gehört dazu, aber sie erwarten vom Chronisten nicht, dass er ihre Vergangenheit umschreibt.

Geredet wird nicht mehr. Es dauert eine Weile, bis dem Chronisten klar wird, wie blau Hilde tatsächlich ist. Er stellt ihr zwei Fragen, beide hängen mit ihrer Schriftstellerkarriere zusammen, aber sie bekommt die Dinge nicht mehr zusammen, die Antworten nicht mit den Fragen, die Wörter nicht mit den Gedanken. Er muss nicht hinter ihre Sonnenbrille sehen, um zu wissen, dass sie ins Leere starrt. Dann erhebt sich Hilde von ihrem Hocker, balanciert einen Moment auf ihren hohen Hacken und schiebt sich ganz dicht an den Chronisten heran.

»Schreibst du uns?«, haucht sie ihm ins Gesicht.

Der Chronist versteht nicht recht. Was er ihnen denn schreiben solle, will er wissen, ob auch sie von dem Buch spreche. Hilde reibt sich die Stirn.

»Egal«, beschließt sie dann.

»Dein Buch, oder einfach etwas Schönes«, schlägt Martha vor, »und schick uns ein Bild von deiner Familie.«

Hilde schüttelt energisch den Kopf.

»Halt deinen Mund, Martha«, sagt sie, ohne den Blick vom Chronisten abzuwenden.

«Es ist mir ganz gleich, nur bitte mit Absender«, säuselt sie, und womöglich ist da so etwas wie ein Zwinkern, wahrscheinlich mit beiden Augen, weil es die Motorik nicht anders zulässt, aber diesmal ist die Sonnenbrille wirklich im Weg. Bevor der Chronist reagieren kann, drückt sie ihm einen dicken Schmatzer auf die Wange und schreitet schließlich, ein anderes Wort fällt dem Chronisten nicht ein, aus dem *Schippen*. »Bis morgen!«, ruft ihr Martha hinterher, etwas verärgert offenbar, dass sich keiner von ihr verabschieden möchte, oder vielleicht hat sie auch eine Entschuldigung erwartet, sie scheint es nie zu lernen.

Der Chronist atmet durch und schaut sich noch einmal in Ruhe um, Martha sieht ihm aufmerksam dabei zu. Etwas Lauerndes härtet ihren Blick, etwas, das zum Chronisten sagt, »na, nun mach schon«. Aber er kann nicht machen, er hat für den Moment den Faden verloren.

»Komm mit«, sagt Martha dann, schaltet das Radio für diesen Tag endgültig aus und nimmt eine leichte Jacke vom Haken neben dem Tresen. Der Chronist folgt ihr, in Erwartung der Pointe.

Wir vernachlässigen die Gegenwart, wenn wir uns erinnern, weiter nichts, sinniert der Chronist. Es reist schließlich keiner tatsächlich in der Zeit zurück. Martha stellt trotzdem fest, dass es an warmen Tagen manchmal noch wie früher sei, und der Chronist will nicht widersprechen, schließlich tut sie damit auch niemandem weh. An warmen Tagen, ganz recht, da könne man sich noch immer am Ufer des Rillingsweihers auf einen Baumstamm setzen und die Spaziergänger beobachten.

Dann und wann kommt einer vorbei, den man kennt, jemand aus Rillingsbach, aber wenn nicht, dann ist das auch nicht schlimm. Der Weiher braucht die Menschen nicht, der Wald braucht sie auch nicht, nur die Menschen brauchen die Menschen. Fast genau fünfundfünfzig Jahre ist es her, dass Martha hier am Weiher stand, mit einem gelb-roten Heftchen in der Hand, und er blieb damals so stumm wie heute.

Die panischen Blicke, das unwohle Gezappel, wenn die Dämme erst einmal brechen. Man sieht dem Chronisten an, wie unangenehm ihm das ist, wie sehr er fürchtet, es könne ein falsches Wort fallen. Wenn es passiert, zuckt er wie unter einem Peitschenhieb, als habe es ihn verbrannt. Kein Wunder, dass die Alten unter sich bleiben, in einem Dorf, das seine Trauerfeiern im Schulhaus begeht.

Apropos verbrennen, mit der Chronik wird das nichts. Der Chronist hat bewertet, er hat es ja selbst gemerkt. Und wenn er ganz ehrlich sein soll, ist da doch auch keine Substanz, die Unstimmigkeiten sind viel zu groß, nichts passt zusammen, und von den Fakten will er gar nicht erst anfangen. Offenbar hat er sich geirrt, als er glaubte, es ginge ihn etwas an.

Als er es Martha gesteht, schiebt sie die Unterlippe etwas nach vorne, ein Schmollmündchen, wie man es eher von Hilde erwarten würde, aber dann schüttelt sie den Kopf und schneuzt sich geräuschvoll die Nase mit ihrem riesigen roten Stofftaschentuch. Dann sei ja alles umsonst gewesen, sagt sie ohne Vorwurf, eher mitleidig. Der Chronist schweigt betreten, ihn schmerzt allein schon der Gedanke, dass Alfred vergeblich auf ein signiertes Exemplar warten wird. Martha holt aus ihrer Schürze ein Kräuterbonbon, wickelt das Papier ab und legt dem Chronisten das glasig-braune Würfelchen in die Hand. Vielleicht finde er ja bald ein Dorf, das mehr Sinn ergebe, meint sie schmunzelnd. Und irgendwie trifft ihn diese Bereitschaft, ersetzt zu werden, unvermittelt heftig. Es waren schließlich keine Platzhalter, nach denen er gesucht hatte.

»Mein Vater behauptete bis zuletzt, er habe einmal Buckelwale gesehen«, erwähnt Martha beiläufig, während der Chronist seine Tasche im Kofferraum verstaut. Er verabscheut tränenreiche Abschiede, doch dieser verläuft bis jetzt recht nüchtern. »Niemand konnte so recht nachvollziehen, wann oder wo das gewesen sein sollte, und manche vermuteten, er habe es bloß geträumt. Das schien mir damals durchaus vernünftig.« Am rötlich schimmernden Abendhimmel ziehen die Flugzeuge weiße Streifen in den Horizont. Martha wiegt bedächtig den Kopf, darin geht ihr wieder die Idee von Ferne herum. Hinter der Fachwerkfassade eines schönen Bauernhauses am Hang erklingt gedämpft ein Lied, gespielt auf einer Ziehharmonika, und jetzt weiß der Chronist auch, wo Frieder wohnt, wo Wilhelm gelebt hat, und wo zwei junge Männer, ein Lokalpolitiker und ein im Ausland lebender Journalist, ihre Wurzeln haben.

»Einmal meinte Elisabeth zu mir, meinen Geschichten fehlten die Adjektive. Bei mir sei die Luft weder warm noch kalt, das Laub weder grün noch bunt.« Mit ihren müden, braunen Augen blinzelt sie den Chronisten an, wirkt friedfertig, fast salbungsvoll, als gäbe es nichts zu bedauern.

»Aber wen interessiert es, ob es nach Heu riecht oder nach Scheiße, wenn die Flugzeuge kommen?« Dann, ohne nachtragend zu sein, umarmt sie den ob der derben Worte erstaunt dreinblickenden Chronisten. All die Zeit hat er Martha für eine Frau gehalten, die sich lieber die Zunge abbeißt, als so etwas zu sagen. Seine Erwartungshaltung, er sieht es nun ein, hat sich längst selbständig gemacht.

Endlich, nachdem Martha wieder die Stufen hinaufgestiegen ist, um ihren Platz hinter dem Tresen einzunehmen, steht der Chronist allein auf der Straße vor dem *Schippen* und ist etwas verlegen. Es ist ein wenig, als habe er das Dorf nackt gesehen und schämte sich nun dafür. Er muss los, bevor es peinlich wird. Derweil fährt der Wind in das Laub der Erlen, der Chronist vermerkt, es wird wieder Herbst in Rillingsbach.

DANKSAGUNG

Neben den vielen Menschen in meinem Verwandten- und Freundeskreis, die sich mit mir auf das Erscheinen dieses Romans gefreut haben, möchte ich mich besonders bedanken bei:
Corinna Kroker, für ein Lektorat mit der perfekten Balance zwischen Freiraum und Bestimmtheit; Tom Kraushaar und allen Mitarbeitern des Hauses Klett-Cotta, für diese besondere Erfahrung und die gute Zusammenarbeit; Denis Scheck, für eine Plattform im Nachgang des Blogbuster-Wettbewerbs und die freundlichen Worte über diesen Roman; Sonja Graus, für ihren Einsatz als Bloggerpatin und das Vertrauen in mein Manuskript; überhaupt allen, die am Blogbuster mitgewirkt haben, ohne den mein Manuskript vielleicht nie die Aufmerksamkeit eines Verlages gefunden hätte; Rainer Maucher, André Wais und sämtlichen Kollegen vom Verlagsbüro Wais & Partner in Stuttgart, für kurzfristig bewilligte Urlaubsanträge und die Bereitschaft zu einem sehr spontanen Dreh in den Büroräumen; Caterina Kirsten, für die Geduld, den Beistand bei der Anbahnung eines Verlagsvertrags und die guten Ratschläge bis zum heutigen Tage; dem Förderkreis deutscher Schriftsteller in Baden-Württemberg, für die erste institutionelle Anerkennung als Autor; Saskia Schönherr, für das erstmalige Lesen des Manuskripts und die Ermutigung zur Teilnahme am Blogbuster; Anja und Florian Fiedler, für die moralische Unterstützung in Hamburg;

Dagmar und Erich Wieland, für die Rückendeckung und jede Menge Euphorie; dem wunderschönen Schwäbischen Wald, für die Inspiration.